Tempos de Sangue

Guerras Eternas

Eduardo Kasse

primeira edição

Editora Draco

São Paulo

2014

Eduardo Kasse
é paulistano, nascido em 10 de abril de 1982. Escritor e apaixonado por cães. É autor da série Tempos de Sangue, com cinco romances publicados: *O Andarilho das Sombras* (2012), *Deuses Esquecidos* (2013), *Guerras Eternas* (2014), *O Despertar da Fúria* (2015) e *Ruínas na Alvorada* (2016), além de uma HQ – *A Teia Escarlate* (2017). Iniciou seu novo projeto literário: Saga Vikings, cujo primeiro livro é *Vikings: Berserker* (2018).

Publisher: Erick Santos Cardoso
Edição: Antonio Luiz M. C. Costa
Revisão: Ana Lúcia Merege
Arte e capa: Ericksama

Dados Internacionais de Catalogação na Publicação (CIP)
Ana Lúcia Merege 4667/CRB7

K 19

Kasse, Eduardo Massami
Guerras Eternas / Eduardo Massami Kasse. – São Paulo : Draco, 2014.
– (Tempos de sangue ; 3)

ISBN 978-85-8243-074-3

1. Ficção brasileira I. Título II. Série CDD-869.93

Índices para catálogo sistemático:
1.Ficção : Literatura brasileira 869.93

1ª edição, 2014

Editora Draco
R. César Beccaria, 27 – casa 1
Jd. da Glória – São Paulo – SP
CEP 01547-060
editoradraco@gmail.com
www.editoradraco.com
www.facebook.com/editoradraco
twitter e instagram: @editoradraco

Guerras Eternas

Série

Tempos de Sangue

Guerras Eternas

Prazer, sangue e imortalidade.
Como não se embriagar com tais dádivas
enquanto os pobres mortais
definham atrás de migalhas?
Eu existo segundo as minhas vontades e desejos.
E durante a minha jornada encontrei
seres como eu, magníficos.
Mas nem todos louvam esse dom.
Preferem vê-lo como uma maldição,
um mal a ser extirpado da terra.
E guerras eternas continuam sendo travadas.
Não me importo. As teias do destino já foram tecidas.
Viver e morrer é apenas uma questão de tempo...

Capítulo I – Ainda há fogo

– Isso! Isso! – Fechou os olhos verdes, tais quais duas esmeraldas, e abriu um sorriso maroto, delineando os dentes aguçados com a ponta da língua. Cravou as unhas nas minhas coxas entrelaçadas às suas. Uma pontada saborosa de dor. Mordeu o meu ombro e gemeu, dominando-me a cada segundo. Ela me apertava e não me deixava sair de dentro dela.

Ordenhava-me com vigor e gula. Domava-me e manobrava-me ao seu deleite, tal qual uma amazona doma um cavalo arisco. E eu adorava isso.

Ela deu uma risada que terminou em um longo *ahhh*, sussurrado, as unhas fincadas mais profundamente na minha pele branca, agora salpicada de vermelho.

Inspirou uma, duas, três vezes. Abriu os olhos que pareciam cintilar, liberou-me e rolou para o lado da cama, arfante, feliz, saciada.

Deitei de costas, cansado, mas não tive tempo de me recompor.

– Agora é a minha vez – a outra montou habilmente sobre o meu corpo magro, sem hesitar ou pedir permissão. Segurava os seios fartos com as mãos, tocando-se, acariciando-se de um jeito provocante. Instigando-me como só ela sabia fazer.

E eu entrei completamente no seu jogo e em outro local úmido e morno.

– *Spudorato* – colocou as mãos suaves sobre o meu peito.

– Você não gosta? – apertei a sua bunda macia.

Ela nada disse, tocou os meus lábios para me silenciar e cavalgou fazendo movimentos ora sinuosos e delicados, ora fortes e ritmados. Os cabelos negros e fartos caíam sobre o rosto, delineando a boca carnuda e vermelha.

Nós acabamos de nos alimentar, nos fartamos em uma

orgia de sangue antes de buscar o prazer um com o outro. Um padre rotundo e um noviço ainda sem barba foram esvaziados com voracidade até a última gota. Ambos caíram nos encantos das minhas duas amantes e vieram babando até o nosso lar. Morreram felizes em suas ilusões.

Melhor assim.

A morena me beijou e intensificou os movimentos. Safada como só ela sabia ser. Começou a pular vigorosamente, soltando gritinhos agudos, gemidos entrecortados pela deliciosa falta de ar.

Seus seios balançavam em uma dança ritmada e hipnótica. Não resisti e me inclinei para a frente sugando-os com força, mordiscando os mamilos intumescidos. Ela lambeu os lábios. Então uma mão pálida se intrometeu entre a minha amada e eu. Liádan, já recuperada, segurou o seio de Stella e apertou-o com vigor. Ela gemeu alto... Gozou.

Não resisti e entreguei-me completamente ao prazer, enquanto Liádan puxava os meus cabelos e beijava o meu pescoço.

Então vieram o lampejo, a explosão e a letargia.

Eu estava exausto, mas não tinha do que reclamar.

– Vejo que ainda há fogo em seu corpo, mesmo depois de séculos e mais séculos, Harold Stonecross – Stella estava sentada na cama apoiando a cabeça com as mãos.

– Fico melhor a cada ano que se passa, minha querida – eu ainda recuperava o fôlego.

– Não seja presunçoso – Liádan se levantou, foi até uma tina e começou a limpar-se com um pano embebido em uma água de flores. – Em outras épocas continuaríamos até o Sol queimar as nossas costas. Ou melhor, entraríamos correndo dentro do caixão e, mesmo com o sono dominando cada músculo do nosso corpo, ainda nos amaríamos por um longo tempo.

– Eu continuo aqui – sorri. – Volte para a cama que eu lhe ensino a não ser insolente.

– Teríamos de esperar o dorminhoco acordar – Stella intrometeu-se, apontando para o meu membro flácido. – Temos assuntos mais importantes para resolver.

– Eu quis, mas vocês se negaram – levantei-me e vesti as minhas roupas. – E hoje é a vez de vocês se livrarem dos corpos.

As duas me ignoraram, vestiram-se e, antes de sair, beijaram-se para me provocar.

– Cuido de vocês depois – olhei para o padre e o noviço, calcei as botas e fui atrás delas.

Uma ratazana atrevida saiu de uma das frestas da parede

de pedra, levantou-se sobre as patas traseiras, farejou o ar, olhou para os lados e correu para os cadáveres. Entrou dentro do hábito do gorducho, remexeu-se lá por um tempo e saiu trazendo na boca um pedaço de enguia defumada.

Entrou em sua toca e deliciou-se com a iguaria junto com os seus quatro filhotes famintos.

– Puta que pariu! – Ernest de Nackington, sheriff de Bridge, esmurrou a mesa, derramando a cerveja sobre a madeira escurecida. Sua cadela cinzenta ganiu e foi para perto da fogueira, já o filhote tentava lamber as gotas que caíam sobre a palha.
– Como roubaram o baú com as moedas?

– Fo-fomos atacados – Geoffrey suava profusamente apesar do frio do outono. Engoliu em seco, a bochecha rosada trêmula.

– Quantos bandidos? – perguntou Ernest com os dentes cerrados.

Silêncio.

– Fale, seu bosta – esmurrou a mesa novamente, e de novo.

– Só uma... – Geoffrey abaixou a cabeça.

Ernest olhou para o homem careca e com a barba grisalha até o umbigo. Respirou fundo e berrou:

– Então você está me dizendo que uma pessoa *sozinha* matou cinco capangas armados?

Gargalhou nervosamente e se levantou, jogando a cadeira na parede. O filhote correu e se escondeu atrás de um saco de farinha.

– Você acha que eu sou idiota?

O careca deu um passo para trás, hesitante, as pernas bambas e o queixo batendo.

– Eu juro pela minha vida, senhor. Ela lutava como o demônio. – Encolhendo-se num canto, fechou os olhos e fez uma careta, como se estivesse tendo lembranças ruins. – Ela mordia, arranhava e ria. Nunca mais vou esquecer o seu rosto sardento e a sua pele branca como a neve.

– E por que você está vivo? – Ernest se aproximou e os perdigotos azedos salpicaram o rosto do lacaio. – Ela gostou de você? Você fodeu com ela? Chupou-a até ela virar os olhos? Ou você inventou essa historinha para roubar as minhas moedas?

Ele desembainhou a espada e colocou a ponta debaixo do queixo de Geoffrey. O careca tremia e choramingava.

– Fale, seu bosta!

– Eu juro pela minha vida, senhor... – Cruzou as mãos. – Eu juro pela minha vida e pela da minha mulher que lhe contei a verdade.

– Você pode jurar até pela xoxota da Virgem Maria – forçou mais a espada contra a garganta, fazendo Geoffrey esboçar uma careta de dor. – Agora eu acreditar em você...

Lágrimas e ranho escorriam pelo rosto suarento, e com muita dificuldade o homem mantinha as calças secas.

Ernest encarou-o por um tempo, ainda pressionando a lâmina no gogó do lacaio, que balbuciava algumas palavras entrecortadas. Seus olhos vermelhos revelavam o mais puro pânico. Então o senhor suspirou e relaxou os músculos.

– Acredito em você – embainhou a espada. – Você é muito cagão para ter me roubado.

– O-obrigado, senhor...

– Mas ainda não engoli essa sua história – pegou outra cadeira, sentou-se e bebeu a cerveja diretamente do jarro. – Conte-me novamente o que aconteceu e não se esqueça de nenhum detalhe.

Geoffrey respirou fundo para recobrar a calma, limpou o nariz na manga da camisa, sentou-se à mesa e recomeçou a sua história.

E durante toda a manhã repetiu os detalhes à exaustão para o seu senhor, que sequer saiu do salão para aliviar a bexiga e mijou por duas vezes na fogueira, fazendo uma nuvem de vapor subir e morrer no teto de palha enegrecida.

– Demônio ou mulher, ou garota, ou qualquer merda que *aquilo* seja, precisamos encontrá-la – Ernest agora estava mais calmo. – Perdemos uma grande quantidade de dinheiro que enviávamos ao rei John como pagamento dos impostos e ele não vai nos perdoar. E se ele puser no meu rabo, saiba que colocarei o dobro no seu. É justo?

– Si-sim. Eu sei disso, senhor... E peço permissão para partir com dez homens – Geoffrey se levantou da mesa. – A *coisa* não deve estar longe.

– Permissão concedida – Ernest arrancou uma coxa da galinha que uma das criadas acabara de trazer.

O lacaio já passava pela porta quando o seu senhor o chamou. Estacou no ato e olhou para ele de soslaio.

– E se você me decepcionar de novo servirei as suas entranhas aos porcos – fez um gesto com a mão, dispensando o homem, e continuou a devorar a galinha.

Geoffrey virou-se e partiu com o estômago embrulhado.

– Um bispo, cinco padres, dois monges, sete freiras e sei lá quantos noviços – Stephen Langton, arcebispo de Canterbury, andava de um lado para o outro. – E ainda temos vários artesãos, pedreiros, mercadores e camponeses. E mesmo um punhado de crianças.

– São muitas mortes – respondeu o cônego Jerome com a voz rouca. – E em menos de três meses.

– Precisamos descobrir quem está cometendo esses sacrilégios. Imediatamente – o cardeal se sentou, molhou a pena na tinta e pôs-se a escrever. – Não vamos perder o controle dessa situação, não é?

– Já estamos investigando isso, eminência. Ainda não temos suspeitos, mas cedo ou tarde pegaremos quem cometeu essas atrocidades – Jerome segurou sua cruz peitoral e olhou para cima. – Os soldados já estão de sobreaviso. Estão fazendo rondas e vigílias. E as pessoas foram orientadas a nos procurar quando soubessem ou vissem algo estranho.

– Quanto antes melhor – o arcebispo estava entretido em suas transcrições. – Agora preciso de paz para continuar o meu trabalho. Os dias estão ficando cada vez mais curtos e a minha vista já não é mais a mesma.

– Deseja alguma coisa, senhor arcebispo? – perguntou Jerome.

Lord Stephen o ignorou e continuou em silêncio, escrevendo, testa enrugada, olhos semicerrados e muito próximos ao pergaminho.

Jerome fez uma reverência e saiu. Ele coxeava da perna direita por causa de uma fratura mal curada, mas assim mesmo andou rápido pelo corredor vazio. Uma dor de cabeça incômoda começou, agulhadas nas têmporas, daquelas que causavam até um pouco de enjoo. As dores estavam cada vez mais recorrentes nos últimos dias. Pensou em ir até a enfermaria. Descartou a ideia. Cuidaria dos seus problemas depois, havia um grande mistério a resolver.

E queria fazê-lo antes que houvesse mais homens de Deus mortos. Jerome temia pela sua própria vida.

.

.

.

Ainda haveria luz do dia por um tempo, mas o entardecer fazia o cônego ficar ansioso, temeroso, como se soubesse que algum mal viria junto com a escuridão. Não eram todas as noites que havia mortes e nenhuma tinha acontecido dentro da Catedral, apenas nas cercanias, contudo Jerome sentia seu coração querendo sair do peito e suas mãos suavam frio. Seu estômago estava embrulhado e a dor de cabeça piorara de tal maneira que mal conseguia abrir os olhos na claridade.

Tinham-se passado quinze dias desde a conversa com o arcebispo. Aconteceram mais três ataques, todos fatais, e os soldados não tinham encontrado os criminosos. O clima na Catedral estava pesado, muitos cochichos, muitos boatos, muita desconfiança e nenhuma certeza. Isso podia tornar as coisas perigosas, bastava uma faísca para incendiar tudo, para a credibilidade da Igreja ruir. Os nervos de Jerome estavam em frangalhos. A reputação do arcebispo estava manchada e isso traria repercussões graves.

Durante as *vésperas* balbuciou orações apertando a cruz de prata entre os dedos trêmulos. Quem seria o próximo a ser atacado? Quando isso aconteceria? As imagens dos companheiros mortos vieram à sua mente. Pescoços furados, pulsos rasgados, coxas mordidas.

Muitos acreditavam ser algum animal, um lobo desgarrado, um cão raivoso. Outros diziam que se tratava de um louco, um eremita que vivia nos bosques da região. Jerome não se enganava. No seu coração algo dizia que um grande mal estava à solta; ouvira boatos de demônios sedentos por sangue.

Ele se lembrou das figuras horrendas desenhadas nos bestiários e dos sermões dos tempos de menino. Um fio quente de urina escorreu pelas suas coxas magras. Controlou-se e segurou o restante que já iria escapar. Uma pontada na bexiga fê-lo curvar-se, com uma careta, até a dor passar. Sentiu vergonha, todavia por causa da semipenumbra e do hábito de lã grossa ninguém perceberia a sua fraqueza.

Pensou nos anjos caídos obstinados pela ruína dos homens. Fechou os olhos. Estava apavorado, com uma sensação constante de perigo. Achava estranho como o arcebispo estava tão calmo, lendo passagens da Bíblia, fazendo orações com a voz firme e tranquila. Ele era o chefe dali e os demais dependiam da sua proteção. E, se algum demônio rondava a Catedral, ele deveria exorcizá-lo e mandá-lo novamente para o inferno.

– Talvez ele também esteja assustado, só não demonstre – falou sem querer.

Reprimiu-se pelo descontrole logo em seguida, pois um dos irmãos leigos o olhava com estranheza. Jerome disfarçou e repetiu monotonamente as palavras em latim da oração.

Começou a suar, precisava com urgência aliviar-se. Agulhadas na cabeça e na bexiga minavam as suas forças.

Quando as obrigações acabaram, saiu da nave junto com centenas de irmãos. Foi para o seu aposento e trancou-se lá. Mijou em um balde, soltando suspiros de satisfação e alívio, brincou de fazer espuma com o jato, tal como fazia quando era menino. Sentou-se e lavou o rosto em uma tina de madeira. Pegou uma jarra de barro e serviu-se de um pouco de água. Bebeu quatro goles curtos e relaxou.

Acendeu uma vela grossa de sebo, fez o sinal da cruz e procurou em suas coisas os velhos manuscritos com a transcrição do Apocalipse de São João, capítulo XVIII:

1 – Depois disso vi outro anjo que descia dos céus. Tinha grande autoridade, e a terra foi iluminada por seu esplendor.

2 – E ele bradou com voz poderosa: "Caiu! Caiu a grande Babilônia! Ela se tornou habitação de demônios e antro de todo espírito imundo, antro de toda ave impura e detestável,

3 – pois todas as nações beberam do vinho da fúria da sua prostituição. Os reis da terra se prostituíram com ela; à custa do seu luxo excessivo os negociantes da terra se enriqueceram".

4 – Então ouvi outra voz dos céus que dizia: "Saiam dela, vocês, povo meu, para que vocês não participem dos seus pecados, para que as pragas que vão cair sobre ela não os atinjam!

5 – Pois os pecados da Babilônia acumularam-se até o céu, e Deus se lembrou dos seus crimes.

6 – Retribuam-lhe na mesma moeda; paguem-lhe em dobro pelo que fez; misturem para ela uma porção dupla no seu próprio cálice.

7 – Façam-na sofrer tanto tormento e tanta aflição como a glória e o luxo a que ela se entregou. Em seu coração ela se vangloriava: 'Estou sentada como rainha; não sou viúva e jamais terei tristeza'.

8 – Por isso num só dia as suas pragas a alcançarão: morte, tristeza e fome; e o fogo a consumirá, pois poderoso é o Senhor Deus que a julga.

9 – "Quando os reis da terra, que se prostituíram com ela e participaram do seu luxo, virem a fumaça do seu incêndio, chorarão e se lamentarão por ela".

10 – Amedrontados por causa do tormento dela, ficarão de longe e gritarão: 'Ai! A grande cidade! Babilônia, cidade poderosa! Em apenas uma hora chegou a sua condenação!'

11 – "Os negociantes da terra chorarão e se lamentarão por causa dela, porque ninguém mais compra a sua mercadoria:

12 – artigos como ouro, prata, pedras preciosas e pérolas; linho fino, púrpura, seda e tecido vermelho; todo tipo de madeira de cedro e peças de marfim, madeira preciosa, bronze, ferro e mármore;

13 – canela e outras especiarias, incenso, mirra e perfumes; vinho e azeite de oliva, farinha fina e trigo; bois e ovelhas, cavalos e carruagens, e corpos e almas de seres humanos.

14 – "Eles dirão: 'Foram-se as frutas que tanto lhe apeteciam! Todas as suas riquezas e todo o seu esplendor se desvaneceram; nunca mais serão recuperados'.

15 – Os negociantes dessas coisas, que enriqueceram à custa dela, ficarão de longe, amedrontados com o tormento dela, e chorarão e se lamentarão,

16 – gritando: " 'Ai! A grande cidade, vestida de linho fino, de roupas de púrpura e vestes vermelhas, adornada de ouro, pedras preciosas e pérolas!

17 – Em apenas uma hora, tamanha riqueza foi arruinada!' "Todos os pilotos, todos os passageiros e marinheiros dos navios e todos os que ganham a vida no mar ficarão de longe.

18 – Ao verem a fumaça do incêndio dela, exclamarão: 'Que outra cidade jamais se igualou a esta grande cidade?'

19 – Lançarão pó sobre a cabeça e, lamentando-se e chorando, gritarão: " 'Ai! A grande cidade! Graças à sua riqueza, nela prosperaram todos os que tinham navios no mar! Em apenas uma hora ela ficou em ruínas!

20 – Celebrem o que se deu com ela, ó céus! Celebrem, ó santos, apóstolos e profetas! Deus a julgou, retribuindo-lhe o que ela fez a vocês ' ".

21 – Então um anjo poderoso levantou uma pedra do tamanho de uma grande pedra de moinho, lançou-a ao mar e disse: "Com igual violência será lançada por terra a grande cidade de Babilônia, para nunca mais ser encontrada.

22 – Nunca mais se ouvirá em seu meio o som dos harpistas, dos músicos, dos flautistas e dos tocadores de trombeta. Nunca mais se achará dentro de seus muros artífice algum, de qualquer profissão. Nunca mais se ouvirá em seu meio o ruído das pedras de moinho.

23 – Nunca mais brilhará dentro de seus muros a luz da candeia. Nunca mais se ouvirá ali a voz do noivo e da noiva. Seus mercadores eram os grandes do mundo. Todas as nações foram seduzidas por suas feitiçarias.

24 – Nela foi encontrado sangue de profetas e de santos, e de todos os que foram assassinados na terra".

– Babilônia... Espíritos imundos... Sangue de profetas e santos... Ira de Deus... As pragas, a terra amaldiçoada – leu novamente alguns trechos. – E se estivermos condenados? E se nossos pecados arruinaram a nossa salvação? Deus mandou um anjo para nos punir... Assassinatos!

Um pingo de suor correu pelo seu volumoso nariz e caiu no livro, borrando a palavra *condenação.* Folheava as páginas com as mãos trêmulas e engolia em seco ao ler as previsões catastróficas.

Três batidas na porta e Jerome se assustou, fechando a grossa Bíblia com um baque seco. Massageou a fronte antes de se levantar ofegante, tentando recuperar a compostura. Puxou a tranca e abriu a porta devagar. As dobradiças rangeram, a madeira grossa estalou duas vezes. O arcebispo não pediu licença e adentrou o aposento trazendo alguns pergaminhos enrolados.

– Por que você está suado, homem? – Lord Stephen perguntou ao se sentar.

– É que eu tive câimbras – desconversou.

O arcebispo levantou as sobrancelhas e franziu os lábios, mas nada disse. Colocou os pergaminhos sobre a cama do cônego, estalou os dedos grossos e pigarreou.

Jerome sentia seu coração diminuir o ritmo, serviu-se de um pouco mais de água e sentou-se na cama, ainda tenso. Permaneceu em um silêncio respeitoso, pois o arcebispo parecia imerso em seus pensamentos.

Então o arcebispo balançou a cabeça e desenrolou um dos pergaminhos. Pigarreou de novo e encarou fixamente o cônego, com seus olhos azuis como o céu de verão.

– Antes de lhe mostrar o conteúdo dos pergaminhos, Jerome, quero saber: posso confiar em você? – inquiriu com seriedade.

– Juro pela Virgem Maria e por Santo Agostinho de Canterbury – ajoelhou-se e cruzou as mãos. – Manterei a discrição e farei o que me for ordenado, pelo tempo que for necessário.

O arcebispo esticou a mão e Jerome beijou o seu anel. O cônego sentou-se novamente e cruzou as mãos sobre os joelhos, mais para conter o nervosismo e não balançar as pernas do que para ficar em uma postura de reverência.

– Pois bem – o arcebispo entregou um dos pergaminhos para o cônego.

Jerome o leu, boquiaberto. Deu uma olhadela para o seu superior e releu o manuscrito. Fê-lo pela terceira vez.

– Deus do céu – murmurou. – Então... – puxou o ar com dificuldade, quase com um chiado. – Então é verdade?

– Sim, é verdade – o arcebispo respondeu de pronto.

– O que assassinou os nossos irmãos *não é deste mundo* – o cônego falou as últimas palavras baixinho, como se não quisesse despertar o mal.

– Também tive essa dúvida, Jerome, mas depois de pesquisar muito, refletir por dias a fio, acho que posso afirmar que quem está matando pelas redondezas é, sim, deste mundo – olhou para o cônego e permaneceu em silêncio. – A *criatura*, ou qualquer outra alcunha que dermos a ela, já foi humana, contudo já não vive uma vida como a nossa.

– Como pode ser? – Jerome estava incrédulo.

– É uma longa história – o arcebispo serviu-se de um copo d'água. Se estiver disposto a ouvir...

– Si-sim – gaguejou o cônego. – Por favor, eminência, conte-me o que sabe.

– Pois bem – Lord Stephen massageou a nuca. – O primeiro relato que temos por escrito data do século XII, por volta do ano de 1144, e é assinado por William Long, um padre que viajou pelo mundo estudando essas *criaturas*. Não temos muitos pergaminhos ou livros, pois alguns foram destruídos em um incêndio na Abadia de Malmesbury, onde estavam guardados. Por sorte esses vieram a mim dois dias depois da nossa conversa. Outros devem estar perdidos em cantos empoeirados das bibliotecas espalhadas pela Inglaterra. Entretanto, com esses – apontou para os pergaminhos –, conseguimos entender bem com o que estamos lidando.

Assim, o cardeal-arcebispo de Canterbury prosseguiu o seu relato, parando somente para pigarrear ou para relembrar exatamente a ordem dos fatos, enquanto o cônego, atento, ouvia em silêncio as histórias.

Se antes já temia, agora estava desesperado, pois o mal que rondava a Catedral era maior do que muitas aberrações cantadas pelos bardos nas tavernas e nas feiras. Sentiu o suor frio escorrer pelas suas costas. E quando o arcebispo terminou o relato, Jerome fechou os olhos e rezou com um fervor que nunca tivera antes.

Lord Stephen respeitou sua demora, esperando que terminasse a oração. Depois, começou a enrolar o pergaminho e a prendê-lo com uma tira de pano.

– Sinto lhe dizer, cônego Jerome, que as suas orações não podem ajudar em nada. Arrisco-me a proferir grande blasfêmia, mas acho que nem os santos ou mesmo Nosso Senhor conseguem nos iluminar contra esse mal.

– Santíssima Virgem Maria! – o cônego levou a mão à boca.

– Acho que precisaremos arranjar outros subterfúgios para extirpar esse *problema* das nossas terras – prosseguiu o arcebispo. – Só que ainda não sei quais.

– Eminência... – a voz do cônego saiu quase como um sussurro. – Por que *isso* voltou depois de tanto tempo, de tantos anos?

O arcebispo respirou fundo.

– Talvez nunca tenha desaparecido como se presumiu. Esse mal é como uma brasa que fica sob a madeira e que depois de uma rajada de vento forma uma chama. – Pigarreou e escarrou no chão. – E pelo visto, Jerome, ainda há fogo.

Terminou de enrolar os pergaminhos, levantou-se e saiu sem dizer mais nada.

Jerome sentiu um calafrio percorrer a sua espinha. Os demônios tinham nomes, eram reais. Bebeu o pouco da água que sobrara na jarra, fez uma última oração, deitou-se e tentou, em vão, dormir. O sono não veio. Somente o medo, pela simples visão das sombras formadas pelo bruxulear da chama da vela, dominou o seu espírito.

E podia jurar que ouvia miados em algum lugar da Catedral de pedra.

Capítulo II – Boatos

– Encontrou-a? – perguntou Liádan, olhos verdes bem abertos, curiosos.

– Vi somente o cadáver do qual ela se alimentou – sentei-me na cadeira coberta por peles de ovelha. – A louca não se importa com nada, matou o filho de Olaf. O único filho do mercador mais rico dessas bandas. Isso vai dar merda... Os cercos vão se fechar.

– Precisamos encontrá-la logo – Liádan levantou-se e andou pelo grande salão. – Mas a menina é arisca como uma raposa. Sinto a sua *presença*. Onde ela está de fato aparece de forma nublada na minha mente, como se a visão fosse bloqueada por *magia*.

– Ela parece invisível – olhei para fora pela pequena janela e admirei o céu estrelado. – Parece estar em todos os lugares e em nenhum lugar ao mesmo tempo...

– Stella disse que o arcebispo já mobilizou todos da Catedral para encontrar quem está matando os seus homens e, cedo ou tarde, alguém vai chegar ao nosso refúgio – disse a dama ruiva.

– Está certo que também temos um pouco de culpa – sorri. – Bebemos de alguns deles, mas sempre ocultamos os restos da nossa caçada. Agora ela... Parece não se importar com nada.

– Ah, Harold... – Liádan veio e me abraçou, fria. – Eu gosto daqui. E não queria voltar a ser uma andarilha, dormindo em buracos úmidos ou pocilgas fedorentas.

– Eu sei – inspirei fundo –, mas quando os borra-botas de Stephen Langton aparecerem por aqui vai ser complicado. Ou matamos a todos, história que chegaria veloz como o vento de inverno aos ouvidos do rei John, ou teremos que fugir, acossados como cães sarnentos.

Liádan fitou-me, olhos verdes fundos e cansados. Levantei-me, acariciei seus cabelos cor de fogo e segurei-a pela mão.

– Vem comigo. Você precisa se alimentar. Vamos procurar um pescoço roliço em Littlebourne. Essa não é uma noite para preocupações. As peças ainda não estão unidas e tudo está muito confuso. Precisamos de mais informações antes de agir, mas a nossa busca pode esperar um pouco.

– Sim, Harold – Liádan me seguia com o semblante cansado. – Preciso mesmo de uns bons goles.

Saímos, montamos os nossos cavalos e nos embrenhamos na escuridão silenciosa. Cavalgamos por poucas milhas, chegando à cidadezinha. Lembrei-me do meu garanhão Fogonegro, companheiro de jornadas e batalhas que morrera bravamente. Fui interrompido pela doce voz da minha amada.

– Ela está aqui – Liádan fechou os olhos e mexeu a cabeça de forma sutil, como se captasse sons no ar tal como os gatos fazem. – Sim, é ela.

Desmontei e vi-a nas sombras, recostada em uma árvore. Stella se aproximou, pele corada, cabelos ondulados esvoaçantes e um grande sorriso no rosto. Podia sentir o cheiro de sangue exalado a cada respiração. Ela veio, sinuosa, e me beijou, o gosto ferroso instigando ainda mais a minha sede.

– Não aguentei esperar por vocês – cruzou os braços.

– Você sempre foi faminta – brinquei.

– *Sciocco* – retrucou em sua língua materna.

– Você deixou um pouco para nós? – Liádan esboçou um sorriso.

– Sim – seguiu pela estradinha de terra. – Estão construindo mais uma igreja e há dezenas de trabalhadores dormindo em um barracão. E não é difícil trazer um ou dois para fora – arrumou os seios fartos com as mãos e riu.

– Então vamos, Harold, preciso de um pouco de satisfação – a dama ruiva foi no encalço de Stella.

Juntei-me a elas e seguimos na direção das obras da nova igreja. Silêncio absoluto, exceto pelo assovio dos ventos frios que sopravam do leste. Nem as corujas estavam dispostas a piar.

Ao entrar no canteiro, dois cães amarelos e magricelas vieram abanando o rabo. Se eu estivesse sozinho, os safados latiriam acordando a todos, mas com Liádan junto eu ficava tranquilo, por causa do seu dom especial com os animais. Ela os acariciou e eles bocejaram, deitando-se em seguida, piscando lentamente até adormecerem.

O barracão estava a uns trinta passos e eu conseguia ouvir a melodia dos roncos, tosses e peidos. Homens sujos de terra e cobertos de pó de pedra resmungavam em um sono irrequieto, o corpo alquebrado pelo dia de trabalho pesado. Entretanto, nessa noite, dois deles iriam se aquietar para sempre.

A porta estava entreaberta e, apesar do breu dentro da construção de madeira, podíamos ver perfeitamente. O ar estava viciado, fedendo a suor e mijo, a argamassa e palha úmida. Liádan entrou, passos inaudíveis como se flutuasse. Olhou nas camas e escolheu a sua vítima, um jovem robusto. Ela tocou seu ombro, ele abriu os olhos e quando a viu sorriu abobalhado. A dama ruiva segurou sua mão calejada e ele se sentou na cama. Ela o beijou na boca e caminhou para fora do barracão. O rapagão a seguiu, passos arrastados, bocejando e com o olhar vidrado.

Liádan passou por mim e foi em direção à estradinha de onde viemos. O jovem a seguiu sem perceber a minha presença, tal como uma ovelha que vai atrás do pastor. Stella estava sentada em um andaime armado em uma das paredes de pedra ainda por erguer. Balançava as pernas, os pés descalços.

Olhei novamente para dentro do barracão. Não conseguiria trazer ninguém dali de dentro com a sutileza delas. Eu tinha o meu *charme*, mas nada comparável com o das duas magníficas moças. Escolhi um baixinho que roncava alto em uma das camas ao lado da porta. Tapei a sua boca e tirei-o na marra com um puxão vigoroso.

Ele abriu os olhos, vermelhos e tentou gritar. Mordi seu pescoço com força e suguei o sangue espesso. Longos goles jorraram pela minha garganta, esquentando o meu corpo. O baixinho era forte e esmurrava o meu fígado sem dó. Resisti e continuei até ele amolecer, como um peixe fisgado depois de se debater bastante fora d'água, e, instantes antes que morresse, parei de me fartar. Sempre é um momento difícil.

Coloquei-o sobre o ombro e ele parou de respirar em seguida. Fui rumo à estradinha e encontrei Liádan, corada e com a boca vermelha. Beijei-a e limpei seus lábios com a língua. Stella veio e nos livramos dos corpos, levando-os para o meio do bosque.

O jantar de Liádan tinha um sorriso nos lábios, o meu fazia uma careta, e isso me divertiu. Um entraria no outro mundo com tesão, o outro em pânico.

Deixamos os corpos ao lado de uma urze espinhenta. Demorariam a encontrá-los. Isso se nenhuma fera desse cabo das carcaças. Nas regiões por onde passávamos os bichos do mato e os vermes sempre engordavam. E a Igreja sempre arrecadava mais dinheiro por causa das pessoas assustadas com a presença do demônio.

Todos ganhavam com o nosso, digamos, estilo de vida.

Entretanto, a garota estava exagerando. Sua sede por sangue de habitantes da Catedral parecia não ter fim e isso era muito perigoso, pois apesar de tudo havia certos limites. Ela ultrapassara a linha a passos largos, displicentes.

Voltamos, pegamos os nossos cavalos e partimos, saciados.

E a noite estava apenas começando.

– Já se passaram quinze dias e nada do meu dinheiro – Ernest treinava com seu escudeiro, golpeando, esquivando-se, brandindo a espada freneticamente, levantando poeira a cada pisada firme. Ele ofegava, mas, apesar de estarem duelando havia um bom tempo, mantinha a postura ereta e o vigor nos ataques. Durante os seus 40 anos de vida lutara em muitas batalhas. Começara cedo, com doze anos, quando viu o pai ter o braço amputado por uma machadada desferida pelo maldito *earl* Baldwin de Redvers. O velho caiu no chão, berrando de dor e com o sangue esguichando para todos os lados.

Ernest não hesitou: desvencilhou-se do pajem e correu barranco abaixo brandindo sua espada curta. Cravou-a na coxa do *earl*, que guinchou de dor, e acertou-lhe a testa com o pomo da espada. Caíra desacordado, mas garantira tempo suficiente para alguns soldados do seu pai correrem em auxílio do seu senhor.

Por causa desse ato, o velho sobreviveu e durou ainda dez prósperos anos, acumulando riquezas e terras, batalhando mesmo maneta.

Desde então, Ernest, tal como o pai, nunca mais parara de lutar e ficara bom nisso, gostava das batalhas. Fora forjado na guerra. Mas ele não era hábil apenas com a espada, e, ao contrário do seu velho pai, sabia negociar de maneira precisa e incisiva. Assim, em troca de alguns juramentos e favores, ganhou terras da Igreja e aumentou o seu poder junto dos priores, padres e arcebispos. E, do rei, conquistou o título de sheriff, o que consolidou seu poder como senhor daquela região.

Das pessoas tinha o respeito. Mais pelo medo do que por admiração ou bondade.

Ele estava sem camisa e seu peito peludo era crivado de cicatrizes, o abdômen musculoso se contraía a cada pancada dada no escudeiro. O braço, tal qual um aríete, açoitava sem dó, fazendo o suor espirrar.

– Revistamos cada casa, cada palmo do bosque e nada, meu senhor – Geoffrey se aproximou. – A garota parece ter sumido tão sorrateiramente quanto chegou.

– Meu bom amigo... – Ernest golpeava o escudo do seu adversário, os músculos das costas perfeitamente delineados. – A garota que se foda, eu quero a porra do meu baú de moedas!

– Nós estamos dando uma dura nos aldeões e trabalhadores. Demos uma sova em alguns para intimidá-los, mas não tivemos nenhuma resposta – o suor brotou na sua careca. – Talvez ela já não esteja por aqui. Acho que devemos considerar nunca mais encontrar o dinheiro.

Ernest batia cada vez mais forte no escudo, fazendo lascas de madeira voarem. O escudeiro deixara cair a sua espada e se defendia com dificuldade, cambaleando para trás até tropeçar e desabar no chão de maneira desajeitada.

O senhor se deu por satisfeito e virou-se na direção de Geoffrey. Passou direto sem olhar para o lacaio. Lavou o rosto pegando a água de dentro de um balde. Segurou-o pela alça e, em um acesso de fúria, atirou-o em Geoffrey, da distância de sete passos, quebrando o seu nariz com a pancada inesperada. O sangue escorreu e ele se dobrou de dor.

Ernest caminhou até o homem, calmo, segurou-o pelos ombros e fê-lo endireitar a postura. O sangue empapava a barba grisalha e ele respirava com um chiado estranho. Seus olhos estavam perdidos e ele estava completamente aturdido por causa do impacto.

– Deixe-me ver o seu rosto – disse Ernest com firmeza, mas sem qualquer raiva. – Vamos, deixe eu ver o seu nariz.

O lacaio tirou a mão. Piscava muito por causa da dor, babava pelos cantos da boca como um cão raivoso.

– Puxa vida – o senhor balançou a cabeça. – Foi um belo estrago.

Com um movimento rápido segurou o nariz de Geoffrey e deslocou-o para o lado esquerdo, colocando-o no lugar com um estalo. Deu dois tapinhas no rosto do lacaio e sorriu.

O homem gemeu de dor e as veias do seu pescoço suarento saltaram.

– Agora você vai poder respirar melhor, meu amigo – Ernest apertou o ombro do homem ainda zonzo e desnorteado, levantou a sobrancelha direita. – Oh... Vejo que perdeu uns dentes.

Ainda bem que tem uma porção de outros nessa boca fedida, não é?

Geoffrey levou a mão à boca e viu que perdera pelo menos uns três dentes da frente, sobrando apenas cacos pontiagudos. Fez uma careta de dor e passou a língua no vão recém-aberto. Cuspiu sangue e farelos.

– Pode ir agora. E lembre-se: se o baú não aparecer até o dia de Santa Úrsula, muitas outras partes do seu corpo vão ter o mesmo fim – virou-se e adentrou o casarão.

Geoffrey tocou o nariz cujo sangramento praticamente estancara e os cacos dos dentes. Seu beiço inchara e latejava.

Cambaleou, curvado e combalido, até a sua casa, sob os olhares do povo, e se lembrou de que o dia de Santa Úrsula era dali a uma semana.

Chorou tal qual um bebê.

A vida na Catedral de Canterbury seguia seu rumo cotidiano. Pelo menos nas aparências, pois mesmo um ambiente comedido e rígido não estava livre dos fuxicos e boatos. Eles se espalhavam como camundongos ariscos pelos cantos.

– Dizem que uma bela ruiva seduziu o padre Teobald antes de matá-lo – falou um acólito, com o pau rijo por baixo do hábito, só por imaginar a mulher de cabelos vermelhos. – Seus olhos verdes o deixaram aturdido e sem controle da razão. O padre Andrew presenciou tudo. Estava escondido atrás da carroça de feno. Disse que era a mulher mais linda que já vira. Uma delícia!

– Era morena e de seios fartos – retrucou um padre recém-ordenado. – Os cabelos eram como carvão, isso sim. Foi o irmão Alfred que me contou. E ele nunca mente.

– O Alfred? – o acólito balançou a cabeça. – Ele é *cegueta* como uma toupeira, mal saberia distinguir um homem de uma mulher a poucos passos de distância.

– Pelo que me contaram foi um homem, muito branco e alto, com os cabelos pretos e revoltos – contestou o ajudante do despenseiro. – Era altivo, bonito, irresistível até – suspirou fundo e teve de se conter depois de uma troca de olhares entre os presentes. Enfiou um pedaço de cenoura na boca e mastigou de maneira nervosa.

– Eu ouvi dizer que são esses três juntos – disse um fazendeiro velhote que abastecia a cozinha de trigo e vegetais. – Eles trepam com as vítimas antes de secá-las como um naco de carne ao Sol. Trepam de todos os jeitos. E muitas vezes trepam todos juntos.

O pau do acólito latejou e ele não se conteve, gozou ali mesmo, segurando o gemido e as contrações involuntárias. Por um instante foi às nuvens e voltou.

– Eu queria ser a próxima vítima – falou o ajudante do despenseiro de boca cheia, com um sorrisinho safado nos lábios.

Os homens soltaram risos e olhares de soslaio, como fariam velhas mexeriqueiras. Divertiam-se com essas historietas e sempre aumentavam um ponto ou dois nos relatos. E as fofocas e conversinhas nos cantos se espalhavam como fogo no mato seco. Eram muito mais interessantes que os sermões monótonos e passagens bíblicas enfadonhas.

E mais do que as outras, essa história em especial nutria o medo e o desejo de muitos na Catedral, o que potencializava o seu poder.

Lord Stephen sabia de tudo isso, mas naquele momento nada podia fazer, exceto tentar extirpar o mal pela raiz, o que se mostrava uma tarefa hercúlea. Não adiantava tentar reprimir centenas de pessoas, elas não se calariam enquanto as mortes acontecessem. Conhecendo-as como o arcebispo conhecia, tinha certeza de que os burburinhos continuariam por muito menos.

– Como sanamos aquilo que é invisível? – perguntou ao cônego Jerome em uma das conversas.

– Eu não sei, eminência – o cônego balançou a cabeça tonsurada. – Todas as buscas que fazemos nos levam ao nada. As *coisas* com que lidamos realmente parecem invisíveis. Só que deixam um rastro de mortes e corpos exangues. Os malditos parecem gostar de brincar conosco. Sinto que só os encontraremos se eles quiserem ser encontrados.

– Ou se os atrairmos até nós – os olhos azuis do arcebispo pareciam exaustos.

O coração do cônego disparou e só de pensar em ficar cara a cara com um dos demônios sugadores de sangue quase o fez desmaiar. Sempre tivera uma vida pacata e previsível e gostaria de mantê-la assim. Entretanto, parecia que as escolhas tinham sido tiradas dele. Por ser o homem de confiança do arcebispo, fora jogado aos leões. E isso o apavorava.

– E o que faremos quando os demônios vierem até nós? – cônego Jerome tornou a se lembrar das horríveis imagens desenhadas nos bestiários e dos relatos nos pergaminhos. – Não temos meios ou armas para matá-los.

– Eu não sei! – o arcebispo levantou a voz, o que raramente fazia. – O que sei é que não podemos mais ficar reféns dessas criaturas. Precisamos acabar com elas, ou veremos a Igreja ruir. E eu prefiro morrer a ver isso.

O arcebispo desabou sobre a cadeira e colocou o rosto entre as mãos. Lera minuciosamente todos os manuscritos que encontrara, relera-os à exaustão e todos retratavam seres muito poderosos, que blasfemavam contra Deus e contra a Igreja. E um relato em especial o deixara perplexo. Um tal bispo Alain de Marlemont, que havia morrido décadas antes, descreveu em detalhes a execução de um dos demônios, que seria morto pelo Sol da manhã. Tinha planos de vê-lo ser incinerado até seu corpo virar fuligem que seria carregada pelo vento. O maldito, contudo, fora resgatado por outras duas da sua *espécie*. O nome desse ser dos infernos era Harold Stonecross e o bispo Alain acreditava que ele era imortal. Recordava-se do trecho com clareza, palavra por palavra.

"Nós o torturamos com ferro, fogo e veneno. Nós rasgamos suas carnes e quebramos seus ossos. Deixávamo-lo moribundo, à beira da morte, mas passado um dia ou menos ele estava completamente curado, recuperado de suas chagas e insolente como sempre.

Satanás estava dentro dele e nada que fazíamos dava resultado. Parecia que ninguém podia matá-lo. Uns até defendiam a sua imortalidade, o que duvidei no começo.

Então, resolvemos purificá-lo com a luz de Deus e amarramos seu corpo imundo em um poste na praça. Enfim o demônio morreria com a claridade do amanhecer.

Entretanto, o Capeta sempre é ardiloso. E na forma de animais, uma coruja e uma gata, as duas mulheres-demônio surgiram e o resgataram.

Falhamos em nossa sagrada missão.

Depois da execução malsucedida de Harold Stonecross, não mais vimos ou soubemos dele e de suas companheiras. Desapareceram sem deixar quaisquer vestígios ou rastros, como se engolidos pela terra. E, em nome de Cristo, espero que eles nunca mais retornem dos confins do inferno, de onde nunca deveriam ter saído".

– E se preparássemos uma emboscada? – De repente, o rosto de Jerome pareceu se iluminar.

Lord Stephen inspirou fundo, soergueu as sobrancelhas e soltou o ar devagar.

– Conte-me mais.

– Bem, que tal usarmos uma isca?

Dizendo isso, o cônego puxou com gestos lentos e medidos uma cadeira, sentou-se e apresentou a sua ideia para o arcebispo, que ouvia tudo na mais completa atenção.

.

.

.

– Por que mesmo eu preciso viajar de noite? – perguntou Ralf, um jovem que ajudava padre Peter nos estábulos, mais dotado com os cavalos do que com as obrigações religiosas. – Eu não enxergo um palmo nesse breu.

– O porquê não interessa! – Jerome foi duro com ele. – Apenas obedeça e vá.

– E o que tem nessa carroça? – O rapaz estava encafifado com a carga, que era puxada por duas éguas. – Ela mais parece uma daquelas carruagens de levar gente rica.

– Novamente não lhe interessa – o cônego ralhou com ele. – Santo Deus!

– Só mais uma perguntinha... – Ralf coçou o queixo redondo. – Por que eu? Eu nem conheço essas estradas direito. Há tantos irmãos que são mais viajados...

– Santíssima Virgem Maria! – Jerome olhou para os céus. – Cale a boca e vá. É só seguir a estrada que você chegará ao seu destino antes do amanhecer. Você pode fazer isso sem resmungar, Ralf?

– Se o senhor faz tanta questão... Só quero ver se vou mesmo receber as minhas moedas de prata quando eu voltar – Ralf segurou as rédeas e partiu assoviando.

Jerome fez uma prece rápida, quase arrependido por ter convocado esse rapaz. Por sorte, o jovem não dava muita atenção aos boatos dos demônios noturnos. Padre Peter dissera que, apesar de petulante, ele era de certa forma obediente, por isso fora escolhido. E também era avoado demais para se preocupar com a *carga* dentro da carroça.

Passaram-se uns instantes e ele já cruzava a ponte e ia em direção ao sul, local dos últimos ataques.

Olhando de longe, Jerome começou a sentir uma pontada de arrependimento e fez outra prece.

– Que Santo Agostinho o proteja e livre-o de todos os males.

Amém – respirou fundo. – Mandei esse pobre rapaz para a boca do lobo, agora espero que impeçam a tempo a fera de mordê-lo...

– Eu não lhe paguei para me trazer apenas boatos, seu bosta de bode! – Geoffrey estava vermelho, as palavras silvando por causa dos dentes quebrados e dos beiços inchados.

Todos na taverna pararam as conversas e olharam para o careca.

– Vão cuidar das suas vidas, caralho! – irritou-se.

As pessoas viraram-se, algumas resignadas, e logo os falatórios e risadas recomeçaram.

– Então é só isso que tem para mim? – bebeu o restante da cerveja quente com três goles rápidos.

– Como eu já lhe disse, a única mulher desconhecida que apareceu no vilarejo foi essa garota branquela e sardenta – falou John, um sujeito de sorriso fácil e língua solta, que vivia pelas tavernas e prostíbulos da região. – Ela apareceu sozinha há duas noites e foi rumo ao caminho de Mitton junto com o Lombriga, que até agora não voltou – partiu um pedaço do pão escuro com a faca e enfiou com gosto na boca. – Acho que ele deve estar se divertindo até agora com a putinha.

– Eu acho que ele deve estar morto – retrucou Geoffrey.

John Maneta franziu o cenho e parou de mastigar.

– Por que diz isso? – jogou a massa para a bochecha esquerda.

– Por nada – respondeu o outro, de forma seca. – Agora só me procure se tiver alguma informação realmente valiosa. E hoje a comida é por sua conta, por me fazer perder o meu tempo.

Geoffrey saiu da taverna e o ar frio do final da tarde lhe agradou. Inspirou fundo: cheiro de nozes assando misturado com a podridão do curtume que ficava a algumas milhas dali. E, imaginação ou não, sentiu um leve odor de morte, daqueles que empesteiam os campos depois das batalhas. Teve calafrios e uma sensação de vazio no estômago.

Algo lhe dizia que nessa noite a garota-demônio atacaria novamente. Fez o sinal da cruz e seguiu para a sua casa. Caminhou até o Sol se esconder atrás da colina, correu quando a penumbra se adensou. Trancou a porta e não tirou o cinturão da espada ao se sentar à mesa. Sua mulher, desconfiada, serviu-lhe em silêncio um ensopado de coelho, que esfriou na tigela antes de ser tocado, formando placas amareladas de gordura.

– Mais problemas? – Abigail perguntou ao marido enquanto costurava calmamente uma túnica.

– O mesmo – Geoffrey enfiou uma colherada do ensopado na boca.

– E o seu pescoço continua no fio da espada?

– O meu pescoço, a minha cabeça, o meu rabo, a porra do meu corpo inteiro – dispensou a colher e verteu o caldo goela abaixo, segurando a tigela de barro com as duas mãos.

– Então você está mesmo fodido? – ela sequer tirou os olhos da costura que fazia.

– Da careca até os dedos dos pés – atirou a tigela, que se espatifou no chão.

– Então preciso começar a procurar outro marido – Abigail se levantou e foi para a cama. – Sou muito nova para passar o resto dos meus dias como viúva. E limpe essa sujeira.

– É... Precisa mesmo, mulher – Geoffrey segurou o punho de sua espada e encarou a porta com todos os músculos do corpo tensos.

Capítulo III – Destinos entrelaçados

– Estive pensando em algo – diminuí o trote com leve puxão nas rédeas. O cavalo bufou e estremeceu a crina.

– O que é? – Liádan emparelhou ao meu lado, com Stella sentada na garupa, seu cavalo soltando vapor pelas narinas.

– Até que não seria chato termos alguns conflitos ou lutas. Há muito tempo vivemos tranquilos, na paz, nos empanturrando de sangue, acordando, dormindo, acordando novamente. E isso está monótono demais – sorri mostrando os caninos proeminentes. – Se eu ainda fosse mortal estaria gordo como um porco capado.

– Não seja patético, Harold – Stella irritou-se. – Você é imortal, mas não é invencível. E se não fôssemos nós, você já estaria morto, não se lembra? Estaria torrado como um pedaço de carvão, *cazzone*.

– Eu tinha a situação sob controle, minha querida, apenas prolonguei-a para ter um pouco de ação – gargalhei.

Pude sentir a raiva emanar dos olhos de Stella. Liádan, sábia e comedida, disse com firmeza:

– Não deseje aquilo que não pode controlar.

Ela deu dois toques com os calcanhares na barriga do animal e ele galopou levantando torrões de terra a cada passada na estrada.

Pensei em retrucar. Calei-me, pois como sempre ela tinha razão. E mesmo que não tivesse, depois de séculos de convivência eu sabia: discutir com as adoráveis damas quase sempre era uma batalha perdida e um desgaste desnecessário.

– Por maior que seja nosso poder, nunca temos certezas sobre o nosso destino – murmurei. – Depois de tanto tempo, os deuses ainda se divertem conosco.

Meu espírito ansiava pela ação, mas a razão me fazia, de certa forma, temer. Ainda mais se houvesse uma luta contra todo o clero do local e mais *sei-lá-quantos* soldados. Seria muito egoísmo pensar somente em mim. Durante a minha longa jornada eu já havia perdido pessoas queridas por ter feito escolhas impulsivas, por causa da minha arrogância e soberba.

Continuei a marcha em silêncio. A minha amada jogara água gelada no meu entusiasmo, apesar de algo, tal como uma voz interna, dizer-me que uma grande guerra se aproximava.

E mal eu sabia que as peças já se moviam no tabuleiro.

.

.

.

Cheguei ao nosso refúgio bem depois das minhas amadas. O cavalo estava amarrado e pastava tranquilo em umas touceiras que cresciam rentes ao grande portão, ou melhor, ao pedaço de madeira apodrecida que restara dele.

Habitávamos um pequeno castelo em Ickham, longe das principais vias e bem encoberto pela vegetação, o que era excelente, pois tínhamos raríssimas *visitas* inoportunas. A construção sofrera danos em alguma invasão e fora abandonada. As pedras da muralha estavam enegrecidas e havia grandes rachaduras por causa de algum incêndio, e nos vãos onde a argamassa havia caído várias aves e lagartos faziam seus ninhos. Em alguns pontos a parede ruíra por completo, restando um amontoado de entulho.

Nossos caixões ficavam em um porão logo abaixo da torre de menagem e sempre mantínhamos o alçapão trancado por dentro durante o nosso sono diurno. Nunca fomos importunados por saqueadores ou mesmo curiosos. Ninguém acreditava que ainda pudesse haver algo de valor em meio às ruínas.

Amarrei o meu cavalo ao lado do outro e ele também começou a se fartar. Acariciei seu pescoço musculoso e ele raspou o casco na terra. Adentrei o pátio de armas que estava tomado por heras e arbustos, e fui em direção à torre de menagem, subindo a escada de madeira que levava até uma portinhola acima do chão na altura de três homens. Uma coruja pousada na soleira da porta levantou voo, silenciosa, sumindo na escuridão.

Encontrei Liádan e Stella sentadas sobre a suntuosa cama que tomamos de um bispo e trouxemos para o nosso covil de amor. Lembro-me bem do gorducho suado, soltando guinchos curtos enquanto as duas damas mordiscavam seu corpo roliço, lambendo as gotas de sangue que saíam dos pequenos furos.

Ele ria e se contorcia de um jeito engraçado, a banha da sua pança rotunda fazendo ondas a cada movimento. Elas o enfeitiçaram, deixaram-no completamente sem dor. O bispo exalava um cheiro azedo por causa dos meses de suor incrustado em sua pele sebenta.

Eu estava nas sombras, agachado, observando-as brincar com o gorducho. Havia acabado de beber de uma prostituta cheirando a cerveja rançosa. Ela veio se oferecer para mim, movimentando-se de uma maneira deliciosamente descoordenada por causa do álcool e, é claro, eu aceitei. Diverti-me com ela, deixando-a extasiada e exausta antes de lhe dar o meu beijo mortal.

Eu adorava esses joguetes e essas sensações. E as minhas amadas também, pois continuavam enlouquecendo o bispo enquanto drenavam sua vida pelos pulsos, coxas, pescoço. O gorducho não merecia tal recompensa, mas elas eram generosas. Talvez garantissem um lugarzinho no paraíso.

Ri, elas me olharam. O bispo sequer percebeu, tão envolvido que estava pelas mãos, línguas e seios.

Levantei-me. Permaneci oculto nas sombras. Elas o sugaram até a última gota.

Carregamos a cama com o bispo sobre ela para fora dos seus aposentos. Por sorte o nosso renascimento nos dera uma força sobre-humana, então, foi fácil caminharmos até o nosso lar, mesmo porque o gorducho ficou no meio do caminho, jogado de cima de um barranco para dentro do rio. A correnteza o levaria para longe e, quando o encontrassem, pensariam em um acidente por causa de uma bebedeira ou em um assassinato por algum ladrãozinho insolente.

– Harold! – Stella me chamou, fazendo-me retornar dos meus devaneios. – Está dormindo acordado?

– Quase isso – entrei no aposento e tirei as botas.

Sentei-me em uma cadeira e pude perceber a preocupação delas. Os olhos verdes de Liádan estavam cansados e mesmo depois de se alimentar seu semblante era pesado.

– Preocupadas com as mortes? – perguntei, já sabendo a resposta.

– Estou preocupada conosco – minha dama ruiva respondeu de pronto. – A Deusa falou comigo. Depois de décadas de silêncio ela mandou uma sutil mensagem enquanto eu cavalgava para cá.

– E o que ela disse? – Eu estava intrigado.

– Uma onda negra de fogo e aço vai se abater sobre nós.

– Como assim?

– Eu não sei, Harold! – desesperou-se Liádan. – Fódla só me disse isso. Na verdade ouvi a sua voz na minha mente, tão suave que pareceu um devaneio.

– E quem disse que não foi? – ergui os braços.

– O meu coração – ela se levantou, foi até a porta e pulou.

Não tentei impedi-la, mesmo porque não conseguiria. Se ela precisava ficar só para refletir, eu respeitaria o seu desejo. Tínhamos todo o tempo do mundo.

Pelo menos era o que eu acreditava.

– *Anda, anda devagar, sem parar nem pra cagar* – cantarolou Ralf puxando as éguas pelas rédeas. – Se eu soubesse que precisaria viajar de noite teria dormido. Mas não! Fiquei limpando as cocheiras, escovando os cavalos e trocando a palha fedorenta dos estábulos Que sono dos infernos! – levou a mão à boca. – Perdão, Senhor...

O jovem bocejou alto e deu dois tapas no rosto para ver se despertava. Não adiantou. Arrastou-se por mais uma dezena de passos e estacou.

– Cacete, mal enxergo o caminho – esfregou os olhos vermelhos, que ardiam como se estivessem cheios de terra. – O cônego Jerome disse para eu não parar, mas que se dane! Eu estou longe e ele não vai saber. Preciso de um cochilo. Parece ter areia dentro dos meus olhos.

Ralf amarrou as éguas em uma árvore, pegou uma manta que trazia no lombo de um dos animais e se sentou à beira da estrada, recostando-se em um tronco e cobrindo-se com a manta grossa de lã.

– Um pouco de cerveja quente iria bem, está frio demais – esfregou as mãos grandes. – Bem, já que não tenho, um gole de água serve.

Pegou o odre e bebeu um pouco. Bocejou de novo, piscou lentamente, cutucou a orelha, tombou para o lado, deu um peteleco num besouro que passou rente ao seu nariz e assim que fechou os olhos adormeceu.

.

.

.

Ralf acordou sobressaltado por causa dos gritos. Arrastou-se por instinto para trás da árvore, ainda com a visão embaçada. Tremia pelo frio e pelo susto.

Estava escuro, um céu encoberto pelas nuvens. Conseguiu espiar quatro homens, com paus ou espadas em punho, atacando um garoto franzino.

Tudo foi muito rápido e um a um os homens foram caindo, derrubados pelo garoto, que parecia flutuar. Urros de dor, estalos e baques no chão quebravam o silêncio da madrugada. Por um instante, o garoto pareceu morder o pescoço de um dos atacantes.

– Não pode ser – balbuciou. – Valha-me Deus!

O jovem esfregou os olhos, atônito. Quando os abriu novamente, a batalha havia acabado. Quatro corpos no chão e nada do garoto.

Ralf ficou escondido, tremendo, quase mijando nas calças. Movimentou-se devagar para olhar do outro lado do tronco. Sentiu alguém tocar-lhe o ombro e gritou. Levantou-se em um pulo e correu. Tropeçou na manta e deu de cara no chão de terra dura. Cuspiu pó.

Risadas. Agudas demais. Parecidas com as de uma menina.

O jovem tremia dos cabelos aos pés. Virou-se devagar, com dificuldade, pois seus braços e pernas não obedeciam à sua vontade, pesavam como chumbo.

Viu um vulto quase sobre ele. Fechou os olhos, uniu as mãos e rezou, ou pelo menos tentou algo semelhante a uma prece.

Risadas. Definitivamente eram de uma menina.

Abriu somente um olho. O vulto estendeu-lhe a mão pequena. Por um momento Ralf hesitou. O vulto continuou imóvel, então o jovem cedeu e segurou a mãozinha suave, que o levantou com um puxão de força desproporcional ao tamanho do *ser*.

Ralf era pelo menos três palmos mais alto do que a garota, cujo rosto não enxergava direito por causa da penumbra. Ela permanecia em silêncio, fitando-o.

– Oi? – o jovem arriscou.

– Oi – ela respondeu.

– Er... – ele não sabia o que dizer.

– Não precisa ter medo. Não vou lhe fazer mal – ela sorriu. – Já estou empanturrada.

Ralf achou aquilo estranho. Na verdade, tudo era estranho, quatro homens com espadas e gibões de couro estirados no chão, uma garota sozinha no meio do nada. E o pior, uma garota sozinha no meio do nada que conseguiu matar os quatro homens armados. Por quê? Como?

Tudo era muito confuso.

O jovem sentiu as pernas bambearem, numa quase vertigem. Deu dois passos para trás e virou-se pronto para correr. A garota *surgiu* na sua frente. Ele gritou e caiu sentado, agora o mundo girava. Novamente ela esticou a mão e ajudou-o a se levantar.

– Ainda não desistiu de fugir de mim? Já disse que não precisa ter medo. Ou sou tão assustadora que um homenzarrão como você quase se caga todo? – sorriu, seus dentes pareciam saltar da boca.

– Quem é você? – ele respirou fundo, tentando clarear as ideias.

– Eu sou Tita, sua criada – curvou-se em uma mesura exagerada, os cabelos fartos caídos sobre o rosto.

– Tita? – franziu o cenho.

– Acha o meu nome estranho? – a garota piscou. – É que não é das suas terras. Vim de bem longe. De lá do outro lado do mar. Não percebeu o meu sotaque? E você como se chama?

– Ralf – respondeu ele, ainda desconfiado.

– Pronto! – tocou-lhe o braço. – Agora não somos mais estranhos.

– É...

– Você é tímido, Ralf? – Tita se afastou e começou a atirar os corpos dentro da carroça como se fossem sacos de palha. – Ou se faz de tímido para jogar charme nas garotas?

– Não sou tímido – coçou os cabelos louros e encaracolados – É que...

Tita pegou o último dos homens, jogou-o na carroça e deu um tapa na anca de uma das éguas, fazendo-as voltar por onde vieram.

– Logo o arcebispo vai ter uma surpresinha – riu.

Ralf estava confuso, quase abobalhado com tudo o que vira. Beliscou-se para ver se não estava sonhando. Doeu.

– Eles estavam dentro da carroça? Da carroça que eu guiava? – franziu a testa. – Então eram soldados que eu carregava?

– Sim – Tita arrumou os cabelos desgrenhados com os dedos. – Esses quatro defuntos, quer dizer, homens estavam escondidos. Quatro veadinhos abraçados no fundo da carroça.

– Puta que o pariu... – mordeu o nó do dedo indicador. – E para quê?

– Para me matar – colocou as mãos na cintura.

– Matar você?

– Euzinha – gargalhou. Tinha uma risada estridente, nada bela, mas aquecia o coração de Ralf.

– E que caralhos você fez para mandarem esses brutamontes? – o jovem estava confuso. – Aliás, como você conseguiu acabar com eles? E com as mãos vazias!

Tita saltitou em direção ao bosque. O vento fazia seu vestido ondular.

Se estivesse claro talvez desse para ver as pernas dela, pensou.

– Você não vem? – a garota chamou.

– Ir com você?

– Está vendo mais alguém aqui? – embrenhou-se na mata. – Você pergunta demais. Apenas venha comigo. Se quiser.

Algo dizia que Ralf devia ter medo dela, mas seu coração estava em paz. Ela matara os homens, entretanto ele não sentia mais medo ou vontade de fugir. Ela se transformara em curiosidade. Seguiu-a.

– Vá mais devagar, não estou enxergando merda nenhuma – esfregou a testa dolorida depois de batê-la em um galho. – Acho que eu vou me estrepar seguindo essa doida.

– Acompanhe a minha voz – falou a garota, e começou a cantarolar. Um tanto desafinada, mas mesmo assim encantadora.

– Ai, meu Deus, o que eu estou fazendo? – ele tateava no escuro, o coração ribombando no peito. – E se ela me matar também?

– Já não disse que estou empanturrada? – era como se a voz falasse dentro da sua cabeça. Continuou a cantoria.

– Para onde estamos indo? – perguntou.

Não houve resposta, Tita apenas cantarolava.

– Acho melhor voltar – Ralf hesitou.

Então a cantoria cessou e uma luz alaranjada brilhou adiante, tremeluzindo por entre as árvores.

– A curiosidade matou o texugo – seguiu em frente, a claridade aumentando. Venceu rapidamente os últimos passos e viu-se em uma pequena clareira, onde ardia uma fogueira. Ao fundo, um casebre, provavelmente de algum lenhador ou guarda-caça.

Tita estava ao lado da fogueira aquecendo as mãos. Enfim Ralf pôde enxergá-la direito. Era uma menina, algo entre quinze ou dezesseis anos, de cabelos fartos, pele muito branca e salpicada por um punhado de sardas. Não era linda, mas mesmo assim instigante.

Aproximou-se devagar, meio hesitante. A garota sequer

olhou para ele. Continuou a aquecer e esfregar as mãos, os cabelos revoltos cobrindo parte do rosto delicado.

– Quem é você? – Ralf insistiu.

– Essa é uma boa pergunta... – inspirou fundo. – Já vivi por tanto tempo que, às vezes, não sei ao certo quem sou.

– Tanto tempo? Você é praticamente uma menina.

Tita se virou e seus olhos pareciam antigos, profundos. Ralf sentiu-se nu, como se aquele olhar penetrasse no seu espírito, desfraldando todos os seus medos e segredos. Abaixou a cabeça e, num ato de autoproteção, virou-se.

– Você quer ouvir a minha história? – Tita indagou, com a voz suave.

– Quero – arregalou os olhos, como fazem as crianças quando ouvem uma novidade.

– Saiba que sua vida vai mudar. Para sempre – a menina tocou-lhe a cintura.

– Por favor, me conte. – Ralf virou-se para ela. – Gostaria muito de saber mais sobre você.

O jovem sentou-se no chão, pernas cruzadas e mãos no queixo.

Tita ajoelhou-se à sua frente, mãos pousadas sobre as coxas.

Ralf sentiu algo como um calor no peito. A menina não era linda, mas o encantava.

– Você tem certeza de que deseja saber quem eu sou? – perguntou novamente, mais incisiva.

– Sim, tenho certeza – Ralf estava vidrado naqueles olhos profundos.

E a menina começou a falar; e as palavras, juntamente com o bruxulear das chamas, o envolveram de uma maneira como nunca ocorrera antes. E de fato a história contada era tão fascinante, tão surpreendente, que Ralf sabia que nunca mais seria o mesmo.

Ainda estava escuro quando bateram na porta. Jerome demorou a acordar. Novas batidas, dessa vez mais vigorosas. Uma pausa, apenas o tempo de um piscar d'olhos e a madeira recebeu de novo as pancadas insistentes.

– Já vou – respondeu com a voz rouca. – Por Cristo!

Arrastou-se até a porta, os passos lentos e cambaleantes, levantou o trinco e abriu-a, bocejando, piscando muito, os olhos pesados e a visão fora de foco. Viu padre Peter segurando uma lamparina a óleo, o semblante desesperado.

Jerome despertou de vez, seu coração explodindo no peito e outra súbita dor de cabeça espetando suas têmporas.

– O que aconteceu, irmão? – indagou, sem ter certeza de que queria saber a resposta.

– As éguas voltaram... A carroça... – A mão esquerda segurando o hábito, trêmula. – E trouxeram os homens mortos.

– Homens mortos? – Sua mente ainda não estava trabalhando na plenitude. – Que homens mortos?

– Os soldados, todos eles – arfava.

– Ralf também? – Jerome fez o sinal da cruz.

– Ele não – padre Peter balançou a cabeça, os olhos vermelhos e úmidos. – Imagino o destino do pobre coitado.

– Ele pode ter escapado – Jerome tocou o ombro do irmão. – Ele deve ter fugido. Era um rapaz esperto, não era?

– Escapar? Duvido. Nós matamos o jovem, Jerome – falou alto e com uma convicção irascível. – O sangue de Ralf mancha as nossas mãos e a nossa alma. Nós vamos para o inferno – deu as costas e retirou-se chorando, os murmúrios ecoando pelo corredor de pedra. – Nós vamos para o inferno!

– Meu Deus, o que eu fiz? – Jerome desabou no chão, colocou a cabeça entre os joelhos e chorou. – O que foi que eu fiz?

O desespero tomou conta da sua mente e as marteladas incessantes dentro da sua cabeça o fizeram vomitar. Uma golfada amarelada e azeda saiu queimando pela sua boca e narinas e quase o sufocou. Arrastou-se de quatro para dentro da sua cela e, com as forças minguadas, içou-se para cima da cama.

Perdeu o fôlego, puxando ar e vômito a cada inspiração dolorida. O ânimo já ruíra havia tempo, seu espírito fora rasgado por garras negras. Fechou os olhos e lembrou-se do jovem Ralf. Imaginou-o sendo mordido por demônios alados, parecidos com morcegos. Sentiu o sofrimento do rapaz, o sangue se esvaindo por cada furo, o medo no semblante.

– Por quê? – viu o garoto perguntar desesperado, enquanto era devorado vivo. – Por que me entregou para as crias de Satanás?

Jerome condenara uma alma inocente e agora chorava, soluçava, arrependendo-se da escolha que fizera. Queria rezar, não conseguiu. Esquecera-se de todas as orações que repetia diariamente desde menino.

– Por quê? – Ralf era puxado para o abismo pelas criaturas aladas. – O que eu fiz para merecer isso, senhor?

Jerome gemeu como um bebê que acabou de borrar-se todo até que um súbito mal o acometeu, fazendo nós na garganta e no peito. Ofegou atrás do ar. Agonia. Desespero. Medo. E tudo ficou escuro num instante.

Blomm.

Blomm.

Blomm...

No limiar entre os sonhos e o despertar, Jerome ouviu sinos. Uma, duas, cem, sabe-se lá quantas badaladas, pois na sua cabeça dolorida havia somente ecos.

Blomm.

Blomm.

Blomm...

Abriu os olhos e a claridade vinda da pequena janela da sua cela o ofuscou. Dormira demais, apesar de ainda estar cansado, ou melhor, exausto. Com certeza perdera a celebração das *laudes.*

Sentou-se devagar, a boca seca, azeda, e a sensação que o seu corpo pesava como uma rocha. Passou a mão pela pele oleosa da cabeça tonsurada e respirou fundo. Engoliu em seco e sua garganta doeu. Foi até a jarra, mas ela estava vazia.

Respirou fundo mais umas vezes e se levantou.

Precisou se apoiar na cadeira, por causa da tontura e da dor de cabeça insuportável. Saiu da sua cela, arrastou-se pelos corredores, tateando as paredes com os olhos semicerrados e foi buscar auxilio na enfermaria.

– Você está péssimo, irmão – falou Paul.

– Eu sei, irmão – Jerome respondeu, os ombros caídos. – Tenho tido dias muito ruins, pesados, negros até. E noites piores ainda, com o sono entrecortado.

– E você gostaria de conversar sobre isso? – Paul encarou-o e os olhos cinzentos pareciam desnudar o seu interior.

– Hoje não... – fez um muxoxo. – Agora eu gostaria de algum remédio para essa dor de cabeça irritante e algo para me dar um pouco de energia.

– Tem urinado bem? – perguntou o padre. – Algum problema no estômago ou dores nos rins?

– Tenho urinado normalmente e aqui na barriga nada dói – Jerome respondeu.

– Ótimo, ótimo... – assentiu com a cabeça. – Dores de garganta, muito catarro?

– Também não.

– Grande problema são as dores de cabeça, certo?

– Sim. Estão cada vez mais insuportáveis.

– Temos que equilibrar os seus humores – colocou a mão no queixo. – Pelo que vejo, você está com excesso de bile negra. Vou lhe passar uma dieta à base de alho, funcho, beterraba, nabos e um pouco de galinha. E, por favor, tente evitar as nozes e os pães. Pelo menos por umas duas semanas. Essa alimentação vai lhe dar mais disposição e vigor.

– E para a minha cabeça? – tinha os olhos semicerrados por causa das pontadas constantes em suas têmporas.

– Bem lembrado! – Paul deu um sorrisinho. – Você vai macerar na cerveja aguada um pouco de cenoura, maçã, anis e agrião, se encontrar. Beba sempre que estiver com sede. Depois vá até a horta, fale com o irmão John e peça a ele as ervas e os cogumelos para você fazer uma infusão. Ele vai lhe dar tudo o que precisa.

– Obrigado – Jerome levantou-se.

– Que Deus o abençoe e cure. E se continuar mal, volte aqui que lhe farei uma sangria – Paul se afastou para cuidar dos outros doentes.

Jerome saiu cambaleando da enfermaria.

.

.

.

A infusão de gosto horrível havia amenizado bastante a dor e o cônego pôde retomar os seus afazeres, ainda que com o coração pesado e a mente nublada pela tristeza e pela culpa. Por sorte, o irmão Peter havia mantido a sua palavra e sustentara o sigilo. Logo sentiriam a falta do jovem Ralf, mas seria possível contornar a situação com alguma desculpa.

Odiava mentir, mas estes eram tempos incomuns, graves, e ele fazia o que fazia pelo bem da Catedral. Esperava que Deus pudesse perdoá-lo por essas faltas. Apertou o passo, ainda havia um grande problema a ser resolvido.

Como combinado, encontrou o arcebispo no claustro. Ele contemplava o jardim, o corpo curvado pelo peso dos anos. Segurava um saco de onde tirou umas migalhas e jogou-as no chão para os passarinhos. Sorria tal qual uma criança deslumbrada.

Jerome pigarreou e Stephen se virou em sua direção, fazendo um sinal para que se aproximasse.

– Eminência – abaixou a cabeça. – Aconteceu o pior.

– Eu já soube.

– Como?

– Fui falar com Peter e ele me contou o infortúnio do nosso

plano – jogou mais migalhas e um esquilo se juntou à comilança, fazendo o arcebispo soltar um risinho baixo.

O cônego o fitou com as sobrancelhas franzidas.

– *Carpe diem* – o arcebispo jogou aos animais os últimos farelos.

– *Carpe diem?* – o cônego fez um careta.

– Estou velho, Jerome – sua voz demonstrava o seu cansaço. – Não sei por quanto tempo ainda vou viver. Pode ser que hoje eu me deite e não desperte mais. Então, se eu puder desfrutar um pouco da felicidade, mesmo que vinda das pequenas criaturas de Deus, eu o farei. *Carpe diem!*

– Entendo, eminência.

– Não se sinta culpado – encarou Jerome com certa ternura. – Não foi você que matou aqueles homens ou sumiu com Ralf. Você fez o que achou melhor para tentar evitar mais mortes.

– Não consegui – respondeu cabisbaixo. – Falhei na minha incumbência.

– O mal que enfrentamos é antigo, forte. – Espirrou. – Essa guerra começou antes de existirmos e os homens antes de nós nunca venceram o confronto, ele apenas ficou latente.

– E por infelicidade a batalha recomeçou na nossa época – Jerome cruzou as mãos à frente da boca.

– Se essa é a nossa missão, proclamada pelo nosso Senhor, vamos enfrentá-la.

– E perder... – o cônego balançou a cabeça em negação.

– Não seja pessimista, filho – o arcebispo falou, agora com um tom de voz mais ríspido. – Eu acredito no poder de Deus e na nossa capacidade de solucionar problemas. Pode ser que nunca vençamos de fato, mas tentaremos, não é?

– Sim eminência – Jerome assentiu, sem qualquer confiança. – Desculpe a minha fraqueza.

– Não peça desculpas. Somos humanos e falhos, mas devemos perseverar e tentar trazer a luz divina de volta a essas terras – tossiu. – Agora, Jerome, sugiro que no restante do seu tempo, você distraia a sua mente e viva na plenitude – falou Lord Stephen.

– *Carpe diem.*

– Sim, filho, *carpe diem.*

Eles se despediram com uma mesura e cada um foi cuidar dos seus afazeres.

Enquanto houvesse luz, poderiam ter um pouco de paz.

– Quer dizer que também estão acontecendo umas merdas estranhas lá na Catedral? – Ernest perguntou a Geoffrey.

– Sim, meu senhor – respondeu o careca, sibilando por causa dos dentes quebrados. – Parece que alguém está matando os homens da Igreja. Padres, bispos, priores, o assassino não respeita qualquer hierarquia.

– E quem está fazendo isso? Desconfiam de alguém? – Ernest estalou os dedos.

– Ninguém sabe, mas há rumores sobre demônios, seres das trevas, enviados do diabo, coisas do tipo – fez o sinal da cruz e contou todos os boatos que ouvira. – Mesmo com as rondas constantes, *a coisa* continua escapando. Parece uma sombra, sei lá!

O senhor prestava atenção, apesar de não acreditar em quase nada do que escutava. Muitas partes lembravam as histórias ébrias repassadas boca a boca pelos trabalhadores incautos nas tavernas e nos acampamentos. Não protestou ou interrompeu o relato, apesar de ter vontade de rir por algumas vezes.

– E será que os tais *demônios* além do sangue se interessam por ouro? – ergueu a sobrancelha direita.

– Acho que aquela menina-demônio que nos roubou gosta de ambos – Geoffrey estava convicto. – E um jovem monge me disse que já viram uma garota do jeito que descrevi rondando a Catedral. Então não estou louco, meu senhor – esboçou um sorriso. – Foi a danada que roubou o nosso baú.

– Hum – Ernest esfregou o dedo atrás da orelha e cheirou-o. Fez uma careta. – E quem não gosta de dinheiro e sangue? – riu. – Agora só falta me dizer que os seres do mal fodem com as vítimas antes de matá-las!

– Há rumores sobre isso também...

Ernest riu até engasgar e começar a tossir. E riu de novo ao olhar para o lacaio com a expressão abobalhada.

Geoffrey permaneceu em silêncio.

– Então o velho Stephen e eu temos inimigos em comum? Demônios ladrões, sugadores de sangue e fodedores de inocentes – pigarreou, ainda se recuperando, e cofiou a barba. – Talvez possamos trabalhar em conjunto para resolvermos esse problema.

– Acho que é uma boa ideia, meu senhor – Geoffrey sorriu exibindo o vão entre os dentes.

– Lógico que é uma boa ideia, seu imbecil. Fui eu que a sugeri! – Cuspiu, dando um tapa na testa do careca. – Acho que irei agora falar o com arcebispo. E você vem comigo.

Os dois foram à estrebaria, prepararam os cavalos e saíram a galope. O tempo passava rápido e o prazo para entregar o dinheiro ao rei John se esgotava. E se isso deixava Ernest irritado, Geoffrey mal dormia de tanta preocupação, pois a integridade do seu rabo estava em jogo.

.

.

.

– Sua eminência pediu para aguardarem – falou um padre de face rosada.

– Fazer o quê? – Ernest soltou um muxoxo e se sentou no banco de madeira.

Geoffrey permaneceu em pé, quieto, admirado com as pinturas, tapeçarias e imagens que ornavam a sala. Nunca vira algo assim.

– Se gostou, deveria ver as artes que ornam o castelo do rei John. São magníficas – Ernest aprumou-se no banco.

– Há muito tempo fui até o castelo com o meu pai – o lacaio se aproximou. – Mas fiquei do lado de fora conversando com uns velhos amigos. Acho que o rei ainda era um menininho.

– Quem sabe se revolvermos logo essa merda, nós não nos encontremos pessoalmente o rei daqui a uns meses – Ernest estalou os dedos. – Soube que ele está querendo retomar as suas terras na França e vai mandar o exército para lá.

– De novo?

– Sim, ele não desiste.

– Vai voltar com o rabo entre as pernas como da outra vez – Geoffrey balançou a cabeça.

– Se voltar... – Ernest fitou a imagem de um santo alimentando carneiros e aves.

A porta da sala rangeu.

– Evite falar do rei – Ernest rosnou pelo canto de boca. – Ele, o Papa e o arcebispo tiveram muitas rusgas e até hoje não são os melhores amigos, então é melhor manter o nome dele fora das conversas.

Lord Stephen entrou acompanhado por Jerome. Os dois visitantes se aprumaram e fizeram uma mesura respeitosa.

– Eminência – Ernest beijou o anel do arcebispo.

Geoffrey o acompanhou e fez o mesmo gesto. Odiava essas frescuras, mas sabia que precisava obedecer aos protocolos.

O arcebispo e Jerome se sentaram e os dois convidados também.

– Não acho educado prestar atenção aos cochichos das pessoas, mas não pude deixar de ouvi-los falar sobre as... Qual é mesmo a palavra? – coçou a cabeça. – Ah, sim! As rusgas entre o Papa, o rei e eu – sorriu.

– Desculpe a indelicadeza...

O arcebispo levantou a mão, interrompendo a fala de Ernest.

– No passado realmente tivemos sérios problemas, pois o nosso rei não queria me aceitar como arcebispo e Primaz da Inglaterra. Por oito anos fui impedido de entrar no meu país e os monges de Canterbury sofreram bastante, inclusive com o exílio. Então o Papa Inocêncio III excomungou o rei John e até chegou a negociar com Felipe II da França para depor nosso monarca por meio de uma invasão. Imagine uma guerra por causa da teimosia de um homem! – balançou a cabeça. – Mas isso são águas passadas. Ele foi perdoado por mim e pelo bom Papa. Confesso que ainda nos dá um bom trabalho e que quebrou alguns juramentos e garantias prometidas. Entretanto, essa é outra história.

– Nossa! – Geoffrey estava com os olhos arregalados, pois, como a maioria das pessoas, não conhecia essa história.

– Mas a que devo a visita, senhor Ernest? – o arcebispo cruzou as mãos sobre o colo, com a calma habitual.

– O assunto que tratarei com Vossa Eminência é sobre um... – pigarreou – um problema em comum.

– Fale – Lord Stephen se manteve impassível. Ao seu lado, Jerome, nervoso, balançava a perna direita sem parar.

– Alguém que está matando seus homens também matou os meus e isso me trouxe grande prejuízo.

– E quem lhe falou que há mortes por aqui, filho? – o arcebispo continuava calmo.

– Ora, eminência, essas histórias se espalham como piolhos nas cabeças dos meninos – sorriu Ernest. – E acho que tentar acobertar esses fatos não vai ajudá-lo em nada. Não se esqueça de que também tenho olhos e ouvidos por essas bandas. E sou seu aliado nessa jornada.

O arcebispo ficou em silêncio por uns instantes. Respirou fundo e olhou para Jerome, que levantou os ombros de maneira nada discreta.

– Que assim seja! – Uma nova pausa para encarar Ernest com seus olhos azuis como o céu de verão. Fez sinal para eles se aproximarem.

– Coloque a mão sobre a Bíblia – apontou para o Evangelho imenso que ficava sobre o altar. – Você deve jurar por Santo Aidan de Lindsfarne que nunca vai contar para ninguém o que eu vou lhe dizer, sob pena da excomunhão. Sob risco da vingança do Santo!

– Juro por Santo Aidan de Lindsfarne que manterei em segredo o que eu ouvir nessa sala – respondeu Ernest, sem qualquer hesitação.

– Você também – Lord Stephen olhou para Geoffrey. – Coloque a mão sobre a Bíblia. Não essa mão! A direita! Por Deus!

– Ju-juro – colocou a mão certa sobre a capa grossa de couro.

– Jura o quê? – o arcebispo encarou-o.

– Juro que não abrirei a minha boca para falar sobre o que eu ouvirei aqui – o careca tomou fôlego. – Por Santo Aidan de Lindsfarne. E por todos os outros santos.

Geoffrey tremia, pois sempre havia o risco de dar com a língua nos dentes em uma conversa na taverna, depois de uma bebedeira, ou com a sua mulher, na cama. Teria que se conter e se controlar. Não tinha certeza se conseguiria. Engoliu em seco e imaginou o santo descendo dos céus para castigá-lo com fogo e ferro. Quis refutar o juramento, mas sabia que isso era impossível.

Estava feito.

– Pois bem – o arcebispo fechou os olhos e murmurou algo, uma prece talvez. Então, pôs-se a contar toda a história, desde os manuscritos do padre William Long, passando pelos relatos do bispo Alain de Marlemont e de tudo o que acontecera nos entornos da Catedral.

E mesmo o incrédulo Ernest dobrou-se devido aos fatos assombrosos. Ao seu lado, Geoffrey ouvia tudo boquiaberto e ofegante. Um pânico cresceu no seu peito, pois agora confirmara que os demônios da noite eram reais.

E espreitavam por aquelas bandas.

Tita levantou-se e jogou mais galhos secos no fogo. As labaredas subiram e fizeram a sua dança antes de virarem fios de fumaça. Jogou algumas ervas nas chamas, pois gostava do cheiro exalado por elas.

Ralf permaneceu sentado, quieto, pensativo. A história fantástica contada pela garota despertara algo dentro dele. Instantes depois deitou-se de costas para o chão e começou a observar as estrelas. Esticou as mãos como se quisesse pegá-las.

Tita veio e se deitou ao seu lado. O vapor saia a cada respiração dele. Estava frio, mas esse não foi o motivo pelo qual ele abraçou a menina, tampouco aquele pelo qual a beijou com ardor, como nunca fizera antes.

E sequer percebeu o vento gelado açoitar as suas costas nuas enquanto faziam amor, enquanto sugava os seios pequenos e estocava com força.

No começo teve medo de machucar a menina franzina, mas depois das primeiras carícias percebera que ela também o queria e o mantinha com vigor dentro dela, sugando-o de uma maneira enlouquecedora. Sentiu as unhas dela arranharem a pele das suas costas, mas a dor fora suplantada pelo prazer e, tal qual um animal, rosnou enquanto lhe dava a sua semente.

E, mesmo depois de esgotar todo o gozo de Ralf, Tita não permitiu que ele saísse de dentro dela. Prosseguiu massageando o membro meio flácido, até começar a gemer e a soltar silvos agudos. Entrelaçou as pernas esguias nele e cravou as unhas com mais força.

Ele gemeu, de dor, mas se manteve firme tanto quanto conseguiu.

– Agora pode sair – tinha um sorrisinho safado estampado no rosto. – Já estou satisfeita.

Lambeu o sangue que lhe umedecia as pontas dos dedos. Os dois vestiram suas roupas e adentraram a pequena cabana. O toque do tecido grosseiro fazia as escoriações nas costas dele arderem, mas não houve qualquer reclamação, somente pernas bambas e coração ribombando forte.

Tita acendeu duas velas com o estalar dos dedos e deixou Ralf boquiaberto. Deu uma piscadela para o jovem e sorriu.

– Logo vai amanhecer e eu preciso me retirar para a minha alcova – a menina puxou um tapete que cobria um buraco feito na terra, tampado apenas por umas tábuas pregadas.

– Então dormirei com você.

– Não, meu querido, ainda não – Tita beijou-lhe os lábios com doçura. – Preciso de você aqui fora, pois, antes de eu despertar, receberemos *visitas*.

Ralf pensou em protestar, mas uma voz na sua cabeça disse: *teremos todo o tempo do mundo.*

A garota pulou para dentro do buraco escuro pouco antes do dia clarear. O jovem tampou a abertura com as tábuas e jogou por cima o tapete puído. E, de repente, um torpor tomou conta do seu corpo, mal permitindo que mantivesse os olhos abertos.

Sentou-se no chão de terra batida e encostou-se à parede de madeira. Fez uma careta de dor, suas costas ardiam, mas o cansaço não deu trégua. Em poucos momentos ele estava dormindo e sonhando com anjos nus e com a menina-mulher Tita.

Capítulo IV – Laços eternos

A dama ruiva se despiu. Sua pele branca parecia refletir o luar. Entrou devagar no lago e a água fria fez seus pelos se arrepiarem e os mamilos rosados intumescerem. Deu uns dez passos e estacou, o corpo quase totalmente imerso, os cabelos cor de fogo tais quais labaredas na superfície ondulante do lago, vivos, brilhantes.

Sentia os peixinhos brincando ao seu redor, uns mordiscavam seus pés, outros saltavam para fora da água como gotas prateadas. Estava em comunhão com a natureza. Protelara esse momento por tempo demais.

Gostou do silêncio e da solidão. Era uma ocasião rara, ainda mais nos últimos meses, na turbulência dos acontecimentos recentes. Inspirou fundo, enchendo os pulmões ao máximo, e deixou o seu corpo afundar, devagar, os peixinhos dançando por entre os braços e pernas entreabertos.

Liádan estava confortável, como se a água a envolvesse em um abraço frio e acolhedor. Era como se entrasse em contato com as forças e os deuses desse lugar. Tentou limpar a mente de todos os pensamentos e angústias, buscou o vazio, buscou o nada.

Permaneceu assim por bastante tempo, quieta, imóvel. Soltou algumas bolhas pela boca e cada uma delas parecia uma pequena estrela cintilante que dançava à frente dos olhos.

E antes que elas morressem na superfície do lago, os pontos brilhantes se transmutaram em rostos. Alguns eram conhecidos, como o do arcebispo Stephen Langton, o de Stella e o do seu amado Harold; outros ela nunca vira antes, como o de uma menina salpicada de sardas, o de um homem de olhos verdes e cabelo cor de palha e o de um jovem cujo semblante se apagou quando a bolha estourou.

Soltou mais ar pela boca e uma nova imagem se formou,

agora maior, mais viva. Uma mulher de cabelos pretos como a noite e olhos vermelhos como brasa. Sua boca se movia como se dissesse algo, mas Liádan não compreendia. A imagem foi subindo lentamente até desaparecer na superfície.

A dama ruiva se levantou de súbito, saindo da água ofegante, pois tinha certeza de que vira o rosto da Deusa, o rosto de Fódla.

– Foi um presságio – sentou-se na margem para recuperar o fôlego. – Mas o que a Deusa está tentando me dizer?

Na sua cabeça somente incertezas, temores e uma inquietação crescente, como se um perigo se aproximasse cada vez mais.

Vestiu suas roupas e permaneceu à beira do lago quase até o Sol raiar. E quando a claridade começou a ofuscar os olhos e esquentar a pele, como já fizera outrora, pediu acolhimento e foi atendida, aninhando-se nas entranhas da Terra, junto às raízes, insetos e minhocas.

Passou um tempo contemplativa, pensando nos rostos e na Deusa, até o torpor do sono a dominar por completo e ela adormecer tranquila, apesar de tudo.

– Puta que o pariu! – Ernest falou com os olhos arregalados. – Perdoe-me pela falta de educação, eminência, mas estamos fodidos então?

O arcebispo pensou em ralhar com o homem devido à falta de respeito dentro da casa de Deus. Ficou em silêncio, pois, de fato, ele tinha razão.

– O problema é muito sério – o arcebispo massageou a nuca enrijecida. – Precisamos resolvê-lo antes que fique incontrolável e ganhe proporções grandes demais.

– E é aí que as coisas complicam – Ernest coçou atrás da orelha. – Como matar o que é imortal?

– Com a graça de Deus... – Jerome começou a falar.

– Me desculpe, padre, mas parece que a tal graça de Deus não deu conta do recado – cuspiu Ernest. – Outros homens da Igreja tentaram e nada conseguiram. Esses demônios, anjos caídos, sei lá que merda eles são, continuam aí, firmes e fortes, zombando da nossa cara.

– Zombando e matando – completou Geoffrey.

Jerome ficou com o rosto vermelho e murchou na cadeira depois de um suspiro longo e cansado. Fechou os olhos e ouviu uma voz feminina sussurrar-lhe algo, distante, tal como um eco nas montanhas. Abriu os olhos, sobressaltado, e fitou ao redor. Ernest e o arcebispo debatiam entusiasmados e Geoffrey alisava a barba.

De novo a voz, o sussurro doce e sombrio ao mesmo tempo.

"O sangue do cordeiro de Deus...".

– Vocês ouviram? – Jerome interrompeu a conversa.

– Ouvimos o quê? – o arcebispo foi ríspido.

– Uma voz de mulher – respondeu o cônego, ainda olhando ao redor.

– Voz de mulher? Que voz de mulher? – Stephen gesticulava muito.

– Esse tal voto de castidade deixa os homens da Igreja meio tortos das ideias. Quando o saco fica muito cheio a cabeça não funciona direito – zombou Ernest, com uma piscadela.

– Acho melhor você ir tomar um pouco de ar fresco enquanto o senhor Ernest e eu conversamos – o arcebispo estava irritado e sem qualquer paciência.

– Posso ir também? – perguntou o lacaio.

– Vai infeliz, some daqui – Ernest estapeou o ar.

Eles saíram e fecharam a porta.

– Melhor assim, eminência. Precisamos de tranquilidade para pensar em alternativas para o nosso problema e, com esses dois nos azucrinando, seria impossível organizar as ideias, não é?

– Sim, sim...

– E por falar em ideias, nós temos alguma? – Ernest soergueu as grossas sobrancelhas.

O arcebispo olhou-o sem dizer nada, levantou-se e abriu a porta.

– Aonde o senhor arcebispo vai? – perguntou Ernest, curioso.

– Preciso esvaziar a bexiga – saiu e trancou a porta.

– Que ótimo! – Ernest socou a palma da mão. – Agora preciso esperar o velho com *mijaneira* se esvaziar.

Levantou-se e caminhou pela sala. Olhou para os livros, para as tapeçarias e para um Cristo crucificado entalhado na madeira. Era uma peça sólida, bem-feita, com os detalhes cinzelados por mãos habilidosas. Não parecia uma simples escultura, parecia viva, transmitia sofrimento e angústia.

Ernest olhou-a mais de perto e, por um instante, teve a impressão de ver o filho de Deus chorar sangue.

"O sangue do cordeiro de Deus...". Ouviu em sua mente a voz sussurrada.

Esfregou os olhos e olhou novamente para o Cristo e só viu a madeira cinzelada.

– Devo estar ficando louco – resmungou. – Só pode.

– Ai, minhas costas – reclamou Ralf, deitado todo torto no chão da cabana. – Caramba, que dor! Acho que devo ter torcido tudo aí por dentro.

Deitou-se de costas e esperou um pouco, para logo em seguida sentar-se e se levantar com dificuldade, tal qual um velho carcomido. Começou a esticar o corpo devagar e as suas juntas estalavam e os nervos estavam enrijecidos ou dormentes. Demorou até conseguir ficar ereto.

– Parece que eu desmaiei – colocou as mãos na cintura e arqueou o corpo para a frente e para trás, fazendo uma careta de dor. – Fazia muito tempo que eu não apagava assim.

Lembrou-se de Tita e do sexo maravilhoso que fizera na noite passada. Riu.

Saiu para mijar. Ainda estava claro, o céu alaranjado com as últimas luminosidades do dia. Foi até um arbusto e se aliviou ao som de ruidosos peidos. Divertiu-se quando o cheiro de ovos em conserva chegou às suas narinas. Soltava o último jato espumoso quando ouviu o barulho de cascos.

Sentiu a terra tremer sobre os pés ao ver surgirem por entre as árvores oito cavaleiros com espadas e lanças em punho. Ralf ainda segurava o pinto quando foi abordado.

– Onde está a garota? – um dos homens se adiantou colocando a ponta da espada na garganta de Ralf sem qualquer aviso prévio.

– Que garota? – mentiu. Guardou o membro nas calças e mostrou as palmas das mãos. – Eu só estava dando uma mijadinha e vocês apareceram.

– Não se faça de idiota! – o homem grisalho bateu com a lateral da lâmina no rosto do jovem, deixando um vergão vermelho. – Eu sei que a garota está com você. Vamos, fale, seu bosta!

Ralf tentou correr, mas teve o caminho impedido por dois cavaleiros.

– A gente pode fazer do jeito fácil ou do jeito difícil – o grisalho falou com a voz grave. – Diga onde está a vadia e nós deixamos você partir. Tem a minha palavra.

– Eu já disse que não sei de garota nenhuma – respondeu com o rosto ardendo. – Eu bebi cerveja demais ontem e acabei dormindo aqui.

– Mentiroso filho de uma vaca manca – vociferou o homem. – Você acha que consegue me enganar, fedelho?

Então um estalo ressoou no ar e uma dor lancinante percorreu as costas de Ralf. Ele se virou e viu um dos cavaleiros com um chicote em punho. Outro movimento circular e uma nova pancada agora no ombro direito.

Ralf caiu no chão, de joelhos, gemendo de dor, os ferimentos latejando.

– Para que sofrer tanto? – perguntou o homem. – A vadiazinha tem a xoxota tão quente assim? Ela continua virgem depois da foda?

– Já disse que estou sozinho – gritou Ralf.

Um novo estalo, dessa vez bem no topo da cabeça, fazendo-o gritar de dor. O sangue escorreu pelas bochechas e pingou na terra. Entretanto, o algoz não estava satisfeito e desferiu mais dois açoites, rasgando a camisa e a pele das costas de Ralf.

Os homens riam, gostavam do sofrimento do jovem e o provocavam com xingamentos e piadinhas. Ralf apenas chorava, os cotovelos apoiados no chão, as costas, ombro e cabeça em brasas.

– Revistem a cabana – ordenou o que parecia ser o líder dos cavaleiros. – Vamos achar a putinha e nos divertir com ela.

Ralf se ajoelhou. Sabia que, apesar de escondida debaixo da terra, Tita seria descoberta. Então, com uma fúria vinda sabe-se lá de onde, o jovem pegou uma pedra e atirou-a bem na testa do homem grisalho, que tombou do cavalo, imóvel.

Os demais cavaleiros ficaram sem reação por um tempo, o suficiente para Ralf pegar um pedaço de pau da fogueira e atacar o mais próximo. Deu uma pancada certeira no pescoço do infeliz, fazendo-o tombar do cavalo e se estatelar de costas no chão. Porém, ele estava sozinho contra os seis cavaleiros que restaram.

Então vieram as agressões e chicotadas que o deixaram alquebrado no chão. No começo sofreu como um cão sarnento. Tentava em vão se defender colocando as mãos em frente ao rosto. Sentiu ossos se quebrarem e seus órgãos parecendo explodir dentro da barriga a cada pancada. Nos seus ouvidos, sinos badalavam depois de uma sequência de pontapés.

Soltou uma golfada de sangue. E desmaiou.

.

.

.

Despertou em uma semiconsciência. Agora não sentia mais dor, não sentia mais nada, como se cada músculo do seu corpo tivesse sido esfacelado. Tossiu. Tossiu de novo, agora com uma golfada de sangue.

Abriu os olhos. Enxergava somente pelo esquerdo. Os homens o rodeavam, armas em punho. Cuspiram nele, chutaram-no mais algumas vezes. Já estava uma semipenumbra, com céu encoberto por nuvens escuras. Ralf não percebeu isso acontecer, mas assim mesmo sorriu. Sua amada logo despertaria.

Queria poder se despedir de Tita antes de morrer.

Fechou os olhos, sabia que lágrimas escorriam deles, teve vergonha. Lembrou-se do seu avô lhe dizendo com a voz rouca: *"homem não chora"*. Viu-se pequeno, com a mão sangrando depois de ter sido arranhado por um gato. Viu o avô pegando um punhado de neve e colocando sobre os ferimentos. Sentiu o frio percorrer os dedos e o pulso.

Inspirou fundo, ou assim imaginou ter feito. Ouviu um grito agudo que quase fez os seus ouvidos estourarem. Abriu os olhos e viu os homens se virarem assustados e os cavalos correrem para a segurança das árvores.

Piscou algumas vezes. Então, aos poucos, a sua consciência o deixou.

– Faz tempo que você vive na Catedral? – Geoffrey perguntou a Jerome.

– Entrei para a igreja bem jovem – o cônego encarou-o. – Por quê?

– Por nada – levantou os ombros. – Para mim essa vida não serviria. Deve ser chato demais ter que ficar rezando o dia todo e lendo a Bíblia e as histórias dos santos.

O cônego nada disse.

– E por que você resolveu entrar para a Igreja? – prosseguiu, arrancando um talo de capim, que colocou na boca e começou a mascar.

– Eu não escolhi isso – pigarreou. – Meu pai é que me deixou aos cuidados da Igreja. Ele já tinha mais cinco filhos e eu era o mais novo. Ele não teria como cuidar de todos nós, a sua fazenda era pequena e a terra dura de arar, daí Lord Stephen me aceitou de bom grado.

– E você nunca pensou em desistir dessa vida? Nunca caiu em tentações?

– Por várias vezes – foi sincero. – Mas quando isso acontece, fico recluso, imerso em minhas orações e peço orientação a Deus e aos santos.

– E eles respondem? – olhou-o com curiosidade. – Porque para mim nunca vem nenhuma resposta. Nada.

– Bem... – Jerome respirou fundo. – Eles não falam comigo diretamente, como falavam com os profetas. Não ouço suas vozes, mas sinto as influências deles no meu coração.

– Isso é confuso para mim... – cuspiu o talo mascado. – E no caso dos demônios que rondam a Catedral, será que os santos e os anjos vão nos ajudar?

Jerome sentiu uma pontada no coração e o ar começou a entrar no seu peito com mais dificuldade.

– Boa pergunta, Geoffrey, boa pergunta. Queira Deus que sim.

– É, como o senhor Ernest diz, acho que estamos mesmo fodidos – levantou os ombros e balançou a cabeça em negação.

– Por que diz isso? – o cônego fitou-o com curiosidade.

– Bem, enquanto os santos sequer falam conosco, sequer dão um sinalzinho de que estão nos ouvindo, esses demônios são bem reais – fungou. – Tão reais que sugam o sangue das pessoas, esvaziando-as sem dó, não é?

O cônego teve de concordar. E depois disso nenhuma palavra foi dita durante o percurso.

A terra tremeu.

No princípio apenas uma leve vibração, que foi-se intensificando até fazer os insetos, vermes e pedriscos caírem no rosto da dama ruiva, que ainda não havia despertado por completo. Cavalos acabavam de passar a galope bem próximos de onde ela havia se refugiado.

Ela abriu os olhos, ainda com o torpor dominando cada músculo do seu corpo. Não sabia se sonhara ou se realmente um tropel acabara de passar acima da sua cabeça. Relinchos distantes fizeram-na ter certeza.

Liádan esperou a calmaria, o silêncio e pediu para voltar à superfície, o que foi atendido com gentileza. Fechou os olhos e agradeceu pela acolhida. Uma brisa fez as folhas farfalharem. Sentiu a boa energia dos espíritos locais e sorriu.

Ainda não havia escurecido por completo, então ela se encolheu atrás de um grande tronco, sob a proteção da frondosa copa verde-escuro, e esperou, observando as marcas dos cascos sobre a relva úmida. Sua pele se aquecera causando certo incômodo, até que uma nuvem escura barrou os já frágeis raios do Sol que morriam no horizonte.

Levantou-se e tomou o caminho para o seu refúgio, para o castelo em ruínas. Parou depois de caminhar poucos passos. Olhou para trás, para a trilha revolta feita pelos cavalos. Voltou a caminhar. Hesitou. Algo deixava o seu coração irrequieto. Obedeceu a sua intuição, fez meia-volta e seguiu as pegadas.

Uma coruja voou bem próxima de Liádan, pousando suavemente em um galho logo à frente. Ela meneou a cabeça e encarou a dama ruiva com seus grandes olhos amarelos. Levantou voo novamente e pairou silenciosa na direção para a qual tinham ido os cavaleiros. Liádan sorriu. A Deusa lhe mandava uma mensagem. Estava no caminho certo.

Andou seguindo o rastro por um pouco mais de uma milha. Correu quando começou a ouvir gritos e risadas. Ocultou-se nas sombras e viu um jovem apanhar de vários homens até ficar inconsciente. Preferiu não se intrometer, pois sentia uma energia forte, *diferente,* emanando da cabana logo adiante.

– Ela está aqui! – murmurou entredentes, em um misto de euforia e temor.

Lá na clareira, mesmo muito machucado, o jovem sorriu. Então ouviu-se um grito agudo, horrendo. Liádan curvou-se de dor tapando as orelhas. Os cavalos fugiram apavorados, derrubando os cavaleiros, trombando nas árvores em sua carreira desenfreada.

Os homens se viraram na direção da cabana, e dela saiu uma garota franzina, muito jovem, rosto salpicado de sardas e os cabelos cor de bronze revoltos ao vento. Passado o susto pelo grito, eles se entreolharam e soltaram risos maliciosos. Uns lambiam os beiços, outros seguravam as bolas. Um velhote já desafivelava o cinto, antevendo o que iria acontecer. Mas Liádan sabia quem ela era, o que ela era. E pôde sentir o fogo emanando dos seus olhos, um poder ancestral, muito mais antigo do que a sua própria existência. Arrepios percorreram a espinha da dama ruiva e os pelos do seu corpo se eriçaram.

Os homens se aproximavam da garota tal qual um bando de lobos que cerca a sua presa, lascivos, famintos. A menina permanecia imóvel, a boca entreaberta e as mãos como garras. De longe parecia uma estátua viva de puro mármore.

– Você é que é a menina-demônio de que os cagalhões da Catedral tanto falam? – perguntou o líder.

Ela não respondeu.

– Para mim, você parece uma menininha assustada – prosseguiu ele. – Qual é o seu nome?

Ela permaneceu impassível.

– Jovenzinha, vou fazer você falar, nem que seja para gritar de dor com o meu pau no meio das suas pernas. Goste ou não, essa noite você vai ser a minha putinha.

Os homens riram. Sabiam que, depois que o líder se

divertisse, sobrariam uns bocados da garota para eles. Muitos já tinham os paus rijos por baixo das calças.

O líder esticou a mão e tentou tocar os cabelos dela. Instantes depois o homem jazia agonizante no chão, com um pedaço da garganta arrancado por uma mordida violenta, o sangue esguichando para todos os lados. A boca da garota estava pintada de vermelho e os homens a observavam boquiabertos.

Ela cuspiu um naco de carne e pele e sorriu.

O mais velho caiu de joelhos no chão, com a calça semiarriada e as mãos unidas em prece, e começou a rezar. Outros faziam o sinal da cruz. Dois sacaram as espadas.

Porém, ela não lhes deu tempo para qualquer reação e avançou contra eles como um animal, mordendo, rasgando a pele, quebrando ossos, eviscerando com as mãos nuas em um frenesi selvagem.

Liádan foi tomada pela admiração e pelo medo. Imóvel, absorta, viu a matança acontecer.

O primeiro homem armado com a espada teve o pescoço quebrado por uma torção violenta, o outro cortou o ombro esquerdo da garota, com um golpe desajeitado. Ela se virou e cravou as unhas nos olhos dele, cegando-o, fazendo-o berrar e cair de joelhos com as mãos no rosto. O corte cicatrizou no mesmo instante.

Ela investiu contra o velho que rezava desesperado, puxou-lhe os cabelos sebentos e mordeu a garganta, sugando o sangue com força até deixá-lo inconsciente. O safado morreria em breve e ninguém ousou interromper a garota durante a sua refeição.

Continuou destroçando um a um, até a sua pele e as suas vestes ficarem empapadas de sangue. No ar, um cheiro acre de mijo, vômito e merda. Ela ofegava, mas mesmo assim correu mata adentro atrás de dois fugitivos, voltou arrastando-os pelos cabelos, enquanto os infelizes choravam e gritavam de dor.

Com a mão direita, bateu com o rosto do maior em um tronco até desfigurá-lo e esfacelar o seu crânio como uma noz podre; do outro, sugou o sangue enquanto ele era tomado por tremores, revirando os olhos nas órbitas e soltando uma baba espumosa e amarelada pelo canto da boca.

Tudo terminou muito rápido. Todos mortos. Os corpos se espalhavam pelo chão, inclusive o de Ralf.

A menina ajoelhou ao lado do jovem e acariciou os cabelos encaracolados. A respiração dele estava fraca e mal se ouvia o seu coração. Os últimos instantes da sua vida se esvaiam depressa.

Tita olhou para o céu, depois olhou para o seu amado e, em

seguida, olhou em direção a Liádan e seu olhar penetrou-lhe na alma. E nesse instante a dama ruiva entendeu os propósitos da garota.

– *Faça* – disse em pensamento.

Tita sorriu, lágrimas de sangue escorrendo dos seus olhos, misturando-se ao sangue dos homens mortos. A menina olhou novamente para o céu e as pesadas nuvens se dissiparam, desnudando uma lua prateada, linda, como havia muito tempo Liádan não via.

A menina beijou Ralf nos lábios e em seguida mordeu delicadamente o seu pescoço, sugando o pouco sangue que lhe restava nas veias. E antes do seu coração parar por completo, ela rasgou o seu pulso magro e verteu o elixir rubro na boca do seu amado. Nunca ninguém havia lhe ensinado isso, mas ela tinha reminiscências da sua própria transformação.

O sangue escorria farto, inundando a boca de Ralf, que permanecera imóvel até abrir os olhos e segurar o braço de Tita, sugando com voracidade. Ela permitiu que bebesse dela, mas o interrompeu quando começou a ficar tonta. Foi difícil, ele relutava, sedento. Tita precisou empurrá-lo com vigor. Ela caiu de costas no chão, segurando o ferimento que começara a cicatrizar. Chorava, de alegria e de arrependimento.

Ele sobreviveria... A que custo?

Mesmo com a experiência advinda dos séculos de existência, ela não sabia se tinha tomado a decisão certa. Mas o que estava feito, estava feito.

Ralf levantou-se e cambaleou até o centro da clareira, alheio aos mortos ao seu redor. Estava de olhos abertos, mas parecia não enxergar, pois tateava o ar. Andou mais uns passos e se apoiou em uma árvore. Vomitou. Levou as mãos à barriga, gritando de dor, caiu no chão se contorcendo, tendo espasmos e perdendo o controle sobre os intestinos e bexiga.

Liádan lembrou-se da sua própria transformação e sentiu pena do rapaz. Saiu de onde estava e caminhou em direção a Tita, que ainda permanecia deitada no chão poeirento, chorando.

Estendeu a mão e a garota aceitou a ajuda para ficar de pé. As duas se abraçaram e permaneceram de olhos fechados enquanto Ralf vivia o seu suplício. A dama ruiva pedindo que a Deusa diminuísse a dor dele. Tita ainda ponderando sobre o que fizera.

E, desse instante em diante, um laço forte foi criado entre as duas. Tão forte que não poderia mais ser desfeito.

Capítulo V – Presas e predadores

– Eminência – falou Ernest com uma calma forçada. A conversa avançara noite adentro e ele já estava sem qualquer paciência, faminto e com sono. Sua boca estava amarga e não havia nada para beber, exceto uma cerveja aguada. – O senhor entende que estamos com o mesmo problema, não é?

– Não, não estamos! – o cardeal Langton retrucou com rispidez, os olhos avermelhados e as olheiras profundas. – Repito pela centésima vez! Irmãos, trabalhadores, monges andarilhos estão morrendo, sendo assassinados por sei lá o quê. Corpos exangues abandonados nas beiras das estradas, outros retalhados pelos bosques nas cercanias. Preciso parar com essas mortes! Estou preocupado com as vidas e a segurança dos inocentes. E você só se preocupa com as suas moedas e com a punição do rei John, aquele imbecil infiel. Ouro e joias têm valor, mas não como uma vida.

– E se fosse o seu ouro? – falou Ernest sem pestanejar.

– Eu continuaria com a mesma opinião! – respondeu o outro, agora sem tanta eloquência.

Hipócrita filho de uma cadela – Ernest teve de se conter para não xingar o velho.

– Na verdade, senhor arcebispo, nós dois estamos atrás da mesma pessoa, da resolução do mesmo *pro-ble-ma* – falou pausadamente. – E isso basta.

Lord Stephen pensou em contestar, mas se conteve, pois no fundo Ernest estava com a razão. E esses rodeios e delongas não levavam a nada, não valia a pena ser cabeça-dura. Enquanto palavras eram trocadas na Catedral, o sangue manchava a terra em algum lugar.

– Pois bem, Ernest, o que você sugere que façamos? – Lord

Stephen massageou o pescoço enrijecido. – Dê-me uma solução e eu executo-a agora.

Ernest levantou-se e andou pela sala em silêncio e assim ficou, pois não tinha uma resposta definitiva. Já tinham tentado com a espada, mas sem sucesso.

– E Roma? – perguntou Ernest. – Não podemos pedir ajuda para o Papa? Não é possível que só existam demônios na Inglaterra! – divertiu-se, mas logo recuperou a compostura. – Se as nossas forças não bastam, precisamos buscar alternativas. Quem sabe Deus seja mais ativo por aqueles lados.

– Eu prefiro manter esses assuntos por aqui – respondeu o arcebispo, ignorando a blasfêmia. – Não quero uma intervenção de Roma na minha Catedral. *Não sei se Inocêncio me ajudaria...* – murmurou.

– Ótimo! – Ernest estalou os dedos. – Então deixemos tudo como está. E quando restarem somente cadáveres, quem sabe o seu santo orgulho diminua um pouco, eminência – socou a palma da mão. – Isso se você não estiver junto aos mortos.

– Saia daqui antes que eu o excomungue! – o arcebispo berrou. – Saia!

Ernest fez uma mesura forçada e saiu pisando duro.

– Filho de uma ovelha vesga, de uma cadela sarnenta – o arcebispo estava vermelho, o ar entrando com dificuldade no peito. Sabia que Ernest, apesar de insolente, tinha razão. – Homem irritante.

Caminhou lentamente até o seu aposento, deitou-se na cama e não conseguiu dormir. Havia muito que pensar e nenhuma resposta aparecia. Tentou rezar, apenas repetiu as frases sem qualquer devoção. Lembrava-se de sua última ida a Roma e de como ela não fora nada agradável. O Papa estava atolado em problemas e na política junto aos poderosos do seu país. Não era um bom momento para pedir ajuda.

Um facho de luz iluminou o quarto. Era preciso levantar e tomar as rédeas da Catedral, mas Stephen Langton não tinha qualquer ânimo para cumprir com as suas obrigações. Sua cabeça estava pesada, seus olhos estavam pesados e seu corpo parecia coberto por chumbo. Entretanto, o pior era a sua alma, destroçada, com as convicções de outrora cada vez mais tênues.

O arcebispo estava perdendo a sua fé.

Dois dias se passaram até Geoffrey sentir a falta dos seus homens. Ele os mandara procurar a tal garota-demônio, pois recebera uma pista do possível paradeiro dela. E, ao contrário das últimas, essa parecia ser verdadeira.

– Ontem bem no comecinho da noite eu estava colhendo alguns cogumelos e vi uma garota entrar assoviando no bosque, descalça, maltrapilha e com os cabelos cor de cenoura totalmente revoltos. Parecia uma daquelas loucas das histórias que os nossos pais nos contam para nos assustar – disse o peleiro Will. – Como eu já tinha ouvido rumores, fiquei com medo e saí correndo, mas tenho certeza de que ela era *ela* – fez o sinal da cruz.

Geoffrey agradecera ao peleiro, dera-lhe algum dinheiro e ordenara aos homens uma emboscada.

– Precisaremos de mais uns capangas – falou o Marreco, o mais velho do bando. – Estamos em quatro, precisaremos de mais um punhado de homens bem armados para dar conta da tal demônio.

– Arranje, então! – Geoffrey irritou-se.

– É preciso moedas para conseguir alguma boa alma – sorriu.

– Tragam a merda da menina, viva, que serão bem recompensados – disse Geoffrey. – E eu falei viva, pois preciso saber onde ela escondeu algo que pertence ao senhor Ernest. Ou descubram com certeza onde ela escondeu o baú. Daí podem matá-la.

– A gente vai morrer também – Caolho, primo de Geoffrey, gaguejou. – Fiquei sabendo que ela já matou mais de quinhentos homens.

– Se for para morrer, morra como homem ao invés de ficar choramingando – Geoffrey ralhou com o primo e saiu. – E não tentem me foder, pois eu fodo vocês primeiro! – gritou lá de fora.

Marreco resmungou algo, cuspiu no chão e partiu com os outros três.

Desde aquele dia Geoffrey não os vira mais. Já imaginava o que acontecera e, por conta própria, decidiu procurá-los. Não contaria nada para o senhor Ernest, pois ele estava furioso. Na verdade, ele estava ensandecido. Um mensageiro do rei John lhe trouxe um recado dizendo que agora o valor a ser pago tinha aumentado por causa do atraso. E se a dívida não fosse honrada, o senhor Ernest seria preso e suas terras confiscadas.

Geoffrey engoliu em seco e sentiu uma pontada no estômago, embora soubesse que a ferroada entraria rasgando em outro lugar. Balançou a cabeça careca para espantar os maus pensamentos.

Selou o seu cavalo, despediu-se da esposa, carrancuda como sempre, e galopou na direção para onde mandara os seus homens. Andou a manhã inteira sem conseguir nenhuma pista. Até que encontrou um bando de moleques maltrapilhos brincando com espadas e adagas na beira da estrada.

Puxou as rédeas e aproximou-se devagar, o cavalo soltando vapor pelas narinas.

– Ei, moleque – chamou um dos garotos, que calçava botas muito grandes para o seu tamanho.

– O que foi? – respondeu o menino, sem dar muita importância, mais preocupado em contar umas moedas de prata.

– Onde vocês conseguiram essas armas? – Geoffrey perguntou. – E essas moedas?

– Para que você quer saber? – retrucou o moleque, colocando as moedas em uma bolsa de couro que enfiou logo em seguida dentro das calças. Os outros garotos continuavam brincando alheios à discussão.

– Essas armas são dos meus homens! – Geoffrey falou com seriedade. Ele reconhecera a adaga do Caolho, seu primo, que estava na mão de um garotinho, por causa da ponta quebrada.

– Dos defuntos lá da clareira? – o moleque se levantou com dificuldade por causa das botas enormes. – Quando a gente chegou lá eles estavam mortos, daí pegamos as coisas deles para nós. Não roubamos nada!

Apesar de já conhecer o desfecho da história, Geoffrey sentiu um soco na boca do estômago, pois se apegava a uma nesga de esperança que fora destroçada pelo garoto.

– E onde fica essa clareira? – perguntou com a voz trêmula. – Os corpos ainda estão lá?

– Se eu contar você deixa a gente ficar com as armas? – nesse instante os demais pararam a batalha imaginária e olharam para Geoffrey.

– Podem ficar com tudo, só me levem até lá – assentiu o careca.

– Jura? – indagou o garoto. – Com as moedas também?

– Sim, juro – Geoffrey desmontou, cuspiu no chão e segurou o saco para reafirmar a promessa. – Podem ficar com tudo.

O garoto olhou-o por um tempo e disse:

– Tudo bem, levamos você até a clareira – o garoto apontou o dedo para Geoffrey. – E não tente nenhuma gracinha. Saiba que esses garotos são meio doidos da cabeça.

Havia cinco garotos no bando.

Eles se embrenharam por entre as árvores, Geoffrey guiando seu cavalo pelas rédeas.

– Qual é o seu nome? – perguntou o garoto enquanto caminhavam por entre as árvores.

– Geoffrey – respondeu seco.

– Eu sou o Coelho e esses são o Orelha, Pelota, Dedinho e Galinha – apontou para os amigos que continuavam com as armas em punho.

– Você tem um apelido? – perguntou o menorzinho, o chamado Dedinho.

– Não – Geoffrey continuava sisudo.

– E como os seus amigos *te* chamam? – prosseguiu Dedinho.

– Geoffrey – pigarreou.

– E o seu senhor? – insistiu o garotinho.

– Ele me chama de bosta de jumento – Geoffrey não resistiu e sorriu.

Eles caíram na gargalhada e seguiram o caminho conversando e rindo. E, apesar de tudo, Geoffrey gostou da companhia. Sempre desejou ter um filho, mas sua mulher era seca como um galho. Tampouco tivera sorte com amantes e prostitutas.

Mesmo com todas as preocupações e medos, ele se permitiu rir um pouco junto do bando.

.

.

.

– Coelho é por causa dos meus dentões – o garoto explicava a origem dos apelidos. – Orelha, nem preciso falar – apontou para o garoto com orelhas de abano. – O Pelota é o barrigudo ali, o Dedinho tem um dedo da mão esquerda que é apenas um coto – o pequenino acenou, mostrando a deformidade –, e o Galinha, quando era menorzinho, entrou em uma tina com água fervente e ficou com as pernas avermelhadas desde então. Iguais às de uma galinha.

– Até que você é legal – Pelota aproximou-se de Geoffrey. – Achei que você seria um porqueira que iria tomar as nossas armas.

– A minha ele não tomaria – Dedinho fechou a cara. – Eu cortava a barriga dele com a adaga.

– Você mal aguenta segurá-la – Pelota zombou do garotinho.

– Corto seu pinto sem fazer força – o menininho respondeu de pronto.

– Não precisa, ele já está escondido por debaixo da pança – completou o Orelha.

Todos riram, inclusive Geoffrey.

– Seu merdinha, vou encher você de pancadas! – o gorducho

correu, segurando as calças, atrás do menininho, que sumiu pela trilha estreita.

– Já estamos quase lá – Coelho falou.

O cheiro de carniça começava a impregnar as narinas. Geoffrey voltou à realidade e novamente estava tenso, dentes rangendo, passos pesados e o coração quase na garganta.

Tapou o nariz quando adentrou na clareira. Os mortos estavam espalhados, uns sem os olhos, outros com pedaços do corpo faltando. Entretanto ele não sabia se isso era obra das feras da floresta ou da menina-demônio.

Observou atentamente os rostos, todos com semblantes apavorados. Viu lacerações, mordidas, ossos partidos e fez o sinal da cruz. Estavam todos lá, o velho Marreco, o seu primo e alguns outros que não conhecia. As moscas e os besouros entravam nas narinas, ouvidos e órbitas oculares vazias. Certamente os corvos pousados nos galhos baixos das árvores já haviam se fartado com as iguarias.

– Vamos entrar na cabana? – falou Dedinho, apontando para a velha construção de madeira coberta por musgos e escurecida pela umidade.

– *Cê* tá é louco! – Galinha balançava as mãos freneticamente.
– E se a monstrenga ainda estiver aí dentro?

– Se ela estivesse aí dentro, ela saía para nos matar – refletiu Orelha.

– Ela só sai de noite – respondeu Coelho.

– *Tá* vendo! Então não tem problema – Dedinho se adiantou e empurrou a porta que rangeu. – Se ela aparecer a gente vem aqui para o Sol e...

Um gato saiu correndo da cabana, assustando o garotinho, que gritou e caiu sentado no chão.

– Olha só o senhor corajoso! – zombou Pelota. – Imagina se fosse a garota.

Dedinho arfava com a mão no peito, pálido como um nabo.

– Mas é um cagão – Coelho avançou e entrou no casebre pé ante pé. – Tudo bem pessoal, está vazia.

– Ei, Coelho – Galinha assoviou para chamar a atenção. – Descobri o seu truque, antes de entrar você deu uma espiada pela janela, não foi? Por isso foi tão confiante.

– Me pegou! – respondeu o outro, e começou a rir.

Todos entraram na pequena cabana. Ao pisar sobre o tapete puído, Geoffrey percebera que havia algo debaixo dele.

– Saiam de cima do tapete, meninos – ele estava apreensivo.

Eles obedeceram e o homem puxou o tapete, levantando poeira e revelando uma pequena tampa feita de madeiras pregadas.

– Santo Deus! – arregalou os olhos.

– Você acha que ela está aí dentro? – perguntou o Dedinho.

– Quem sabe... – o careca levantou os ombros.

– E a gente vai abrir isso? – Pelota estava assustado.

– Sim... – respondeu o homem, sem muita convicção.

– E se ela aparecer, o que a gente faz? – Dedinho quis saber.

– A gente corre para o Sol – Geoffrey desembainhou a sua espada.

– E se não der tempo? – pressionou o Galinha.

– Daí faremos companhia aos mortos lá de fora – Geoffrey suava frio.

O menino engoliu em seco, mas assentiu com a cabeça. Todos eles sacaram suas armas, apesar de Geoffrey saber de que nada adiantariam.

Ele fez o sinal da cruz, olhou para os meninos, segurou a tampa de madeira e empurrou-a para o lado com um movimento rápido. Recuou instintivamente com a espada apontada para o buraco que se abriu no chão.

– Não enxergo merda nenhuma lá dentro – murmurou, enxugando a testa com as costas da mão.

Pelota se aproximou da borda, mas antes de conseguir espiar escorregou e caiu no buraco com um baque seco.

– Ai! Ai! Socorro! – berrou. – Ela vai me matar! *Pelo-amor-de-Deus* me tira daqui! Ela tá vindo! Ai! Ai! Óia ela lá!

– Precisamos ajudar o gordinho – o coração de Geoffrey disparou, mas suas pernas estavam travadas pelo medo.

Coelho, ligeiro, tirou do bolso um pedaço de sílex que raspou com a faca para soltar faíscas em uma tocha presa na parede. Ela se acendeu de imediato, pois a mecha estava seca.

– Pronto, agora você pode ver onde pisa – entregou a tocha para Geoffrey, que a apontou para a abertura.

O buraco não era tão grande. Havia uma escada de madeira apoiada na parede de terra. O homem desceu com cuidado, a tocha tremeluzindo em sua mão e os degraus rangendo sob o peso das pisadas. Ele precisou ficar curvado para não raspar a careca no teto baixo. Iluminou o local que estava vazio, exceto por Pelota tremendo ao lado da escada, uma manta esticada sobre o chão, alguns vestidos jogados sobre um barril quebrado e, encostado no fundo do buraco, o baú do senhor Ernest.

– Escandaloso – zombou Orelha lá de cima. – Só falta ter-se mijado todo.

– Eu não me mijei! Eu tinha certeza que ela estava do meu lado – Pelota ainda tremia.

– Quando eu falo que você é um cagão, *cê* acha ruim – Dedinho desceu a escada. – *Tá* vendo como eu estou certo?

– Vai se foder – o gordinho saiu do buraco com dificuldades, pois tinha ralado os dois joelhos na queda.

Geoffrey estava alheio a tudo, os olhos focados no baú de madeira. Colocou as mãos sobre a tampa, hesitou por um momento, respirou fundo e abriu-a. Sorriu.

Apesar de não estar tão cheio como quando fora roubado, a maioria das moedas estava lá, reluzentes sob a luz da tocha.

– Pelo sovaco do velho Alfred, quanto dinheiro! – falou Dedinho boquiaberto. – Com essas moedas a gente pode comprar comida por uns dez anos. E comida da boa.

– Elas já têm dono – Geoffrey fechou o baú e subiu a escada com ele debaixo do braço.

– Você não vai dar *nenhumazinha* para a gente? – Galinha se aproximou.

– Não posso – respondeu saindo da cabana.

– Não seja sovina – choramingou o garoto. – A gente não come direito há vários dias.

Geoffrey montou no seu cavalo e já se preparava para partir, mas algo lhe amoleceu o coração. Sem os meninos nunca teria encontrado as moedas.

– Venham comigo e poderão comer na minha casa.

– Não falei que esse careca é dos nossos? – Dedinho apareceu na porta da cabana.

Todos comemoravam, exceto Pelota, que chorava sentado no chão com os dois joelhos sangrando.

Geoffrey desmontou e foi até o gordinho.

– Vem, garoto – esticou a mão. – Quando chegarmos a gente faz uns curativos, tá bem?

O menino assentiu, enxugou os olhos com a mão suja de terra e se levantou com uma careta, manquitolando a cada passada.

– Você vai no meu cavalo – Geoffrey ajudou-o a montar. – Caramba, você é pesado!

– Puta merda – esbravejou Dedinho. – Quando eu torci o pé tive que andar por vários dias apoiado num pedaço de pau, sofrendo como um cão velho. Agora o gordão chorão rala o joelhinho e vai de cavalo, aí é fácil, né?

Geoffrey riu e tomou o caminho por onde vieram, seguido pelo bando. Assoviava e respirava aliviado, pois agora seu rabo estava fora de perigo.

– Ele está abrindo os olhos – Tita se levantou com suavidade, como se o seu corpo franzino pairasse no ar. – Ele está acordando.

Liádan se aproximou devagar, e ficou ao lado dela, em silêncio, esperando pacientemente Ralf despertar por completo.

Eles estavam em uma gruta a noroeste da cabana. As duas resolveram partir quando ouviram barulhos vindos da floresta. Certamente poderiam acabar com qualquer um, mas não queriam lutar, não tinham espírito para isso.

Tita carregou Ralf com facilidade, apesar de ele ser quase quatro palmos mais alto do que ela, e muito mais pesado. Enquanto andavam, ele tinha espasmos e gemia como se estivesse com muita dor. Uma espuma sanguinolenta saía pelos cantos da boca e os olhos reviravam nas órbitas. Ela beijava a sua testa febril e chorava profusamente, pintando o rosto salpicado de sardas de vermelho. Apesar de ter vivido por séculos, nunca tinha feito o que fizera e, mesmo com todo o amor que sentia por ele, apesar de tê-lo tirado dos braços da morte, uma sombra se adensava no seu coração. Fadara o jovem à sua sina. Por quanto tempo?

Liádan sabia o que se passava na alma de Tita, já vivera isso quando decidiu salvar Stella, e por muitas vezes duvidara de que essa tivesse sido a melhor decisão.

Mas o que estava feito, estava feito. Não havia tempo para arrependimentos e remorsos.

A dama ruiva indicou o caminho para a gruta. Já se refugiara nela algumas vezes e, apesar de ser fria e úmida, ela gostava do lugar, que considerava o seu refúgio secreto. E nem mesmo Harold sabia da sua existência.

Ralf abriu os olhos e se sentou, recostando-se em uma pedra coberta por musgos. Ele parecia absorto, perdido e olhava ao redor com a boca semiaberta e a cabeça levemente inclinada para o lado esquerdo.

Ele estava pálido – e o seu renascimento se completara.

Demorou um tempo até o jovem retomar a sua consciência. Ele olhava as mãos pálidas, ora admirado, ora confuso.

Levantou-se com dificuldade, apoiando-se na pedra, e deu alguns passos para frente, como se andasse pela primeira vez.

Olhou novamente as mãos e em seguida para Tita.

Apesar da gruta estar escura, eles podiam enxergar bem.

– O que aconteceu? – Ralf perguntou com a voz rouca.

– Você ia morrer – Tita aproximou-se devagar e segurou-lhe as mãos frias. – E, para o bem ou para o mal, eu lhe dei uma nova chance.

Silêncio. Ralf abaixou a cabeça como se pensasse, e assim ficou por um tempo.

– Eu sou como você? – encarou a menina, com a testa franzida. Sequer piscava

– Sim, você é – Tita sentia-se pesada, angustiada como há muito não se sentia. – Agora nós somos iguais.

Liádan, sem fazer qualquer ruído, saiu da gruta. Esse era um momento importante para os amantes.

– Eu sou como você... – Ralf sussurrou, e logo abriu um sorriso que dissipou todas as sombras do coração de Tita. – Obrigado por me trazer de volta, meu amor! Depois que desmaiei, sonhei contigo e sabia que nos reencontraríamos, nessa ou em outra vida.

– E nos reencontramos, agora em uma vida diferente, em que somos filhos e cúmplices da noite – seu semblante estava mais leve.

– E eu quero passar todas as noites ao seu lado! – animou-se o jovem.

Eles se abraçaram e se beijaram longamente, até Ralf afastá-la devagar.

– Estou com... – passou a mão na garganta, depois sobre o estômago – com fome, sede, não sei ao certo.

– Você precisa se alimentar – Tita pegou sua mão e guiou-o para fora da gruta.

Liádan estava sentada sobre uma pedra, com uma coruja pousada em seu braço.

– Quem é ela? – Ralf apontou para a dama ruiva.

– Liádan, uma amiga – Tita sorriu.

A ruiva fez uma mesura e continuou acariciando a ave.

– Ela também é como a gente? – indagou.

– Sim, ela é – Tita respondeu.

– Caramba! – o jovem coçou a cabeça – E quantos somos?

– Alguns – a menina continuou a guiá-lo, agora por entre as árvores. – Não sei ao certo. Talvez muitos, talvez poucos. Sei lá!

– Por Cristo! – Ralf admirou-se.

– Acho que a partir dessa noite você vai deixar de acreditar no tal homem da cruz – Tita sorriu.

– É... Acho que sim – Ralf concordou.

Arrancou o cordão de couro com um pequeno crucifixo de madeira que trazia no pescoço e largou-o sobre um arbusto. Não precisaria mais dele.

Liádan beijou a coruja e deixou-a voar. Seguiu os amantes bosque adentro, assoviando baixinho uma canção de amor que sua mãe cantava para ela quando ainda era uma menina na Irlanda, séculos atrás.

.

.

.

– Nunca matei ninguém antes – Ralf espiava o vilarejo adormecido do alto de uma colina. – Uma vez, quando eu era criança, fui matar um pato. Quebrei o seu pescoço, mas o bicho não morreu e ficou correndo com a cabeça pendente por um tempão. Meus irmãos riam de chorar. Eu tive pesadelos por muitas noites.

Tita achou graça. Liádan permanecia séria, pois sabia que tirar a vida de alguém pela primeira vez era uma tarefa ingrata.

– Ralf, meu amor – Tita apontou para os casebres –, nunca ninguém me ensinou o que eu devia fazer para acabar com a sede. Sempre segui meus instintos. A necessidade de sobreviver nos faz realizar coisas incríveis. Quero que feche um pouco os olhos.

O jovem obedeceu.

– O que você ouve? – Ela sussurrou no seu ouvido.

– O vento – respondeu de pronto.

O que você ouve lá no vilarejo? – completou.

Ralf abriu os olhos e indagou:

– No vilarejo? Estamos a uns duzentos passos de distância!

– Feche os olhos, querido, e me diga o que ouve lá no vilarejo – Tita insistiu.

Ralf fechou os olhos e ficou em silêncio.

– Eu não ouço nada...

– Preste atenção – Tita continuou. – Imagine-se no meio do vilarejo e você vai escutar.

Ralf franziu o cenho e apertou as pálpebras. Começou a virar a cabeça para os lados, tal como os gatos quando querem encontrar os ratos em meio aos grãos.

– E-eu – hesitou – eu ouço roncos. E alguém está tossindo! Outro escarrou. Minha nossa!

Ele abriu os olhos, boquiaberto e viu Tita sorrindo.

– Você também escuta os roncos? – perguntou para a menina-demônio.

– Os roncos, os corações batendo e até mesmo os peidos debaixo das cobertas – divertiu-se.

– Você também? – olhou para Liádan, que assentiu com a cabeça.

– Pelos colhões de Cristo! – admirou-se. – As casas estão lá embaixo e eu consegui ouvir os roncos!

– E com o tempo seus sentidos vão ficar ainda mais apurados – Tita pegou-o pela mão e começou a descer a encosta relvada. – Faro, audição, visão, força. Tudo fica melhor, você vai ver. Agora vamos nos alimentar. Afinal, com todos dormindo tudo fica mais fácil, não é Lili?

– Lili? – Liádan fez uma careta.

– Vocês, ingleses, têm nomes estranhos demais – explicou a garota. – Muito pomposos para o meu gosto.

– Sou da Irlanda – retrucou Liádan.

– Que seja! Isso não faz o seu nome melhor – Tita riu. – Vamos Lili, precisamos alimentar essa criança.

Gargalhou.

E a dama ruiva, mesmo tentando se conter, esboçou um sorriso com os lábios fechados.

Eles chegaram no limite do vilarejo.

– Escolha uma casa – Tita abriu os braços. – Qualquer uma.

– Aquela – o jovem apontou para a que ficava mais à direita.

– Boa escolha, meu amor. Quantas pessoas você ouve lá dentro? – a menina tinha um sorriso maroto nos lábios.

Ralf concentrou sua atenção no casebre.

– Três. Não! Quatro – deu um passo para frente. – E acho que também tem um cachorro ou um porco. Estou certo?

– Descubra por você mesmo – Tita encorajou-o.

– E o que eu faço lá dentro? – encarou-a.

– Deixe a sede guiar você – Tita sentou-se sobre a borda de um poço. – Ela é a melhor *mestra* que existe.

Ouvir a palavra *sede* fez o estômago de Ralf doer e a garganta arranhar depois de engolir em seco. Nunca sentira isso, mesmo quando seu pai o castigou deixando-o dias sem comer. Agora era mais intenso, como se dominasse a sua vontade e os seus pensamentos, e apesar de nunca ter provado o sangue

– *assim ele acreditava* –, estava afoito para conseguir uns bons goles.

Achou esse pensamento repugnante. Seu estômago reclamou e ele prosseguiu. Depois de mais um passo, estacou.

– E se o cachorro latir? – sussurrou. – Ele vai acordar todo mundo.

– Ele está dormindo e assim vai permanecer – Liádan deu uma piscadela.

Ralf respirou fundo e empurrou a porta da casa. Por sorte as dobradiças estavam lubrificadas com banha e não rangeram, apenas a madeira estalou um pouco.

Entrou no casebre pé ante pé. Ficou imóvel, com as pernas bambas, quando derrubou uma vassoura. O cachorro resmungou, mas não abriu os olhos. E as pessoas também não tiveram o sono perturbado.

Aproximou-se da cama onde dormiam pai, mãe e dois filhos. Olhou para os quatro. Decididamente não se alimentaria das crianças.

– Cacete... – resmungou. – O pai ou a mãe? A mãe ou o pai?

A sede apertou, dolorida, angustiante, então Ralf se aproximou do pai e pôde sentir a pulsação das veias do seu pescoço. Salivou. Lembrou-se das histórias contadas por Tita na noite anterior à sua transformação.

O jovem abaixou devagar. Agora o coração do homem parecia um tambor.

Tumdum... Tumdum... Tumdum...

Sentiu seus dentes crescerem, passou a língua nas presas pontiagudas. Lambeu o pescoço do seu jantar com a ponta da língua. Gosto de suor e sujeira.

Fez uma careta e pensou em desistir, mas ouviu a voz da sua amada dentro da sua cabeça:

– *Morda, porra!*

Ralf obedeceu. Cravou os dentes no pescoço e sentiu imenso prazer quando o sangue quente esguichou na sua boca e na sua garganta, fluindo até o estômago.

– *Delícia!* – pensou e continuou bebendo como um bezerro que se farta na teta da vaca.

O homem abriu os olhos, mas parecia entorpecido, pois não se mexia ou emitia qualquer som. Ralf sabia que as garotas o ajudavam nessa primeira refeição.

Sugou com força, estava feliz, era como se o sangue preenchesse as suas veias, deixando-o mais quente e corado. Mais goles vigorosos. Ralf sorria e arfava como um porco, o rosto lambuzado e viscoso.

– *Agora chega!* – Tita ordenou-lhe na sua mente. – *O coração dele vai parar e nunca devemos beber de um morto.*

Ralf continuou sugando enquanto o vigoroso coração se enfraquecia quase até ficar inaudível. Ele queria parar. Não conseguia.

– *Basta, cazzo!* – Tita berrou na sua cabeça e ele parou subitamente, quase como se tivesse sido puxado.

Saiu cambaleante do casebre. Entorpecido, saciado e feliz. Feliz como nunca estivera antes.

Tita deu-lhe um beijo, lambendo os lábios manchados de sangue.

– Fique aqui, Guloso – acariciou o peito de Ralf. – Agora é a nossa vez.

Ela e Liádan entram no casebre e ficaram lá por uns instantes. Ralf recostou-se em um tronco partido e observou suas mãos, que agora estavam rosadas e quentes.

As duas saíram e vieram até o rapaz.

– Gostou da sua primeira vez? – Tita indagou.

– Adorei – ele respondeu. – Foi a melhor sensação da minha vida.

– Melhor do que quando trepamos na clareira? – a menina perguntou sem qualquer pudor.

– Então foi a segunda melhor sensação – ele respondeu, desviando o olhar.

– *Mentiroso* – ela falou na sua mente.

Os três se afastaram lentamente e subiram a colina. Lá embaixo, o cachorro despertara e bocejava na porta do casebre.

– Posso confessar algo? – Ralf falou enquanto eles caminhavam.

– Diga – Tita incentivou-o.

– Enquanto eu bebia o sangue do homem, a minha vara ficou dura – coçou a cabeça, envergonhado.

– Pelos deuses... – Tita olhou para Liádan. – Não devia tê-lo transformado.

– Por quê? – Liádan parecia confusa.

– Porque ele me enganou, Lili – balançou a cabeça. – Achei que eu teria um amante imortal, quando na verdade ele não passa de um veadinho. Por isso escolheu o homem, não a mulher!

Gargalhou.

Liádan também riu e os risos ecoaram por entre as árvores. Dirigiram-se ao castelo enquanto Ralf protestava, querendo se explicar e provar que o ocorrido fora apenas um fato isolado.

– Caramba, esse rango está delicioso – Dedinho lambeu os beiços engordurados. – Faz tempo que eu não comia um coelho tão gostoso.

– O Dedinho gostou de comer o Coelho, eles vão ser namorados – Pelota brincou e levou um tapa na orelha.

– Respeite a senhora Abigail, seu merda! – ralhou Orelha. – Desculpe a falta de jeito dele, senhora, ele não está acostumado a ter bons modos, é bicho do mato.

Abigail sorriu e foi buscar um pão recém-assado que fumegava e exalava um aroma delicioso. Ela estava feliz, muito feliz, aliás. Quando Geoffrey veio com a turma para a sua casa, esperava uma reação ranzinza da mulher, como de costume; entretanto, ela parecia ter gostado dos garotos e, ao invés de reclamar, tratou de preparar uma refeição caprichada.

– E o que vocês fazem sozinhos por essas estradas perigosas, meninos? – Abigail sentou-se, partiu um pedaço do pão quente, passou na gordura da panela e comeu com gosto.

– A gente vivia na abadia de Lyminge – respondeu Coelho. – Somos órfãos.

– Eu não sou, mas o meu pai me deu para os monges – falou Dedinho com a boca cheia. – Ele foi para Londres com a minha mãe e não tinha como me levar.

– A gente até gostava de lá – disse Pelota. – Tinha sempre comida, um teto para dormir, os cachorrinhos.

– E por que não continuaram lá? – perguntou Abigail.

– Porque a gente queria conhecer o mundo – Orelha colocou a mão sobre a barriga estufada.

– E eu não gostava das varadas quando esquecia os Salmos – completou Galinha.

– É, as varadas doíam – assentiu Coelho. – Então um dia a gente partiu. E já estamos um bom tempo vagando por aí.

– E vocês estão felizes? – Abigail serviu-se de um pouco de cerveja.

– A gente se diverte – emendou Dedinho.

– Só é ruim quando não temos comida – Pelota parou de lamber o prato para falar.

– E quando faz frio – completou Galinha. – Ou chove muito.

– E quando a gente apanha por roubar alguma coisa – os

meninos olharam feio para Dedinho, que continuou chupando os ossinhos do coelho. – A gente não rouba sempre, só de vez em quando.

– Vocês pensam em voltar para a abadia? – Abigail limpou os farelos do vestido.

– Não! – os quatro responderam em uníssono.

– Eu queria, mas eles me chamaram de cagão – falou Pelota. – Eu tinha muito medo do cemitério que tinha lá, mas sinto falta do irmão Eadbard e dos cachorrinhos.

– Sente falta do doce de marmelo que comia escondido do abade! – Galinha apontou o dedo para o amigo.

– Ah, doce de marmelo! – o gorducho lambeu os beiços. – Dá água na boca só de pensar.

A porta se abriu e Geoffrey entrou. Olhou para a mulher e sorriu. Ela retribuiu como não fazia havia anos.

– Você não vai comer? – Galinha perguntou para Geoffrey, que lavava o rosto em uma tina.

– Não. Preciso entregar logo o baú para o senhor Ernest – respondeu o homem. Ele se serviu de um pouco de cerveja, que bebeu com uma só golada, e partiu.

.

.

.

– Eu te amo, Geoffrey! – Ernest, numa explosão de alegria, segurou o homem pelas bochechas e beijou sua careca brilhosa. – O meu baú, o meu dinheiro, a porra da minha reputação! – Gargalhou. – Nossos rabos estão salvos!

– Que bom! – Geoffrey ria mostrando os dentes quebrados.

– Você está cada dia mais feio, mas eu gosto de você – zombou Ernest, dando um tapa na careca do homem. – Agora vamos parar com essas frescuras e pensar no próximo passo. Precisamos entregar esse baú ao rei John e dessa vez irei pessoalmente. E você vai comigo.

Geoffrey assentiu com a cabeça.

– Vou precisar dos seus homens fazendo a escolta junto dos meus – o senhor fechou a tampa do baú. – Quantos idiotas você consegue recrutar até amanhã?

– Bem... – Geoffrey respirou fundo. – Nenhum.

– Como assim nenhum? – Ernest perguntou, perplexo.

– Eles foram mortos. – Geoffrey olhou para o chão, acabrunhado.

– Todos?

– Todos.

– Pelas tetas de uma ratazana gorda – xingou o outro. – Bem, fazer o quê? Homens são fáceis de arranjar. Agora vamos comer e descansar, pois partiremos amanhã bem cedo.

A uma ordem do senhor, as mulheres trouxeram galinha, legumes amanteigados e pão fresco. Também trouxeram cerveja e um bolo feito com grãos e mel.

E os dois homens se fartaram enquanto conversavam sobre a viagem.

– Eles chegaram – Stella falou, enquanto escovava calmamente o cavalo.

Eu estava sentado no alto da muralha destruída, observando um ninho de corvo com dois passarinhos pelados e famintos esperando o retorno da mãe. Demorei a pressentir o regresso da minha amada. Sempre me admirei como as mulheres tinham essa sensibilidade muito mais aguçada que a minha. As minhas duas amantes já me deram bons sustos por causa dessa inabilidade, surgindo ao meu lado sem avisar, sumindo sem deixar vestígios.

– Eles? – perguntei confuso.

– Sim – Stella sorriu, de maneira linda como sempre, a boca carnuda, os dentes bem alinhados e agora brancos como o luar.

– Quem está com Liádan?

– Você verá – ela respondeu e continuou cuidando do cavalo, com escovadas cuidadosas e ritmadas, que deixavam o pelo lustroso.

Demorei alguns instantes para captar as presenças. Liádan com a sua energia forte e decidida; outra energia poderosíssima, mas mais leve e *alegre,* a mesma que sentíramos durante esses meses, mas que nunca conseguíamos precisar onde estava. E por último uma presença sutil, que não consegui definir.

Um mortal, talvez? – pensei.

A mãe corvo voltou, com o bico cheio de larvas roliças e agitadas. Logo os filhotes se eriçaram e abriram os bicos, esperando o jantar que foi servido rapidamente. A ave preta olhou para mim e grasnou. Levantou voo. Precisava alimentar os filhotes insaciáveis.

Pulei do alto da muralha no instante que eles chegaram. Liádan, em sua exuberância ruiva, acompanhada de uma menina franzina, cheia de sardas, os olhos astutos e antigos; e um rapagão alto, corpulento e de cabelos amarelos encaracolados.

– Harold, meu amor. – Liádan veio e me beijou. Seus lábios estavam quentes, pois ela se alimentara havia pouco tempo. Eu sentia o cheiro de sangue no seu hálito e isso me excitava. – Trouxe visitas.

– Então esse é o grande Harold Stonecross, o flagelo da Inglaterra! – A menina se adiantou, mãos na cintura e o rosto divertido. Mediu-me dos pés a cabeça e sorriu. – Ouvi falar muito de você lá na minha terra natal.

– E o que diziam? – o meu orgulho explodindo no peito.

– Que você era sedutor, arrogante e tinha muito estilo – olhou-me longamente antes de piscar. – E eu tenho que concordar.

Assoviou.

– Harold, o homem que se encontrou com os antigos deuses do norte e foi renegado pelo tal deus do trovão Thor quando aceitou ser transformado pelo seu astuto irmão Loki. – O rosto da menina mostrava algo parecido a admiração. – Tornou-se um matador implacável segundo alguns relatos que tive. Que honra!

– E quem lhe contou isso? – perguntei, já sabendo a resposta.

– Ela – a menina apontou para Liádan. – A minha nova amiga me contou histórias impressionantes sobre seus *feitos*.

– E quem é você? – perguntei, com vaidade inflamando no peito depois do relato entusiasmado.

– Oh, é mesmo! Que falta de educação a minha – balançou a cabeça. – Passei tanto tempo sozinha que me esqueci de como se conversa civilizadamente. Sou Tita Domitia Lentiginia, sua criada – fez uma mesura exagerada. – Mas pode me chamar de Raposa.

– Um nome bem pomposo – falei com um sorriso. – E me diga, Raposa, de onde você vem? – aproximei-me. – Certamente você não é daqui ou dos lugares onde já estive.

– Não sou mesmo. É o sotaque, não é? Estou aprendendo a falar a sua língua, mas ela é bem difícil e ainda me enrolo com algumas palavras. Acho que estou ficando velha para aprender coisas novas – coçou os fartos cabelos cor de cenoura. – Eu venho da terra dos Césares! – sorriu. – Venho da Cidade Eterna. Venho de Roma.

Assoviei admirado e prossegui:

– Roma... Nunca estive lá, mas sei que é um bocado longe – falei.

– *Una città bellissima!* E você tem razão, é longe de deixar o burro mancando! Mas nós temos todo o tempo do mundo, não é? – riu. – Então resolvi exercitar as canelas e vir até aqui. Desde o inverno retrasado tenho atravessado campos, vilas, castelos, florestas, montanhas e mares.

– E você também foi transformada por algum deus? – estava curioso.

– Deus? Não. No meu caso foi um negrão forte como um urso – estalou os dedos. – Acho que era um escravo vindo de alguma terra distante. Talvez ele tenha sido mordido por um deus. Quem sabe? Nunca mais o vi. Ele me transformou e me abandonou.

– O que é um negrão? – Stella franziu as sobrancelhas.

– É uma pessoa com a pele escura como o piche e o nariz mais achatado que o nosso – Tita respondeu.

– Nunca vi um – Stella olhou para cima, pensativa.

– Ah, eles são poucos por essas bandas – disse a menina. – Mesmo na minha terra não temos muitos.

– E além dele, você encontrou mais alguém como nós? – Liádan perguntou.

– Bem... – inspirou fundo. – Na verdade, conheci um como nós há muito tempo.

– E onde ele está? – perguntei.

– Em algum lugar da Itália. Eu acho... Meu amigo Alessio, tenho saudades das nossas conversas – olhou para cima como se falasse com as estrelas.

– Alessio? É da sua terra? – Liádan tocou no ombro da menina.

– Sim – Tita olhou-a. – É como a gente, mas nunca quis ser. Acredita fielmente no deus dos cristãos.

– Um sugador de sangue cristão! – não me contive e ri. – Que dilema!

– Eu acreditava em Deus – Stella irritou-se.

– Não como ele – Tita emendou. – Sinto que a sua fé era apenas uma *crença* comum. Uma repetição de costumes vindos dos pais, avós e por aí vai – piscou.

Stella ficou em silêncio, concordava com a menina.

– E me diga, Raposa, por que veio até aqui? – prossegui.

– Para conhecê-lo, é claro! Por que mais seria? – colocou as mãos na cintura. Aliás, a menina gesticulava demais. – E para descobrir se o sangue dos ingleses é mais gostoso do que o dos meus conterrâneos.

Gargalhou.

– E é? – perguntei curioso.

– Que nada! – Tita deu um peteleco em um besouro que pousou no seu braço. – Sem ofensas, mas o dos italianos é, como eu posso dizer? Encorpado. Deve ser por causa do vinho ou do azeite, sei lá! Acho que vocês deveriam ir até lá e provar.

– A família da minha mãe vem da Itália – Stella sorriu.

– Só podia ser – Raposa divertiu-se. – Veja essa pele, esses cabelos negros e esses seios fartos. *Una meraviglia!*

Olhei para a garota franzina e não vi semelhança alguma com a minha bela potranca.

– Sei o que você está pensando – ela me olhou diretamente nos olhos, como se pudesse ler os meus pensamentos. – Não precisa se envergonhar. É que eu fui transformada muito nova. E a família do meu pai era de mulheres retas como uma tábua. Mas tenho os meus encantos, não é, meu querido? – olhou para Ralf, que não prestava atenção na conversa.

Gargalhou novamente.

– E você quem é? – perguntei para o rapaz, que contemplava o lugar como se estivesse deslumbrado com cada detalhe.

– So-sou Ra-Ralf – ele respondeu inseguro.

– Pelas bolas de um cão manco, um imortal gago! – diverti-me.

– Ele não é gago – Tita segurou no braço do jovem. – É que ele acabou de passar para o lado de cá, entende? Então ainda é pinto novo que mal sabe ciscar.

O jovem olhou a menina com uma careta.

– Não fique bravo, meu querido – ela deu tapinhas na sua bochecha. – Logo, logo você estará cantando como um belo galo.

– E por que o transformou? – perguntei.

– Ele iria morrer se eu não tomasse uma atitude – Tita agora estava séria. – Você sabe o que é isso.

– Sim, eu sei...

– Mas não se preocupe, grande Harold – Tita animou-se. – Ele está muito contente com a sua nova vida, certo, Ralf?

– Claro, claro – ele respondeu, mas logo se distraiu com a mãe corvo que acabara de retornar com uma lagarta no bico.

Conversamos bastante até quase o Sol raiar. Nós quatro suportávamos bem as primeiras claridades do amanhecer. Já Ralf estava angustiado e resmungava que a sua pele estava quase em brasa. No começo todos nós sofríamos mais. Com o passar dos séculos, ficamos cada vez mais fortes.

Entramos no covil. E, apesar da petulância da menina e dos problemas causados pelas mortes que ela cometera, eu sentia que gostava dela.

Queríamos continuar os debates, mas a letargia nos dominou, paralisando cada músculo do nosso corpo, minando a nossa vontade e razão.

Adormecemos.

– Que bom que você chegou, cônego Jerome – o arcebispo estava sentado, escrevendo em um pergaminho novo, iluminado pelos tímidos raios de Sol que entravam pela pequena janela. Um gato cinza dormia tranquilamente sobre a mesa, a barriga estufada. Ratos gordos abundavam na Catedral. Abundavam em todas as igrejas e castelos.

O arcebispo tinha o semblante cansado, como se não tivesse dormido ou não tivesse se alimentado direito. Mas, no fundo, o padre sabia que era a preocupação que o consumia, que corroía as suas entranhas e dominava todos os seus pensamentos. Também sofria de vertigens e dores de estômago desde que fora incumbido da resolução do caso da menina-demônio. Sonhava com os mortos, com as almas queimando no inferno e acordava assustado várias vezes durante a noite, suado e com a respiração ofegante.

Demorava a dormir novamente, pois seu coração custava a desacelerar. Tinha medo de ter um ataque ou outro mal que o fizesse cair duro no chão. Tinha medo de morrer e sofrer eternamente junto com as almas que estavam no inferno. Sentia-se culpado pelo sumiço de Ralf, que nunca mais fora visto desde que Jerome o incumbira de guiar a carroça com os soldados.

Era muita pressão, muitas incertezas e medo que beirava o pânico. As paredes pareciam se mexer e as tochas sussurravam maledicências no seu ouvido.

Estaria enlouquecendo? A sua sanidade estaria ruindo como a integridade da Catedral?

O cônego estava farto, exausto.

E a cada dia os problemas só pioravam.

– Sente-se, Jerome – Stephen apontou para um banco à sua frente.

Jerome obedeceu e permaneceu em silêncio, tamborilando os dedos nas coxas magras.

– Houve mais mortes? – o arcebispo perguntou lacônico.

– Sim, infelizmente – o cônego olhou para o chão. – Uma família foi encontrada morta em Sturry. Marido, esposa e dois filhos pequenos.

– As mesmas marcas de sempre – as mortes pareciam não chocar mais o arcebispo.

– Sim – Jerome levantou um pouco a cabeça e olhou tímido para o seu superior. – Mordidas e sangue drenado. O povo está desesperado e até estão formando uma comitiva para pedir auxílio ao rei John.

– Que nada poderá fazer – a voz do arcebispo transmitia irritação. – Assim como nós estamos de mãos atadas.

– E como foi a conversa com o senhor Ernest, eminência? – perguntou o cônego.

– Uma merda – o velho arcebispo sequer tirou os olhos dos escritos.

O cônego estranhou o linguajar do arcebispo, mas sabia que ele sofria de uma pressão imensa.

– Ernest é um insolente, mas apesar de tudo tem razão – o cardeal Langton prosseguiu, agora encarando o cônego. – Não conseguiremos resolver o caso da tal menina-demônio sozinhos, então – inspirou fundo, meio ofegante –, então enviei um mensageiro a Roma. Mandei uma mensagem contando o ocorrido e pedi ajuda ao Papa.

– Santo Deus... – Jerome levou a mão à boca.

– Está feito – o arcebispo voltou ao manuscrito. – Só vamos rezar para que ele consiga intervir a tempo. Espero que Inocêncio possa nos dar uma luz.

– Sim – Jerome juntou as mãos em prece. – Quem sabe Santo Agostinho de Canterbury interceda por nós. Estamos precisando demais de todas as ajudas. Possíveis e impossíveis.

– Agora vá, pois preciso terminar esses documentos – ordenou o arcebispo.

Jerome saiu em silêncio, com certa esperança, mas ainda assim temeroso pelo futuro sombrio, enquanto Stephen Langton terminava de escrever. O gato bocejou, fitou o arcebispo com seus olhos castanhos e voltou a dormir.

– Eu gostaria de ter essa paz... – Stephen murmurou enquanto massageava as mãos endurecidas.

Capítulo VI – Roma

– Então o demônio assola a Inglaterra – Lottario dei Conti di Segni cofiava o queixo pontudo coberto por uma barba grisalha bem aparada, enquanto lia os relatos enviados por Lord Stephen. *Já o relera algumas vezes desde que um monge franzino o entregou em mãos.* – O mal retornou àquela ilha e eles precisam da minha ajuda.

– Retornou? – Ugolino franziu o cenho.

– Sim, primo – o Papa cortou uma fatia de salame e enfiou-a na boca, mastigando ruidosamente, como se estivesse com o nariz entupido. – Temos registros desses bebedores de sangue há décadas. É um mal recorrente, que aparece sem avisos e some sem deixar rastros – tossiu. – Nem tudo o que você já viu nos bestiários das bibliotecas ou ouviu durante as pregações *é* apenas fruto da imaginação de escribas e pintores perturbados. Infelizmente eles são tão reais como você e eu.

Arrotou e o cheiro azedo se impregnou nas narinas de Ugolino di Conti.

– Não quer comer? – perguntou o Papa. – Sempre penso melhor quando mastigo.

O primo recusou com um movimento da mão e apenas se serviu de um pouco de leite fresco.

– Se eu tomar muito leite – o Papa fatiou mais um naco de salame –, eu não paro de cagar. Um dia, durante as orações das *laudes*, quase me borrei na frente de todos. Já imaginou o vexame? Desde então aboli o leite fresco da minha dieta. Você não tem desarranjos, primo?

– Acho que já estou acostumado – respondeu Ugolino.

– Já os queijos eu posso comer o quanto eu quiser – prosseguiu Lottario. – Outro dia mesmo eu devorei um inteiro. Delicioso! Foi um presente de um mercador amigo meu. Aliás, sou apaixonado por bons queijos – arrotou novamente. – Eles não me dão cólicas ou dores de barriga. O despenseiro sempre me traz um pouco para o desjejum e antes de dormir.

– Abençoado é o seu estômago – as narinas de Ugolino ardiam.

Ugolino não entendia como o seu primo, o homem mais poderoso da cristandade e um dos mais influentes do ocidente, podia ser tão patético em suas conversas privadas. Se por um lado conseguia manipular e convencer os políticos italianos e europeus com uma oratória impressionante e envolvente, por outro, nos seus aposentos, era um porco *schifoso,* que fazia questão de descrever suas rotinas intestinais como se estivesse narrando uma bula papal para um escriba. Já participara de banquetes oferecidos por Inocêncio III e ele sempre se comportava de maneira impecável e irrepreensível, ao contrário da postura grotesca que levava em sua intimidade.

– Mas voltando ao assunto dos demônios da noite, já tivemos acontecimentos na Inglaterra, Irlanda, França e, claro, aqui na Itália – aprumou-se na cadeira.

– Aqui? – o cardeal franziu as sobrancelhas grossas.

– Primo, primo – o Papa tocou o ombro de Ugolino. – Você um dia estará no meu lugar, então precisa saber o que acontece no seio da Sagrada Igreja. Há muito mais dentro dessas paredes do que você imagina.

– Eu achei que eram apenas boatos – respondeu.

– Na época decidiu-se por dizer que tudo não se passava de boatos espalhados pelos camponeses – pigarreou. – Foi uma maneira de encobrir o incêndio no mosteiro de um tal abade Nicola, que enlouqueceu depois de encontrar tais criaturas. No começo foi difícil fazer os monges e os trabalhadores esquecerem-se dos demônios, mas meus antecessores os ocuparam com a reconstrução do mosteiro e, com o passar dos anos, tudo foi-se acalmando. E agora, tempos depois, esses demônios que sugam o sangue se tornaram lendas de um tempo esquecido.

– Havia mais de um? – Ugolino arregalou os olhos.

– Aqui na Itália? Pelo menos dois, pelo que sabemos – o Papa confirmou. – Pode haver muitos mais, mas ele nunca conseguiu encontrá-los. São ariscos como raposas. E espertos também.

– Ele quem? – Ugolino sentiu um frio na espinha.

O Papa Inocêncio III permaneceu em silêncio, como se ponderasse sobre a sua próxima atitude. Cortou outra fatia de salame e mastigou-a devagar, lambendo os dedos gordurosos no final.

– Primo... – o Papa fitou-o longamente nos olhos, respirou fundo e prosseguiu. – E se eu dissesse que há um desses demônios vivendo há três anos sob o teto da Basílica de São Pedro, você acreditaria?

– Um demônio aqui? – Ugolino fez o sinal da cruz, boquiaberto. – Um desses bebedores de sangue?

– Sim – o Papa assentiu. – Apesar de ser um bebedor de sangue, ele é *diferente*, não é um amaldiçoado como os outros – pigarreou. – Bem, ele é, mas por causa das circunstâncias e não de uma escolha, e ele está aqui por livre vontade, buscando a sua redenção. Não quer nos fazer mal, deseja apenas um pouco de paz para acabar com o seu tormento.

– Pela Virgem Maria! – Ugolino estava incrédulo. – E onde ele está?

Inocêncio III apontou para o chão com um meio-sorriso nos lábios finos e brilhantes pela gordura.

– Nas grutas? – o cardeal espantou-se. – Junto dos túmulos dos Papas anteriores?

– Sim, primo, ele passa os dias lá dormindo – cofiou a barba. – E de noite ele sai para se alimentar e estudar. É muito mais regrado que muitos padres e monges.

– Ele sai para se alimentar de sangue? – o outro fez uma careta de asco.

– Você é um gênio! De leite é que não é! – retrucou o Papa, o rosto vermelho, mas logo se acalmou. – Ele é muito discreto e sai sem ninguém perceber, retornando algum tempo depois.

– E quem ele mata? – Ugolino suava.

– Não sei – o Papa fechou o cenho. – Nosso acordo foi que ele não matasse homens da Igreja, o que ele cumpriu até agora. E isso basta.

– Vidas são vidas e...

– Isso basta, Ugolino – Inocêncio interrompeu o primo. – Quem sou eu para julgá-lo? Você acha que somos santos? Não seja tão ingênuo! Tudo é questão de calcular como perder menos.

– Você é o Papa! – exasperou-se o cardeal.

– Sou apenas um homem velho! – o Papa gritou. – E ele é um ser eterno!

– E por que você o mantém vivo? – o cardeal revoltou-se. – Por que não mata essa aberração de Satanás?

Lottario levantou-se, estalou as costas e caminhou até a porta, arrastando a perna direita enrijecida por ficar muito tempo sentado. Ponderou se deveria ter revelado essa história ao primo imbecil. Nem todos estavam preparados para entender as sutilezas do poder. Virou-se e disse:

– Pergunte a ele você mesmo. Encontre-me em meus aposentos nas *vésperas*. Se tiver coragem – seguiu pelo largo corredor.

Ugolino di Conti sentou-se, tenso. Não sabia o que encontraria mais tarde. Pegou o jarro com leite e bebeu tudo sem respirar. Limpou a boca na manga do hábito. Sentiu a barriga borborejar. Teria diarreia. Não pelo leite, mas pelo temor do que estava por vir.

Despertara. Escuridão total, até mesmo para os seus olhos argutos. Os archotes estavam apagados, entretanto ele sabia para onde ir. Conhecia aquelas grutas como a palma da sua mão.

Desta vez resolvera dormir ao lado do sarcófago do imperador Otto II. A cada dia ficava num lugar diferente. Andou devagar pelos caminhos estreitos e logo encontrou a escadaria que dava em um grande pátio. Sentiu o ar fresco tocar-lhe a face. Sorriu. Subiu lentamente os degraus. O portão estava trancado como de costume, mas ele tinha a chave, que usou para abrir o pesado cadeado de ferro fundido.

O pátio estava deserto e chovia um pouco. Podia ouvir os ecos dos cânticos e das orações. Sabia todos de cor e salteado. Gostava dessas liturgias, mas no momento queria saciar logo a sede.

A maldita sede.

Alessio di Ettore puxou o capuz sobre a cabeça. Vestia-se tal como os padres, com um hábito de lã marrom, surrado e fedido.

Caminhou à noite pelas ruas de pedra desertas. Uma lufada de vento gelado e úmido gelou os ossos. Sua pele estava fria, mais do que de costume, e o estômago doía. Pelo que se lembrava, havia mais de uma semana que não bebia nada. Resolvera fazer esses jejuns de tempos em tempos para tentar se purificar e aplacar um pouco da ira de Deus. Sabia, contudo, que ainda estava em grande débito e somente um feito santo poderia libertá-lo dos tormentos do inferno.

Era imortal, mas sabia que um dia podia morrer, como já vira acontecer. Ele se lembrava perfeitamente da noite em que matara o demônio do norte, Eyvindr, seu criador e o causador dessa maldição. Contudo, não tinha raiva dele. Era um infeliz, uma alma perturbada. Alessio sabia bem o que era isso. Arrastava-se pelos anos com a mente dominada pelas incertezas e culpas.

A sede apertou, dolorida, incômoda. Precisava se alimentar e, tal como prometera ao Papa, deixava padres, monges e noviços passarem incólumes por ele, correndo para se abrigar da chuva. As nuvens se adensaram, prometendo um temporal. Raios iluminaram a cúpula da basílica e logo veio o trovão, o estrondo, a raiva de Deus.

Alessio fez o sinal da cruz e andou, arrastando as sandálias de couro gastas, afastando-se cada vez mais da basílica. Os cânticos ficaram para trás, abafados pelos ruídos da chuva grossa.

As lágrimas de Deus, dos anjos e dos santos – pensou.

Não era sua culpa ser o que era, fora transformado sem ter escolha. Todavia repudiava a sua falta de coragem para acabar com tudo. No fundo sentia que tinha uma missão a cumprir. Quando, o quê e onde, ele não tinha a menor ideia.

– *E se eu estiver me enganando?* – falou sozinho, enquanto buscava alguma presa.

A chuva deixara as ruas vazias e mesmo as prostitutas e os mendigos eram escassos, inexistentes para falar a verdade.

Viu uns cães dormindo debaixo de uma carroça, mas havia muitos anos que prometera nunca mais beber de um animal. A sede agora doía e nublava seus pensamentos. Tinha vontade de arrebentar alguma porta e morder a primeira pessoa que encontrasse. Respirou fundo. Ainda não tinha se tornado algo tão bestial.

Andou mais alguns passos, observando ao redor. Nada... Até que, ao virar uma esquina, viu um homem mijando em uma parede. Ele mal se segurava em pé e parecia pouco se importar com a enxurrada que estava na altura da sua canela.

Alessio sentiu suas presas aumentarem, as pontas aguçadas roçavam seus lábios. Aproximou-se e esperou o bêbado parar de desaguar na parede. Um novo raio iluminou o céu e só então o homem percebeu a presença de Alessio.

– Tá olhando o quê, ô veado? – gritou com a voz embargada. – Gostou da minha vara?

Alessio apenas sorriu, o rosto semioculto pelo capuz e pela chuva. Nesse momento qualquer culpa, receio ou hesitação sumiu. Ele era só sede e instinto.

– Vocês padres são uns maricas mesmo – o homem se aproximou cambaleando. – Escolhem entrar para a igreja para comerem as bundas uns dos outros, não é? – teve de se apoiar na parede. – Então vem cá e chupe o meu pau, eu sei que você gosta.

O bêbado segurou no braço de Alessio, tinha a pegada forte.

– Você vai ser a minha mulherzinha agora e...

Alessio cravou os dentes no pescoço magro do homem e o sangue esguichou quente na sua boca, aquecendo-a e impregnando-a com o sabor indescritível.

– Ah, você quer me beijar antes, moça? – ele falou sem ter consciência do que acontecia. – Então beije! E depois desça para o meu pau.

Goles fartos de sangue misturado com álcool, a combinação perfeita, saciedade e um pouco de embriaguez. Fartou-se, até que precisou parar. Em instantes o infeliz morreria. Seu coração se aceleraria antes dos batimentos cessarem completamente.

Soltou o corpo inerte no chão. Tirou um punhal preso ao cordão da sua cintura e estocou três vezes a cintura do moribundo. Pouquíssimo sangue saiu dos ferimentos, o corpo estava drenado.

Quando não pretendia se livrar do cadáver, Alessio usava esse artifício, pois brigas e assaltos aconteciam todas as noites em Roma. Esse seria apenas mais um. E o interessante é que nunca percebiam os furos no pescoço.

Como de costume, ajoelhou-se e fez uma oração para a alma do morto. Era um bêbado fanfarrão, mas, mesmo assim, somente Deus tinha o direito de tirar vidas. Terminou a oração e levantou-se.

Faço essas orações por verdadeiro arrependimento e piedade ou apenas para manter a mesma rotina de sempre? pensou Alessio, mas aquilo não durou muito em sua mente.

Estava feliz e aquecido. Preferiria poder comer um belo leitão. Porém...

Retornou até a basílica e durante o caminho a euforia deu lugar à culpa. E por causa dela ficaria sem beber novamente até que a dor nublasse todos os seus pensamentos. A dor do corpo e da alma, se é que ele ainda possuía uma.

.

.

.

O cardeal bateu na porta de madeira maciça, belamente ornada com entalhes e baixos-relevos de cruzes e flores. Nenhuma resposta. Esperou um pouco. Bateu novamente, dessa vez com mais força. Ouviu o barulho metálico da tranca e logo a porta se abriu.

Inocêncio III estava com os olhos vermelhos e o rosto inchado. Bocejou quando viu o primo.

– Entre – falou escancarando a porta. – Tirei um cochilo. A noite vai ser longa e eu já não sou mais tão jovem. Tenho trabalhado muito e isso tem me esgotado demais. A vida de um papa é desgastante. Todos juram lealdade e fidelidade, mas sei que muitos desejam me ver morto para ascender ao poder, então preciso me manter alerta o máximo que posso e aproveitar de fato os momentos de descanso...

Fechou a porta, espreguiçou-se e os ossos estalaram.

– Bem, aqui estou – Ugolino estava ansioso por conhecer a criatura.

– Sente-se – o Papa puxou uma cadeira. – Logo ele vai aparecer, deixei um recado na entrada das grutas.

– E quem disse que ele virá? – o cardeal sentou-se e começou a balançar os joelhos freneticamente.

– Ah, primo... – o Papa deitou-se na suntuosa cama, as mãos atrás da cabeça. – Ele sempre vem. Agora relaxe, pois só nos resta aguardar.

Ugolino fez um muxoxo. Não suportava esperar. Contudo, resignou-se, debruçou-se sobre a mesa e fechou os olhos. Logo o sono o dominou e ele sonhou com querubins-criança voando lépidos sobre um campo gramado.

.

.

.

Novas batidas na porta. O Papa ainda dormia, roncava de barriga para cima. Ugolino despertou de súbito, a manga do hábito e a bochecha esquerda molhadas de baba. Esfregou os olhos e levantou-se devagar, as costas doendo e estalando. Caminhou até a porta, ainda sem acordar por completo.

Porém, quando a abriu, viu algo, ou melhor, alguém que o fez despertar instantaneamente, com as pernas amolecendo e o coração querendo sair pela boca. Queria falar, mas apenas balbuciava palavras inteligíveis.

Por um tempo ficou paralisado, atônito. Alessio apenas seguiu adiante, empurrando devagar o cardeal abobalhado para o lado enquanto entrava nos aposentos do Papa. Sentou-se onde Ugolino estava e fitou-o da cabeça aos pés.

– Seria prudente fechar essa porta – Alessio disse com a voz calma. – Precisamos manter o sigilo.

– Cla-aro. – Ugolino obedeceu e fechou a bela porta de

madeira com um baque seco, mas mesmo assim o Papa não despertou de pronto.

– Então, você é o tal primo de Lottario? – Alessio o encarava com seus olhos verdes. – Não precisa ter medo de mim. Prometo que não lhe farei mal.

– O-obri-bri-gado – gaguejou. Ugolino odiava demonstrar fraqueza, mas fazia um esforço muito grande para conseguir controlar suas emoções.

– Eu sou Alessio di Ettore – sorriu mostrando as presas pontiagudas.

– E eu sou Ugolino di Conti – respondeu o cardeal tentando se acalmar.

Alessio olhou para o Papa e balançou a cabeça.

– Ele tem trabalhado incessantemente – sorriu. – Quantas vezes marcamos as nossas conversas e ele não aparece, pois ficou imerso em seus afazeres. Quem diria que o Papa não tem paz – refletiu.

– Quer que eu o acorde? – perguntou Ugolino.

– Se conseguir – sorriu novamente.

Ugolino caminhou até a cama e tocou o ombro do Papa. Ele continuou no mundo dos sonhos.

– Que sono pesado – emendou.

O cardeal cutucou as costelas de Inocêncio III e ele despertou de súbito, desnorteado.

– Puta que pariu – ralhou com o primo. – Isso é jeito de acordar alguém?

Esfregou os olhos remelentos, tossiu e se sentou na cama.

Viu Alessio na cadeira e acenou.

– Você já chegou? Acho que dormi demais, desculpe-me.

– Tenho todo o tempo do mundo, Santidade – fez uma mesura.

– Acho que vocês já se apresentaram não é? – perguntou o Papa.

Os dois assentiram.

Inocêncio III levantou-se foi até um canto e mijou em um balde.

– Conforme vamos envelhecendo não conseguimos controlar muito bem a bexiga – falou enquanto caíam as últimas gotas. – Frei Pedro me disse que tenho que beber um suco feito com as folhas do rabanete, mas aquela merda é horrível – pigarreou. – Eu prefiro o chá de figos, só que me esqueço de tomá-lo, não sou muito disciplinado para a saúde.

O Papa pegou um manto e colocou sobre as costas.

– Essa friagem acaba comigo – tossiu. – Bem, vocês não vieram aqui para ouvir sobre o mijo ralo de um homem, certo?

Vamos ao que interessa – massageou o pescoço. – Alessio, por que não conta para o meu primo um pouco da sua história?

– Claro – concordou. – Por que não se senta, Ugolino? Posso chamá-lo assim?

– Pode – respondeu o cardeal pegando uma das pesadas cadeiras de madeira e sentando-se em frente à Alessio.

Ele respirou fundo e começou:

Sou Alessio. Eu era um simples lavrador que cuidava da terra e das parreiras no vinhedo do abade Nicola. Nunca fui um trabalhador exemplar, tampouco um cristão dos melhores. Tinha a minha fé em Deus e nos santos, porém sempre fui um pouco preguiçoso e já ouvi bons sermões dos monges por faltar às obrigações religiosas.

Eu era um bom pai e marido. Sinto muita falta de Balbina e de Lino, meu único filho. Sinto por não ter conseguido passar mais tempo com eles, não ter tido mais filhos. Por precisar ter ido embora daquele jeito...

Alessio parou o relato e fitou a parede. Retomou a história em seguida:

Foi voltando para casa, depois de um dia de labuta que tudo aconteceu. Fui escolhido ao acaso, como disse o meu criador. Estava no lugar errado, no momento errado. E ele não me deu qualquer opção, mordeu o meu pescoço, alimentou-se de mim, deu-me o seu poderoso sangue e partiu sem quaisquer explicações.

E eu fiquei lá, moribundo, desacordado e desnorteado até a transformação acontecer.

Eu senti dor, vomitei, perdi o controle das minhas tripas e senti medo, muito medo, não sabia o que estava acontecendo. Achei de verdade que iria morrer. O Sol me feriu, a comida e o vinho passaram a me causar asco e a sede machucava, dominava todas as minhas vontades. Então matei quem eu não queria, magoei quem não merecia e fugi como um cão que foge da vassourada.

Não conseguia me controlar ou conter esse mal dentro de mim.

Estava completamente sozinho.

Alessio se levantou e foi até a janela contemplar a chuva fraca que caía.

Depois de muito sofrimento e temores entendi que eu havia morrido e despertado em uma nova vida. Entendi que o Alessio homem não existia mais. Mas o que eu era? Um demônio, um mal, um enviado de Satanás?

Fui procurar respostas, saí do meu vilarejo e caminhei sem rumo buscando alguma luz na escuridão, porém, só surgiam mais dúvidas, mais trevas. Será que eu estava condenado ao inferno? Será que Deus tinha virado as costas para mim? Como eu poderia alcançar a redenção? Eu estava completamente só.

Em muitas noites fui tomado pelo desespero, pela vontade de acabar com tudo, nunca consegui. E veja: eu já me machuquei, já me feriram muito e eu sangrei mais do que qualquer outro homem. Sempre me recuperei. A dor física passa, a da alma...

Inspirou profundamente.

E, nessa minha jornada, conheci pessoas boas e outros como eu.

Ugolino arregalou os olhos e se inquietou na cadeira.

Uma menina romana, nascida muito antes de Cristo, que não se preocupava com esse dilema entre o bem e o mal. Queria apenas saciar a sua sede e continuar vivendo feliz, mesmo depois de tantos séculos. Já o meu criador, aquele que selou o meu destino e me fadou à eternidade, *estava descrente, descontente e não queria mais viver. E, por ironia do destino, foi pelas minhas mãos que ele se libertou do seu tormento.*

Às vezes, eu gostaria de ter a sua força e coragem. *Ou a convicção da jovem Tita.*

Alessio voltou a se sentar.

Então, por algum tempo passei a acreditar que eu podia ser um deus, alguém que, como um apóstolo de Cristo, bebeu o sangue ofertado, alimentou-se da vida dos homens para garantir a sua imortalidade.

Convenci-me de que esse seria um pecado negro demais e uma insanidade minha para justificar os meus atos e o que eu me transformara.

Assim, continuei a minha jornada errante. Caminhando pelas noites, alimentando-me de vadios, bandidos e mulheres sem rumo. Tendo imenso prazer a cada gole de sangue quente e um arrependimento ainda maior depois que a euforia passava. Excitação e raiva eram meus companheiros inseparáveis.

São meus companheiros...

Rezei todas as noites. Acho que nunca fui ouvido. Em certos momentos, fui um devoto fiel, noutros proferi as maiores blasfêmias. Conversei com padres e filósofos, e aos poucos deixei de ser tão xucro como era na minha vida mortal. Aprendi a ler, a recitar as orações em latim e comecei a devorar todos os livros que encontrava na esperança de encontrar algo que me guiasse.

Contudo, as dúvidas somente aumentavam e poucas respostas apareciam.

Até que, há três anos, a minha vida tomou um novo rumo.

Alessio encarou Ugolino que tinha o rosto lívido e prestava atenção a cada palavra do relato. O Papa, por outro lado, dormitava sentado em sua cama. Ele já conhecia essa história de trás para a frente.

Estava cansado de perambular pelas ruas de Roma e de dormir em templos em ruínas e na úmida e repugnante Cloaca Máxima.

Coloquei na cabeça que, se havia alguém que poderia me ajudar entender o que ocorrera e a aplacar a minha dor, esse era o Papa.

Assim, numa noite quente de junho, tomei coragem e vim até ele. Segui-o até os seus aposentos, ocultando-me nas sombras e entrei sem bater. Lembro-me do susto que ele tomou, ficando quase tão branco como eu.

– Lembra-se disso, Santidade? – Alessio perguntou.

– Sim, sim – o Papa abriu os olhos de súbito, mas logo já estava cochilando novamente, o corpo encurvado e a cabeça pendente para o lado.

Alessio sorriu. Gostava de Lottario.

O pobre Papa ficou atônito – prosseguiu –, *da mesma maneira que você quando me viu na porta. Achei que ele teria um treco no coração, pois estava ofegante e suando em bicas.*

Demorou, mas conseguimos conversar e eu contei quem eu era e supliquei por ajuda. E o medo fora transformado em piedade e ele me estendeu a mão. Permitiu que eu morasse nas grutas e tivesse acesso ao conhecimento contido nos livros e pergaminhos daqui. Impôs algumas condições e regras, é claro, e eu as segui criteriosamente.

E, de certa forma, nos tornamos amigos.

Aprendi muito com ele e com o padre Giovanni que infelizmente morreu no último inverno. O velho homem cego me ensinou a falar francês, inglês e um pouco de grego. Não tivemos tempo *de concluir esses estudos.*

E por causa da generosidade dele – apontou para o Papa –, *e pela misericórdia de Deus, sigo aqui buscando respostas.*

Alessio terminou o seu relato e ficou em silêncio.

Ugolino ainda digeria tudo o que acabara de ouvir. Estava fascinado e receoso ao mesmo tempo. Pois estava ao lado de um homem comum que fora transformado em um ser diferente, único. Talvez um deus, talvez um demônio.

– E você tem encontrado alguma luz para as suas dúvidas? – Ugolino quebrara o silêncio.

– Uma luz bem parca e inconstante – Alessio respondeu. – Não nos livros, mas sim nas conversas que tenho tido com o Papa, que, aliás, me convocou para vir até aqui e só dorme!

Riu.

Ugolino levantou-se e tocou o ombro do primo, que despertou com um tremelique.

– Santo Deus! – Inocêncio III pôs-se de pé. – Preciso jogar uma água no rosto, se não nunca ficarei acordado. Parece que não durmo há semanas!

Ele foi até uma tina de prata e lavou o rosto, esfregando com vigor.

– Que vergonha – o rosto vermelho por causa da água fria. – Você me perdoa pela minha falta de educação, Alessio?

– Não precisa pedir desculpas, Santidade, já estou acostumado – respondeu o outro com um sorriso.

– De fato tenho tido sono demais – o Papa bocejou. – Preciso pedir para frei Pedro algo para me dar mais vigor. Outro dia ele me serviu uma infusão escura, que até era saborosa, mas me deu uma baita dor de cabeça. Enfim... Ai minha Santa Luzia, não acredito que vou ter de mijar de novo! – foi até o balde e soltou alguns jatos curtos.

– Por que me chamou até aqui? – Alessio indagou. – Para conhecer o seu primo?

– Sim, claro – o Papa chacoalhava o pinto. – Mas não somente para isso.

Alessio soergueu as sobrancelhas.

– E para que mais?

– Por que acho que encontrei um sentido para a sua existência – Lottario falou ao se sentar na sua cama. – Uma missão que pode ajudá-lo a ser bem-visto novamente por Deus.

Pela primeira vez desde que conheceu Alessio, o Papa pôde ver esperança nos seus olhos verdes.

– Por favor, conte-me tudo – Alessio estava afoito.

– Que assim seja!

Inocêncio III respirou fundo e começou a contar tudo o que o arcebispo de Canterbury lhe relatara.

.

.

.

– Santidade... – Alessio sentiu uma empolgação tomar conta da sua mente. – Qual é a minha missão então?

– A sua missão, Alessio, é ir até a Inglaterra e dar um fim a essas atrocidades – Inocêncio III falou com convicção, agora completamente desperto. – Antes que seja tarde demais.

– Como devo agir? – perguntou.

– Do jeito que for necessário – o Papa respondeu sem hesitar. – Esse mal que assola a Catedral de Canterbury precisa acabar. E talvez a única solução definitiva seja erradicá-lo pela força. Entende?

– Sim, entendo. – Alessio se levantou, sabia que estava pronto para fazer o que fosse necessário. – Partirei ao próximo anoitecer – prosseguiu. – Daqui a pouco o Sol já vai nascer, então irei para as grutas rezar e repousar.

– Sempre é bom rezar. Deixarei no lugar de sempre uma mensagem para o arcebispo – o Papa fitou-o. – Assim você terá todo o apoio e o suporte necessários.

– Obrigado, Santidade – beijou o Anel do Pescador.

– *Dominus vobiscum* – o Papa fez o sinal da cruz, abençoando a empreitada. Alessio deu alguns passos e parou antes de sair.

– Será que, enfim, terei paz se tiver êxito? – apertou os lábios. – Será que sou forte o bastante?

– Não há como saber, filho – Inocêncio III foi sincero. – Mas peça ajuda aos santos, peça com fervor auxílio para essa sagrada missão. Eu o absolvo de todos os seus pecados, mas a paz, essa não tenho como garantir.

Alessio fitou o Papa em silêncio, deu um leve sorriso tristonho, fez uma mesura e saiu.

– Ele não me pareceu um demônio – Ugolino falou quebrando o silêncio. – Pelo menos não como esses a que estamos acostumados, os que vemos nos bestiários. Ele ainda é tão... *humano!* O infeliz foi muito azarado, isso sim.

– Não me entenda mal, primo. – Lottario pigarreou. – Depois de conhecer esse *demônio*, de ouvir suas histórias e experiências, não sei se acredito mais nos demônios pintados nos livros ou mesmo em Satanás. Nem sei se ainda acredito em Deus. Não que eu tenha perdido a minha fé, longe disso; é que, depois de conhecer um ser como ele, tudo muda, entende?

Ugolino ficou em silêncio.

– Verdade – olhou para o chão. – Acho que o bem e o mal não são conceitos tão distintos assim. E, talvez, nem existam da forma como definimos. Pregamos tanto sobre o bem e o mal, sobre Deus e os santos, sobre os anjos caídos e Satanás, mas nunca os vimos, sequer tivemos qualquer vestígio ou iluminação. Agora, Alessio é real, os outros são reais. Parece que eles vieram para derrubar todas as nossas convicções.

– Concordo – o Papa acendeu outra vela. – Acho que irei redigir uns documentos. Perdi o sono.

– Então eu me vou – Ugolino respondeu, resignado, pois gostaria de prolongar a conversa.

– Bom descanso, primo.

– Para você também – o cardeal retirou-se. – Ou melhor, bom trabalho.

Ele caminhou lentamente até o seu aposento, deitou-se na cama e não conseguiu dormir. Ouviu uma coruja em algum lugar e os ratos andando pelos caibros. No fundo da sua alma começou a invejar a condição de Alessio. Imaginou-se eterno, imortal, imaginou-se um deus da noite, temido, amado.

– Eu não sentiria culpa ou arrependimentos – falou consigo mesmo. – Eu saberia aproveitar todo esse poder. Isso é um dom, não uma maldição. Viver sem se preocupar com a morte! Caminhar pelos anos sem envelhecer ou adoecer. Perderia as coisas boas do dia, mas por Deus, que se dane! Eu saberia amar a noite!

Virou-se de lado, encarando a parede de tijolos. Nas sombras formadas pela luz bruxuleante da vela de sebo, viu-se no alto de um castelo, rindo ao lado de uma bela mulher, cabelos dourados como o trigo, coberta por seda fina, o que deixava suas curvas em evidência. Sentiu seu pau endurecer e no mesmo instante pegou-o, masturbando-se lentamente.

A mulher o beijava com fervor. Sua boca macia estava manchada de sangue fresco. Ugolino sentiu o sabor ferroso e teve um pouco de asco, mas esse logo passou, quando, em seu devaneio, a bela dama da noite pegou na sua mão e colocou-a sobre seu seio firme, com o bico intumescido por baixo dos delicados panos. Ela era toda sua.

O cardeal cuspiu na mão e masturbou-se com mais vigor, gemendo enquanto se via trepando com ela, penetrando-a, mordiscando os peitos alvos, ela cavalgando cada vez mais rápido com movimentos ritmados e deliciosos. Fechou os olhos e sentiu o calor envolver o seu pau, como se estivesse dentro da deliciosa mulher de cabelos dourados.

Ugolino, ofegante, revirou os olhos enquanto o jato espirrava na parede. Deitou-se de barriga para cima e respirou fundo.

Fantasiou até o Sol raiar e pegou no sono, sonhando com os prazeres de uma vida que nunca teria.

Capítulo VII – Inglaterra

1214, Canterbury, Inglaterra.

Havia quatro meses que Alessio partira de Roma. Viajara rápido, vencendo milhas e mais milhas de caminhos desertos a cada noite. Gastara as suas sandálias, pegara algumas de suas vítimas, somente seu hábito imundo, fedido e esburacado era o mesmo. E, por isso, ganhou até algumas esmolas quando cruzou com cavaleiros e mercadores. Ele sempre deixava o dinheiro sobre os altares das igrejas onde se refugiava.

Não precisava delas, não precisava de nenhum bem material, a única coisa que almejava com todo o seu espírito era a paz.

Andava em um ritmo muito acima do que um andarilho comum aguentaria. E, não raramente, corria até ficar esgotado, com o peito doendo a cada inspiração. O sangue lhe dava força e a chance de redenção lhe dava ânimo. E por isso ele prosseguia como se o próprio Diabo estivesse nos seus calcanhares. Um Diabo que ele temia ter que encontrar no fim dos tempos.

Sua jornada era trilhada com convicção. Encontrara um norte para a sua existência, algo pelo qual valia a pena lutar. E morrer se fosse preciso.

Morte...

Deixara de ser tão seletivo quanto às suas vítimas, pois não podia perder tempo. Tinha uma nobre missão a cumprir. Não matava mais segundo a sua consciência, mas sim por causa das oportunidades. E já não jejuava tanto, pois precisava manter as suas energias.

Não tivera muitos contratempos durante a jornada, exceto os problemas rotineiros para encontrar lugares seguros para dormir durante o dia e a difícil travessia do mar, quando o barco em que estava virou durante uma tempestade e ele precisou nadar até a exaustão para conseguir chegar à praia em Dover, tremendo de frio e zonzo por causa do esforço. Seu corpo estava coberto de escoriações por causa dos destroços que eram jogados em cima dele pelas ondas. Ardiam insuportavelmente por causa do sal marinho; contudo, antes de terminar de se arrastar para fora da água, eles estavam curados.

Fora o único sobrevivente. Pensou ser uma benção dos seus santos protetores. Sabia que não era. Preferiu acreditar nisso para ajudar a manter o ânimo.

Com a alvorada irrompendo no horizonte, deixando as pesadas nuvens em um tom rosado, cambaleou até a igreja de St. Mary in Castro, arrastando-se de joelhos pelos últimos passos, tossindo a água engolida e a consciência quase o abandonando. Refugiou-se dentro da torre do sino, forçando a tranca até arrebentá-la, enquanto o Sol fazia a pele da sua nuca e das costas chiar, causando uma dor lancinante e exalando um cheiro de carne queimada. Recuperou-se tão rápido quanto das outras vezes. Era eterno, mas não era invulnerável e o naufrágio o fizera se lembrar disso. Quando as ondas quebravam sobre a sua cabeça, tivera medo de morrer.

Rezou agradecendo pela proteção, por chegar vivo ao seu destino.

Dormiu em uma saleta, debaixo de uma mesa empoeirada, na companhia de ratos e pombos. Por sorte ou pela providência divina, como gostava de pensar, não foi incomodado durante todo o dia e, tão logo escureceu, retomou seu caminho, seguindo as indicações de um antigo mapa feito pelos romanos, durante as invasões dessa terra. Estava fraco, por isso se alimentou de um velhote que passava visgo no galho das árvores para conseguir aprisionar algum passarinho que lhe serviria de refeição. Sentiu-se revigorado. E fez uma oração para a alma do morto, pois sentiu que seria importante para não macular a sua boa sorte. Era a primeira morte naquelas terras.

Caminhou debaixo de uma chuva de gelar os ossos – e, maltrapilho, descalço e com sujeiras incrustadas na sua pele, Alessio chegou à Catedral nove meses depois que o arcebispo mandara seu mensageiro encontrar o Papa. Esperava não ter demorado demais.

– Uau, uau! – Tita encarou Harold com seus olhos astutos cercados por um punhado de sardas alaranjadas. – Mesmo depois desses meses todos você ainda me surpreende. Quer dizer que você encontrou Pã. *O* deus Pã? Aquele das patas de bode, dos chifres e tudo mais? Uma vez estive em Pompeia e vi uma estátua dele meio enterrada nuns escombros, nossa ela me deu medo.

– Sim, ele mesmo – senti calafrios só de me lembrar do deus e da conversa que tivemos.

– E você se mijou todo quando ele falou contigo? – Segurou o riso. – Mesmo já sendo o supremo Harold Stonecross?

– Não me mijei – se eu fosse vivo as minha bochechas corariam. – Depois que ele entrou na minha cabeça um medo irracional tomou conta de mim, me paralisando completamente. Depois disso eu desmaiei. E acho que você também desmaiaria, menina.

– Pode ser, quem sabe? – sorriu. – Agora, o que acho interessante é que você já conheceu seres magníficos! Foi aconselhado por Thor e causou a sua ira, foi transformado por Loki, se mijou por causa de Pã – provocou. – Sua mãe passou mel em você quando você nasceu?

Stella e Liádan riram da garota. Ela trouxera nova vida desde que chegou, com seu jeito despojado e desbocado.

– Já falei que eu não me mijei! E...

– Sério, gente – Tita me interrompeu. – Eu venho lá de Roma, terra dos deuses, inclusive do tal Fauno, ou Pã, ou sei lá que nome o *bicho tem,* nasci muito antes de vocês e nunca vi nada! Nunca senti uma presença sequer. Nunca esbarrei com um desses deuses esquecidos. Nem quem me transformou eu nunca mais vi. Como pode isso?

– Acho que você não tem os meus encantos – não resisti e provoquei.

– Quem é Pã? – Ralf interrompeu a conversa, confuso.

– Ah, depois eu explico – Tita balançou a cabeça.

– Eu também converso com a Deusa – Liádan arrancou uma flor branca e colocou nos cabelos vermelhos.

– Sim, sim. Mas você já esteve com ela, hein, Lili? – Tita arrancou um capim e começou a mascar.

– Em espírito – a dama ruiva encarou-a com os olhos verdes refletindo o luar.

– Mas não sentiu o bafo quente, ou o perfume da Deusa, sei lá! – a menina estava empolgada.

– Não, não senti. Somente a sua energia.

– É, então não há como competir com o Harry aqui.

Tita me deu um soco no braço e, por causa do impacto, tive

de dar dois passos para o lado para manter o equilíbrio. A garota devia ser muito forte, apesar de parecer franzina. Ao seu lado, eu não me sentia tão soberbo assim.

– Será que quem me deu essa nova vida também foi transformado por um deus? – a menina esfregou o pescoço como se lembrasse da mordida, apesar de não haver nenhuma marca.

– Quem sabe? – dei de ombros.

– Chegamos – Stella apontou para o brilho do fogo logo adiante.

– Caçadores? – Liádan parou ao lado da amiga.

– Provavelmente. Eu os vi ontem quando vim colher algumas flores – Stella respondeu. – Defumavam um pouco de carne e tinham arcos.

– São caçadores sim – Ralf confirmou. – Há muitos desses nessas bandas. E eles preferem ficar ocultos pela noite, pois não podem caçar nessas terras. Elas são de um conde. Conde... – coçou a cabeça. – Esqueci o nome.

– As presas agora serão eles – Tita lambeu os lábios e correu. – Atacar!

Ralf sem hesitar foi no seu encalço. Era muito mais lento que a garota, que parecia flutuar. Ela venceu os duzentos passos num piscar de olhos.

– Essa menina é mesmo louca! – franzi o cenho.

– Pelo menos ela se diverte – Liádan sorriu, mostrando os dentes aguçados, e correu, com Stella logo atrás.

– Não há mais estilo nessa terra – resmunguei, e as segui sem tanta pressa.

Quando cheguei ao acampamento improvisado, um garoto ainda sem barba agonizava nos braços da Raposa. Ralf trocava socos com um rapagão mais alto do que ele e com pelo menos o dobro da sua largura. E estava levando a pior.

Stella e Liádan dividiam sua refeição. A dama ruiva sugava o pescoço de um homem careca e com a barba até o meio do peito. Stella mordia o pulso. E o safado sorria.

Para mim restou um velho carcomido que, mesmo com toda a algazarra, dormia tranquilamente ao lado da pequena fogueira. Ajoelhei-me ao seu lado e senti o bafo de álcool e o cheiro do mijo seco impregnado nas suas vestes. Mordi o pescoço imundo. Ele roncou, mexeu-se um pouco e não acordou. Morreu dormindo, sonhando com mais um trago.

Tita estava sentada sobre um tronco caído, com o menino morto em seu colo. Ela segurou seus braços e fê-lo bater palmas.

A cabeça pendente e a boca aberta deixaram a cena cômica. Era uma plateia improvisada para o que acontecia logo adiante.

Ralf estava estirado no chão, a cara inchada de tantos socos que levara e os cabelos empapados de um sangue quase negro. O grandalhão com o rosto vermelho e as veias da testa saltadas pelo esforço, apertava-lhe a garganta, sufocando-o. Ele revirava os olhos e logo desmaiaria.

– Aperta o saco dele! – Raposa gritou com uma voz estranha. Ela abria e fechava a boca do garoto tal como a de uma marionete. – Vamos, agarre bem nas bolas que ele te solta. Agarra e torce com força!

Gargalhei.

Ralf hesitou um pouco. Tateou pela coxa do seu agressor até conseguir achar o local certo. Colocou ali as últimas forças que restavam.

O rapagão deu um uivo e soltou a garganta de Ralf, deixando vergões com a forma dos seus dedos. Ele começou a tossir tal qual um cão engasgado, mas não largou o saco volumoso. Tive a impressão de que os ovos estouraram quando ele colocou mais força no apertão. O infeliz tombou de lado, chorando alto, miando, com as mãos entre as pernas.

Ralf ficou de quatro, ofegando, arfando, tentando recuperar o fôlego perdido, o sangue pingando da sua testa e do nariz. Recuperou-se logo. E terminou com o sofrimento do seu oponente. Drenou todo o sangue espesso e quente, fartando-se até ficar completamente empanzinado.

Raposa bateu palmas com as mãos do garoto morto e jogou-o de lado tal qual uma boneca de palha. Aproximou-se de Ralf, sorrindo com a boca manchada de vermelho.

– Pelas pregas de Cristo, se eu não tivesse lhe dado a dica ele teria acabado com você – fez uma careta quando viu de perto os dois olhos inchados e o nariz quebrado.

– Eu ia dar conta – falou Ralf, meio fanhoso. – Só queria brigar um pouco mais, para matar o tédio.

– Eu sei, meu querido – Tita pôs mão sobre o rosto de Ralf e, com um movimento rápido, pegou o nariz quebrado e colocou-o no lugar com um estalo. – Melhor assim, você estava horrível.

Ralf colocou a mão no rosto e xingou de dor.

– É a primeira vez que ponho um nariz no lugar – estalou os dedos. – Que sensação boa!

– Por que eu não saro rápido como vocês? – assoou o nariz, fazendo uma bola de sangue coagulado cair na terra.

– Porque você ainda é um bebê – Raposa ficou na ponta dos pés e apertou as bochechas dele. – Com o tempo você vai ficar mais forte e vai se curar como nós.

Liádan foi até a barraca e quebrou os três arcos de caça, espatifando-os no tronco de um carvalho. Ela não os apreciava. Primeiro, por ser amiga dos seres das matas; depois, como me disse um dia, ela sentia algo ruim toda vez que via um arco, algo como um mau presságio.

– Puta merda, que fedor – Tita cheirou os sovacos. – Acho que não me lavo faz um bom tempo. Para mais de um mês – cheirou-se novamente e fez uma careta. – Ouço o barulho de um riacho. Que tal um banho?

Começou a arrancar a roupa, exibindo o tufo cor de cenoura.

– Qual é? – olhou-nos, divertida. – Não me digam que têm vergonha? Vocês ingleses são tão pudicos assim?

Ralf começou a se despir e ficou completamente nu.

– Deus seja louvado! – Stella assoviou encarando o membro avantajado do rapaz. – *Che bel cazzo!*

Liádan apenas deu um discreto sorriso, mas nada disse.

As minhas duas amantes também tiraram as roupas e Ralf as fitou dos pés a cabeça.

Olhou para mim de canto de olho e eu rosnei, ele abaixou a cabeça e desviou o olhar.

– E você, magnífico Harold – a menina me encarava –, tem vergonha de mostrar seu nobre pau?

Não respondi e tirei a roupa meio a contragosto. Raposa olhou para mim e depois para Ralf, comparando-nos da cintura para baixo.

– É, você ganha pela beleza – riu. – Ainda bem que tem seus encantos!

Antes que eu pudesse retrucar ela berrou.

– Quem chegar por último lambe a bunda do cavalo. Um, dois, três!

Corremos como loucos. Stella, Liádan, Tita e eu pulamos quase ao mesmo tempo no riacho de águas geladas.

Ralf chegou logo depois, rolando, pois tropeçou em uma raiz e se estabacou na margem barrenta. Rimos. E, de certa forma, seu jeito completamente desajeitado me fez lembrar do meu querido Edred. Eu tinha saudades do moleque e o que eu fizera com ele, mesmo sem total consciência naquele instante, causava-me muita dor e remorso.

– *Não foi sua culpa* – Tita falou na minha cabeça. – *Foi um acidente, um sortilégio dos deuses.*

Fiquei em silêncio.

Stella jogou água na minha cara, trazendo-me de volta à realidade. Brincamos bastante, rimos muito e, antes de voltarmos para pegar as nossas roupas, fizemos amor, várias vezes, em uma orgia digna de um tal deus Baco, como nos contou Raposa no caminho de volta.

Três batidas na madeira quebraram o silêncio sepulcral do corredor de pedra. Stephen Langton abriu a porta e as dobradiças rangeram. Ele esfregou os olhos vermelhos e não reconheceu o homem parado à sua frente.

– Quem é você? – bocejou, ainda zonzo de sono.

– Eu venho em nome do Papa Inocêncio III, eminência – falou. – Sou Alessio di Ettore.

– E você não poderia ter esperado na casa de hóspedes até amanhecer? – ele estava irritado.

– Bem... – fez uma pausa. – Eu peço perdão por ser inoportuno e pela falta de educação. Até gostaria de esperar o amanhecer, mas tenho um problema com a luz do Sol.

O arcebispo franziu o cenho e assim que entendeu o que se passava, deu alguns passos para trás, boquiaberto e caiu sentado sobre a sua cama.

Enquanto isso, Alessio, respeitosamente, aguardava fora do aposento.

– Vo-você é um dos demônios? – o corpo todo do velho arcebispo tremia. – Cristo me ajude!

– Infelizmente sou – Alessio fechou os olhos, pois essa constatação sempre o feria. Inspirou profundamente. – Não se preocupe, eu venho em paz e não lhe farei mal, pois, apesar de ter sido amaldiçoado, busco a minha redenção e por isso estou aqui.

Ele colocou a mão dentro do hábito puído e tirou um saco de couro, bem amarrado por um cordão de cânhamo. Esticou a mão.

– Espero que os pergaminhos ainda sejam legíveis – suspirou. – Tive um contratempo no mar, mas confio na vontade de Deus e no couro encerado.

Sorriu.

– Por favor, perdoe os meus modos grosseiros – o arcebispo recuperou a postura e pegou o saco. – Entre e sente-se.

Foi cortês, contudo estava completamente desconfiado.

Ele acendeu mais três velas e iluminou um pouco melhor o

ambiente. E, quando Alessio tirou o capuz, Lord Stephen não se conteve e levou a mão à boca, espantado.

– Tão branco – sussurrou. – Tão humano...

– Sim, humano – Alessio abaixou a cabeça e ficou assim por um tempo. – Sempre penso se ainda posso me considerar um homem.

O arcebispo o fitava com admiração e medo. Sempre imaginara encontrar um demônio horrendo, de olhos vermelhos e presas tais como a de um javali. Não alguém praticamente normal. Mesmo tendo ouvido os relatos do populacho, nunca acreditara neles. Até agora.

O cardeal Langton foi até a porta, passando meio de esguelha por Alessio. Fechou-a e baixou a trava. Voltou do mesmo jeito e sentou-se na cama.

– E por que Sua Santidade o mandou aqui? – O arcebispo estava confuso.

– Acho melhor o senhor arcebispo primeiro ler a mensagem – disse o outro, apontando para o saco de couro.

Lord Stephen pegou uma faca e cortou a amarração. Dentro havia um embrulho de couro mais fino, quase como um velino, selado com o brasão do Papa, que protegia três folhas amareladas. E, pela providência divina, elas estavam completamente secas.

– Vejamos... – começou a ler, o rosto bem colado ao pergaminho, pois sua visão já não era a mesma.

Alessio aguardou pacientemente. Uma coisa que aprendera com o passar dos anos era esperar. Não havia motivo para ansiedade ou pressa, pois o tempo estava ao seu lado.

"Pode confiar em Alessio di Ettore, ele é um bom filho de Deus e busca paz para o seu espírito, por isso incumbi-o dessa missão" – Lord Stephen murmurou esse trecho e continuou passando os olhos avidamente pelas linhas.

"Encare essa tarefa, meu amigo, como se fosse a sua Cruzada contra o mal, contra os infiéis mais poderosos desse mundo" – a respiração do arcebispo ficou mais pesada e gotículas de suor brotaram na testa enrugada.

O arcebispo chegou à última folha.

"Você está autorizado a pedir apoio dos nobres da região..." – interrompeu a leitura em voz alta.

"...quantos soldados achar necessários... Que o senhor esteja a seu lado".

Alessio não lera a mensagem, mas, pelo teor dos trechos pronunciados em voz alta, já conseguira entender o que se passava. Todos os esforços seriam feitos para extirpar esse mal da Inglaterra, mesmo que fosse necessário empreender uma guerra santa.

E ele estava preparado para ser um soldado de Deus.

– Tem uma mulher tomando banho no riacho – Orelha veio correndo. – Eu estava vindo para cá, quando ela tirou a roupa e entrou na água. Tá peladinha, peladinha.

– Agora que o Sol acabou de se pôr? – Coelho desconfiou do amigo. – Por que alguém tomaria banho de noite? *Tá* frio.

– Sei lá, porra! Sei que ela está lá, eu juro – insistiu.

– Duvido – Galinha tirava as sujeiras de baixo da unha com um graveto. – Você quer é nos pregar uma peça.

– Se não acreditam o azar é de vocês – o menino já corria por onde viera. – Eu vou voltar para lá.

Dedinho correu atrás do amigo. Galinha e Coelho se entreolharam e resolveram segui-los. Correram bosque adentro até que Orelha parou e fez sinal para a turma fazer silêncio.

O riacho estava logo adiante, então ele se deitou e foi se arrastando no chão coberto de folhas secas. Pararam na beira do barranco e espiaram lá embaixo uma moça muito branca e de cabelos pretos como o carvão que se lavava tranquilamente. Ela se esfregava com um pano que passava em um pedaço de sabão.

Lavou as coxas, os seios, a bunda, deixando os garotos enlouquecidos e com as calças meladas. Mesmo sem enxergar perfeitamente por causa da penumbra, a imaginação deles era bem fértil.

– Um bicho picou a minha bunda – resmungou Dedinho, que ainda era novo demais para se excitar.

– Cale a boca, Dedinho – ralhou Orelha, quase com um rosnado. – Senão ela vai nos ouvir.

– Tá doendo e coçando ao mesmo tempo – o menininho continuou. – Ele tinha que picar bem o meu rabo?

Coelho deu um tapa na sua nuca e ele se calou, irritado, quase chorando.

– Deliciosa – Galinha estava deitado meio de lado, apoiando a cabeça com a mão esquerda e com a direita dentro das calças.

– Eu comia essa mulher todos os dias – Orelha sequer piscava.

– E eu... – Coelho começou a falar, mas fora interrompido, levando um grande susto.

– Estão gostando? – Liádan surgiu de súbito, assustando os garotos. – Não é correto ficar espiando uma dama!

Coelho gritou e saiu correndo, desviando com habilidade das árvores. Sumiu num piscar de olhos.

Orelha se assustou tanto que se levantou com um pulo, mas se desequilibrou e rolou pelo barranco. Estatelou-se lá embaixo, bem na frente da dama nua. Ela sorriu para ele e mandou um beijo. Ele ficou abobalhado, olhando-a, admirando-a com a boca semiaberta, e quase entrou na água. Mas a própria mulher quebrou o encanto.

– Já viu o bastante, *segaiolo?* – agachou-se na água, ficando somente com a cabeça para fora. – Some daqui!

O menino correu, manquitolando por causa da queda do barranco.

Galinha demorou um pouco, pois acabara de se masturbar antes de fugir satisfeito. Dedinho ficou sozinho. Levantou-se e encarou Liádan.

– Nossa, moça, você é linda! – arregalou os olhinhos. – Acho que é a moça mais linda que eu já vi. Não sei por que os bundões dos meus amigos correram.

– Obrigado – a dama ruiva se agachou e beijou a bochecha do menino.

– Nossa você tem a boca fria – Dedinho franziu a testa. – Está com frio?

– Não, apenas sou quase sempre assim – Liádan encarou aqueles olhos ingênuos e sem quaisquer medos. – Agora vá, pois você pode se perder se ficar mais escuro.

– *Tá* bem – Dedinho virou-se e foi embora saltitando e assoviando tranquilamente.

Conversar com ele deixou o espírito da dama ruiva mais leve. Saltou o barranco e pairou até a beira d'água.

– Você não sentiu a presença dos meninos, Stella? – colocou os pés descalços na água.

– É claro que senti – agora ela esfregava os cabelos. – Deixei-os se divertirem um pouco.

Riu.

– Mas você é mesmo uma assanhada! – Liádan também riu.

Tirou a roupa e foi se juntar à amiga no banho.

.

.

.

– Puta merda Dedinho, onde você estava? – Coelho estava suado de tanto correr.

– Conversando com a moça de olhos verdes – respondeu. – Ela é legal. E até me deu um beijo na bochecha.

– Mentiroso de merda – Orelha massageava o tornozelo um pouco inchado. – Você deve ter se perdido, por isso demorou.

– Ele é lerdo mesmo – Galinha completou. – Deve ter se distraído com alguma mariposa, ou lagarto, ou com a própria sombra.

Os garotos riram.

– Vão tomar no cu – irritou-se. – Ela me beijou. E *tô* feliz. Vocês é que são cagões. *Bunda mole.* Aposto que estão *cás* pernas *tudo* cagadas! Fiquem aí falando merda. E agora vou para casa dormir.

O menino virou-se e seguiu até a casa da senhora Abigail, onde eles agora moravam. Entrou e deitou-se ao lado do Pelota, que dormia profundamente. Suspirou, fechou os olhos e logo já estava dormindo também. Sonhou com a mulher ruiva.

– Terminei – o arcebispo massageou a nuca depois de reler a mensagem do Papa pela terceira vez. – Desculpe-me por fazê-lo esperar tanto. É que o assunto é seríssimo e requer algumas decisões bem delicadas.

– Entendo perfeitamente, eminência – Alessio estava sentado no chão. – E o senhor deseja conversar sobre os próximos passos?

– Preciso pensar um pouco – o arcebispo estava exausto. – Então é prudente deixarmos essa conversa para amanhã, pode ser?

– O que decidir será feito, senhor arcebispo – Alessio levantou-se. – Inocêncio III pediu-me para ajudá-lo no que fosse preciso e assim farei.

– Agradeço – inspirou e soltou ar pela boca com um ruído.

– Então, até amanhã, Alessio di Ettore.

– Até... – Alessio abria a porta quando se lembrou. – Não quero incomodar, mas o senhor arcebispo conhece algum lugar escuro, onde eu possa dormir?

– Bem... – esfregou o nariz e espirrou. – Você pode dormir em algum lugar da cripta. Se não ligar para a poeira e para a umidade, há recintos que não são frequentados há anos.

– Não me importo com poeira ou umidade, basta o local ser escuro, bem escuro – Alessio sorriu, mostrando as presas levemente salientes.

– Como uma noite sem estrelas e sem a Lua – o arcebispo confirmou. – Posso levá-o até lá.

– Não é preciso – Alessio respondeu de pronto. – Indique-me o caminho.

O arcebispo indicou o caminho e confirmou que lá ele poderia descansar em paz. Alessio agradeceu e se despediu de Lord Stephen, que trancou a porta quando ele saiu.

– Que noite! – serviu-se de um copo de água.

Releu metade do manuscrito enviado pelo Papa, até que o sono o dominou e ele adormeceu sentado na cadeira, debruçado sobre a mesa, enquanto a última chama da vela se apagava lentamente.

– Quer dizer que você adotou mesmo os fedelhinhos? – Ernest deu uns tapinhas no ombro de Geoffrey, vendo os meninos ajudarem Abigail a arar a terra endurecida pela geada.

– Eles não tinham para onde ir – o lacaio olhou e sorriu para a mulher. – Então convidei-os para morarem conosco.

– E ela gosta deles, certo? – Ernest assoou o nariz na mão e atirou o ranho no chão com um movimento rápido.

– Bastante – Geoffrey olhou para o seu senhor. – Ela está até mais feliz. Acho que ela sentia falta de crianças, já que nunca tivemos os nossos.

– Quem sabe agora não consigam? Ouvi dizer que até voltaram a trepar escondidos atrás das árvores – apontou o bosque adiante. – Trepam como um casal de namorados que acabou de se conhecer.

– Esse povo tem a boca grande – sorriu o careca, mostrando um buraco onde deveriam estar os dentes da frente. – A gente tá namorando um pouco sim – confessou.

– Bom para você – falou Ernest. – Na verdade, também estou feliz por tudo ter dado certo. Quando você perdeu as minhas moedas pensei que o rei John iria tomar essas terras e mandar me enforcar, mas no fim conseguimos manter o nosso compromisso.

– É – o criado foi lacônico.

– E o nosso rabo – Ernest completou.

– Principalmente.

Eles riram e continuaram caminhando até o casarão, onde o cônego Jerome esperava por eles.

.
.
.

– Vejo que gostou da carne de javali – Ernest fitou o cônego, que enfiava um naco sanguinolento na boca. – Espero que tenha deixado um pouco *pra* gente, a minha barriga está roncando.

– Realmente é deliciosa, senhor Ernest. – Levantou-se e limpou as mãos engorduradas no hábito. – Tenho que me controlar, pois a gula não é muito digna de um homem de Deus.

– Deixe disso, Jerome – Ernest sentou-se à mesa. – Ruim é ficar com a barriga vazia. Comer não é pecado. Passar fome sim.

Ele cortou um naco do javali, rasgou um pedaço de pão fumegante com as mãos e começou a comer ruidosamente. Geoffrey também se servira com um tolete generoso de uma parte bem gordurosa.

– Tragam cerveja!

O senhor foi prontamente atendido e dois jarros de cerveja foram colocados em cima da mesa.

Os três se serviram e beberam longos goles, que terminaram em arrotos.

– Muito melhor que a cerveja aguada que temos na Catedral – o cônego colocou as mãos sobre a barriga estufada.

– Aquilo lá é mijo – disse Ernest, lembrando-se da bebida servida pelo arcebispo quando estivera na Catedral meses antes. – Aliás, acho que o meu mijo tem mais gosto de cerveja do que aquilo.

Jerome deu um sorrisinho contido e aprumou-se na cadeira. Geoffrey continuava comendo, sugando os ossos das costelas do animal.

– E o que o traz aqui, cônego? – Ernest pegou mais um pedaço de pão e esfregou no prato. – Acho que não veio somente para comer, certo?

– Tenho uma convocação do senhor arcebispo – pigarreou –, ele deseja a sua presença.

– Puta que pariu – fechou o semblante. – O que foi dessa vez? A tal demônio ainda está sugando os pescoços de vocês?

– Bem – o cônego hesitou. – Sim, ainda está. Com menos frequência, mas está. E por aqui cessaram as mortes?

– Porra nenhuma – Ernest fez um sinal para trazerem mais cerveja. – Quem está vivo um dia morre, não é? Então, de vez em quanto alguém encontra algum corpo jogado no meio do mato. Não podemos afirmar que seja obra da tal demônio – abaixou o tom da voz –, mas a gente sabe quem foi. Só não damos corda para não alarmar ainda mais os infelizes. O povo precisa ser mantido com rédeas curtas, entende? Senão se rebelam, não querem trabalhar e fazem uma confusão dos infernos. O povo nunca pode saber toda a verdade.

Jerome assentiu.

– E quando sua eminência quer conversar? – enfiou o pão brilhoso de gordura na boca.

– Daqui a uma semana, depois das vésperas.

– Por que tão tarde? – Ernest olhou com estranhamento para o cônego. – O velho arcebispo está trocando o dia pela noite?

– Digamos que nos últimos dias ele está sim – Jerome se levantou. – Agora preciso ir, se me dá licença...

– Vá – Ernest fez quase um sinal brusco com a mão.

O cônego deu-lhe uma bênção e saiu.

– É, a paz e o sossego nunca duram muito – Ernest olhou para Geoffrey que ainda comia, raspando os ossos com sua faca de caça.

– Não mesmo – concordou com a boca cheia.

– Agora, por que será que o velho quis marcar a nossa conversa para depois do pôr do Sol? Será que ele virou amante da tal menina-demônio?

– Eu acho que o pinto dele não sobe mais – enfiou o último pedaço de pele na boca e inspirou com dificuldade, de tão cheio que estava.

– Pode ser... Ah, que se foda! – Deu um tapa na mesa, fazendo os copos de chifre pularem. – Depois a gente descobre isso. Agora venha e vamos dar um susto no Will. Aquele moleiro safado que não está pagando direito o que deve para usar o meu moinho.

E eles foram, as barrigas inchadas e o andar lento por causa do torpor causado pela comilança.

Capítulo VIII – Rumores

– Como está o seu estômago, cônego Jerome? – o arcebispo estava prostrado de joelhos em frente ao túmulo de Santo Agostinho, padroeiro da Catedral. – Espero que as ervas estejam fazendo efeito.

– Devagar, mas estão – Jerome colocou a mão sobre a barriga. – Já não sinto tantas queimações ou enjoos. Tive de moderar um pouco a alimentação também.

– Ótimo, ótimo – o arcebispo fez mais uma oração, o sinal da cruz e levantou-se com dificuldade, os joelhos estalando.

– Ficar velho é horrível, meu amigo – colocou as mãos nas costas e arqueou o corpo para trás. Outros estalos. – A gente perde a flexibilidade e começa a fazer barulhos.

– Há vantagens, como a experiência e o conhecimento – Jerome olhava para o túmulo de pedra.

– Ah, eu trocaria tudo o que sei para ter novamente meus vinte anos de idade – fez uma careta de dor quando deu os primeiros passos. – Sinto falta do vigor daquele tempo, do corpo forte e saudável.

– Infelizmente é um caminho sem volta que temos que percorrer – disse o cônego, caminhando ao lado do arcebispo. – Se não morremos de doença ou acidente, resta-nos a velhice, com todas as suas dores e privações. Eu não sou velho e venho sofrendo como um cão sarnento.

– Não precisava ser assim – Lord Stephen pensou em Alessio e nos *demônios* que assolavam aquela região. – Tudo podia ser diferente.

– O quê? Desculpe-me, senhor arcebispo, não entendi o final da frase – Jerome ouvira perfeitamente, porém estava confuso.

– Não é nada – balançou a cabeça. – Apenas devaneios de um velho que já começou a variar das ideias.

Jerome duvidava de tal senilidade. Ficou em silêncio enquanto andavam, ele mancando por causa da fratura mal curada na perna direita, Lord Stephen curvado pela idade e pelas responsabilidades.

– Você tem algum compromisso depois das *vésperas*? – o arcebispo falou de súbito.

– Não, não tenho, por quê?

– Bem, peço a gentileza de me encontrar na entrada da cripta assim que acabar a missa.

– Na cripta? – olhou fixamente para Lord Stephen.

– Sim.

– E o que tem lá, eminência? – sentiu o coração bater mais rápido.

– Alguém nos espera. Até mais tarde! – Stephen virou-se e foi em direção a um grupo de mercadores que vendiam panos, alimentos e vários utensílios.

O cônego Jerome ficou prostrado no lugar, confuso. Odiava esses enigmas e meias palavras. Queria ir atrás do arcebispo, mas se conteve. Lord Stephen já dissera o que tinha a dizer. Restava aguardar até o anoitecer para se encontrar com ele na entrada da cripta. Aquilo tudo era muito estranho. Aliás, desde que as mortes começaram todos os dias eram estranhos. Sentiu o estômago arder, sempre ardia quando ficava muito ansioso. Pegou em uma bolsinha que levava consigo uma pitada de raízes secas de alcaçuz e malvaísco. Começou a mascá-las e engoliu a massa com dificuldade. Sentiu alívio depois de um tempo, como se as brasas no seu estômago estivessem se apagando lentamente. Pagara caro pelas ervas, pois vinham de longe, do Reino de Castela.

O mercador que lhe vendera o preparo jurara que era um santo remédio para as dores estomacais. E, de fato, elas ajudavam Jerome a aplacar um pouco a queimação.

– Vou ter diarreia – resmungou, ao se lembrar do efeito desagradável causado pelas raízes.

Coxeou por onde viera e teve de apertar o passo chegando à Catedral. Foi até o quarto escuro e fétido, levantou o hábito e sentou-se sobre um dos assentos de madeira. Cagou jatos pastosos e quentes, soltando peidos molhados nos intervalos. Suava frio. Sorriu aliviado por ter dado tempo de chegar até ali. Agradeceu a Deus.

– *Tava* ruim, hein irmão! – um homem que também esvaziava as tripas olhou-o com um sorriso maroto.

– Tive um belo dum desarranjo – fez um último esforço.

– Sei como é – solidarizou-se o outro. – Essas caganeiras nos pegam sempre desprevenidos. Ainda bem que conseguiu correr.

Jerome deu um sorriso sem jeito e limpou-se com algumas folhas deixadas ali. Teve dó do esvaziador, que era o responsável por esvaziar o *privie,* o barril que servia como latrina.

Mais aliviado, despediu-se do homem e foi dar conta das suas obrigações e afazeres. Sem deixar de conjecturar um instante sequer sobre o que veria ao final do dia.

– Vocês não são meus amigos – Pelota estava emburrado, bufando. – Por que não vieram me chamar para ver a mulher pelada?

– Você demora demais para acordar – Coelho polia com areia molhada no vinagre a cota de malha de Geoffrey, tirando cuidadosamente cada ponto de ferrugem. – Se a gente te esperasse, a mulher teria ido embora.

– E que mulher! – Galinha delineou um corpo no ar.

– Nossa, meu pau ficou duro assim que olhei os peitões dela – Orelha fechou os olhos e sorriu. – Me melei todinho.

– O meu está duro até agora – Galinha colocou a mão dentro das calças. – Isso porque passei a noite toda pensando nela.

Os três amigos riram. Pelota estava vermelho, os dentes cerrados. Foi embora batendo os pés, xingando-os.

– Eu não entendo vocês – Dedinho depenava uma perdiz. – Eu também *vi ela* pelada e meu pinto ficou igual.

– Você ainda é muito novo para essas coisas, Dedinho – Coelho deixara a armadura brilhante.

– Sei que achei a moça de cabelos vermelhos linda – o menininho puxava as penas das asas. – Ela tinha um sorriso lindo, olhos lindos, tudo era lindo!

– Eu me assustei com ela – Orelha lembrou-se de como rolou o barranco. – Ela parecia má.

– Eu nem vi direito – Coelho tirava o excesso de areia dos elos com uma escova. – Corri o mais rápido que consegui.

– Quase me borrei por causa do susto – Galinha agachou-se ao lado de Dedinho. – Que medo.

– Como podem ter medo de uma mulher bonita, cacete? – Dedinho largou a perdiz e se levantou. – Conversei com ela e ela foi legal.

– Você está imaginando coisas – Coelho deixou a armadura de lado e se levantou.

– *Tô* merda nenhuma – o garotinho cerrou os punhos.

– Ela me deu um frio na espinha – Orelha falou com o rosto tenso. – Cheguei a tremer.

– Era linda, isso sim – Dedinho insistiu.

A discussão continuou acalorada, até Pelota chegar e jogar em cima dos amigos um balde de lama fedorenta.

– Acabei de pegar no chiqueiro – ele sorria. – E os porcos tinham feito bastante sujeira. Capricharam!

Os três amigos estavam imundos, principalmente Coelho, que recebera o jorro bem no peito. Dedinho tinha apenas alguns respingos nas pernas.

– Filho de uma cabra vesga! – berrou Galinha. – Eu vou te matar, seu gordo!

– Pega o puto! – rosnou Coelho, limpando os olhos.

Orelha começou a vomitar, pois estava de boca aberta e engolira um pouco da lama fétida.

O gorducho correu com todas as suas forças, mas logo foi alcançado e levou uma sova de Coelho e Galinha. Começou a berrar e a chorar desesperado.

– Já chega, né? – Dedinho tentou afastar os amigos e foi empurrado com brutalidade por Coelho. Estatelou-se de costas no chão e começou a chorar também.

Orelha se aproximou, os olhos vermelhos e o semblante tomado pela raiva.

– Vamos levar esse merda para o chiqueiro – pegou o amigo pelo braço.

– Desculpa, desculpa – implorou o gordinho com um pouco de sangue escorrendo do nariz. – Eu não pensei direito. *Tava* nervoso com vocês.

– Foda-se – o gosto de merda na boca enojava Orelha, que fazia ânsia constantemente.

Os três arrastaram Pelota e atiraram-no na lama imunda. Orelha empurrou boca adentro um punhado da lama repugnante.

Os porcos grunhiram e continuaram a comer a lavagem recém-servida.

O gordinho chorava desesperado. Começou a vomitar logo em seguida. Dois leitões vieram e comeram todo o desjejum regurgitado.

– Estamos quites agora – Coelho ajudou o amigo a se levantar.

– Vocês estão é ferrados – Geoffrey chegou de súbito. – Ouvi uma gritaria e olha o que eu encontro? Quatro imundos chafurdando na lama!

– É que... – Orelha começou a se explicar e foi interrompido.

– Não me interessa – deu uma bofetada na cabeça do garoto. – Vão se lavar e voltem depressa que lhes darei seus castigos.

– O Pelota... – Coelho quis se justificar e foi puxado pela orelha.

– Já disse que não me interessa! – O ar sibilava pelos dentes faltantes. – Vão se lavar! Como vocês fedem!

Os garotos foram choramingando até o riacho que movia o moinho. Arrancaram as roupas nojentas e entraram na água fria. Começaram a se esfregar com as mãos, mas a imundície estava impregnada nas suas peles e o cheiro nauseabundo permanecia.

– Eu só ia tomar banho daqui a uns meses – Galinha resmungou.

Dedinho apareceu e atirou dois sabões e uma escova usada para escovar pelo dos cavalos para eles. Deu as costas e voltou para a sua perdiz quase toda depenada.

Eles se lavavam quietos, irritados, com os corpos vermelhos por causa da fricção e pela água fria. Entretanto, depois de pouco tempo já estavam rindo e brincando como sempre fizeram. Eram amigos, companheiros, irmãos. Falavam besteiras e improvisavam gracinhas uns com os outros. Não havia mágoas ou rancor.

Esqueceram-se até do castigo que estava por vir.

Jerome estava impaciente. Esfregava as mãos, andava de um lado para o outro, coçava a cabeça, escarrava e piscava mais que o normal. Durante o dia tivera mais duas crises de diarreia, não tanto pelas raízes ingeridas, mas sim pelo nervosismo. Era como se suas tripas tivessem virado água. Não conseguira comer nada além de um pedaço de pão. Estava a ponto de explodir de tanta tensão. Teve que tomar umas infusões de ervas e rezar muito para tentar se acalmar. Evitou a histeria, mas o coração ainda parecia querer sair do peito.

Achava patético esse seu descontrole, tinha raiva de si mesmo por ser tão fraco, tal como uma garotinha criada na corte. Quantas vezes já zombaram dele por causa dos ataques e tremeliques. Já tivera vontade de espancar os gozadores, nunca teve coragem. Saía correndo e ia chorar em algum lugar.

– Desculpe-me por fazê-lo esperar – o cardeal Langton apareceu de súbito, trazendo duas tochas apagadas. – Tive de atender o bispo de Lincoln, Hugh de Wells. E como ele fala! Terei que resolver uns assuntos pendentes amanhã. E quem sabe depois de amanhã também. Que a Virgem Maria me dê paciência.

E era isso que faltava a Jerome nesse momento. Sua respiração era curta e as mãos não paravam quietas, tamborilando sobre o hábito.

O arcebispo percebeu a inquietação e perguntou a si mesmo se deveria levá-lo até Alessio.

– Chamei você aqui porque confio muito na sua palavra e na nossa amizade – estava sério como nunca. – E o que... Na verdade, *quem* eu irei lhe mostrar agora vai marcar você pela vida toda. Você está pronto?

Jerome começou a suar e a tremer. Olhava o arcebispo e não conseguia dizer uma palavra sequer.

– Quer ir embora? – o cardeal Langton falou com firmeza, quase irritado. – Vá logo!

– Quero ir até a cripta – o cônego não tinha qualquer convicção.

– Você tem certeza, Jerome? – o arcebispo encarou-o, intimidando-o.

– Tenho – Jerome juntou o restante de dignidade que ainda tinha, respirou fundo e pegou uma das tochas da mão de Lord Stephen. – Estou pronto de corpo e alma. Vamos.

Estava gelado por dentro. Conteve-se como pôde.

– Que assim seja!

Dizendo isso, o arcebispo acendeu sua tocha em um archote na parede. O cônego fez o mesmo. Desceram a estreita escadaria até pisar no chão de terra da cripta. Parecia vazia e silenciosa, exceto pelo som das goteiras. Colocaram as tochas nas paredes, contudo elas pouco iluminavam o local.

Que lugar horrível, pensou Jerome. *Não sei por que eles constroem esses lugares debaixo da terra. Escuros, úmidos, apavorantes.*

– Será que ele saiu? – o arcebispo deu mais uns passos, forçando a vista.

– Estou aqui – Alessio estava oculto nas sombras, ao lado de um pilar.

Jerome deu um pulo para trás, colocando a mão na boca para conter o grito. Assim mesmo saiu um chiado estranho por entre os dedos.

– Perdoe-me – Alessio se aproximou. Sua pele branca parecia refletir as chamas. – Não quis assustá-lo. Por azar, isso sempre acontece.

– Tu... tudo bem – Jerome sentiu a urina morna escorrer pelas pernas. Estava escuro, então o arcebispo não percebeu, mas o cheiro impregnou-se nas narinas sensíveis de Alessio, que sentiu certa pena do infeliz.

– Boa noite, senhor Alessio di Ettore – Lord Stephen fez uma mesura um pouco forçada, pois ainda não estava acostumado com ele. – Gostaria de lhe apresentar o cônego Jerome.

– Boa noite, eminência – beijou o anel do arcebispo. – Boa noite, cônego Jerome.

Jerome também fez uma mesura, mas nada disse.

– Você se importa se conversarmos lá em cima? – Lord Stephen espirrou. – Esse ar parado acaba com os meus pulmões. Coisa de velho, sabe?

– Eu também prefiro, eminência. – Alessio puxou o capuz sobre a cabeça e começou a subir a escadaria. – Vocês vêm?

– Claro – o cardeal Langton pegou uma das tochas e seguiu-o.

Jerome, ainda abobalhado por estar tão perto de um *demônio,* demorou a se mexer. Pegou a outra tocha e subiu correndo as escadas.

– Acho melhor você colocar o capuz – o arcebispo olhou para um grupo de monges beneditinos vindo pelo corredor.

Alessio cobriu a cabeça e olhou para o chão. Os monges fizeram uma reverência para o arcebispo e continuaram andando.

– Vamos!

O arcebispo andou apressado cruzando o coro, o púlpito e nave da Catedral até alcançar a entrada sudoeste que ainda não havia sido fechada.

A lufada de ar fresco da noite revigorou e fê-lo sorrir. Saiu em direção ao pomar e foi seguido em silêncio pelos dois companheiros. O lugar já estava deserto, pois um chuvisco fino caía. Stephen não se importava, havia anos não pegava uma gripe. Puxou o seu capuz e sentou-se sobre uma pedra. Fincou sua tocha no chão barrento. O chuvisco não tinha força para apagar a chama.

Jerome parecia estar incomodado pela friagem, mas permaneceu em silêncio. Alessio escalou habilmente uma árvore e se sentou sobre o galho fino, que se arqueou sob o seu peso. Sentiu o cheiro das florezinhas rosa e da terra molhada e sorriu. Deus realmente criara um mundo magnífico.

– Passo tanto tempo enfurnado dentro da biblioteca escrevendo e organizando os capítulos da Bíblia que me esqueço de como é bom estar ao ar livre – Lord Stephen respirou fundo. – Mesmo com esse sereno, prefiro conversar com vocês aqui, podemos?

– Certamente, eminência – Alessio balançava os pés descalços tal como uma criança. – Sempre vivi no campo, trabalhei na terra e lavorei debaixo de Sol e de chuva. Também prefiro ficar aqui fora. Não gosto de lugares fechados... Infelizmente, pelas circunstâncias, preciso passar meus dias neles.

Jerome permanecia quieto. Ao contrário do homem-demônio, ele preferia o conforto de uma sala e o calor do fogo. Sentia a friagem subir-lhe pelos pés, fazendo os tornozelos latejarem, e o vento frio e úmido congelar até os ossos. Resignou-se, pois essa era uma batalha perdida. Gostaria de ter um pouco de cerveja quente para beber, ou mesmo um bom caneco de hidromel. Queria estar bêbado, pois tudo isso era estranho demais para encarar sóbrio.

– Está dormindo em pé, Jerome? – Lord Stephen chamou a atenção do cônego, que se assustou. – Sente-se, homem!

Ele obedeceu e sentou-se sobre outra pedra. Sentiu-se desconfortável e incomodado com as saliências na sua bunda magra. Fincou também sua tocha no chão e pôs-se a aquecer as mãos no fogo.

– Alessio, você poderia contar rapidamente a sua história para ele? – pediu o arcebispo. – Acho melhor. Depois disso falaremos sobre o futuro.

Ele assentiu e começou a contar sobre a sua vida, sobre a transformação e as provações que passou desde a fatídica noite em que encontrou seu criador vindo do norte. Uma lua tímida apareceu por entre as nuvens e o sereno cessou. As roupas de lã de Alessio e do cônego estavam encharcadas. As de Lord Stephen, porém, estavam praticamente secas, pois tinham sido imersas em lanolina e deixadas para secar ao vento, depois foram besuntadas com cera de abelha derretida e penduradas sobre um braseiro para secar. Ele podia se dar ao luxo de ter esses cuidados. A maioria das pessoas usava sebo nos tecidos e tinha que aguentar o cheiro rançoso das suas roupas, acrescido do odor azedo do suor.

Jerome ouviu tudo com muita atenção, impressionando-se com cada etapa da história. Esquecera-se até do desconforto e do frio. Tudo aquilo era impressionante, estava frente a frente com um ser amaldiçoado, que não podia ver a luz e tinha de se alimentar de sangue. Um amaldiçoado que, no entanto, acreditava em Deus e que por isso viera à Inglaterra buscar sua redenção.

– Deve ser ótimo simplesmente não morrer – o cônego encarou Alessio.

– Não vou negar – ele respondeu do alto da árvore. – Contudo, depois de muitos anos você começa a ficar enfadado e a sua vida vai perdendo o sentido. Seu espírito vai-se esvaziando e tanto os risos quanto os prantos escasseiam. É como se o pouco que resta de humanidade em nós começasse a minguar. Ainda bem que o destino me colocou no caminho de Inocêncio III e eu pude encontrar um novo caminho para a minha existência, uma nova missão. E quem sabe assim eu possa recuperar a paz e um pouco da minha alma.

– Então essa imortalidade pode ser um fardo – Jerome soergueu as sobrancelhas.

– Sim, pode – abaixou a cabeça. – Quem me criou não aguentou o peso dos anos e desejou a morte. E eu, pelo bem ou pelo mal, terminei com o seu sofrimento.

– Nossa... – Jerome podia sentir uma carga pesada emanando de Alessio. – Então, de certa forma, essa missão dada pelo Papa pode ajudar você a sair dessas sombras, pode ajudar a dissipar essa nuvem negra que o envolve?

– Aliás, Alessio – o arcebispo interrompeu a conversa antes da resposta –, é sobre a sua missão que gostaria de falar. Andei pensando muito durante o dia e creio que precisaremos de ajuda.

– Que tipo de ajuda? – pulou do galho onde estava sentado. – Das outras igrejas da região?

– Não, não me entenda mal, Alessio, a Igreja é inútil agora. Precisamos de uma ajuda que traga muitas espadas e arcos – olhou para o chão. – Iniciaremos em breve uma guerra santa.

Jerome sentiu o coração disparar e as pernas tremerem. Sabia que uma guerra sempre trazia consequências horríveis, ainda mais uma contra não-humanos. Não fez nenhum comentário, pois queria saber o que o arcebispo tinha para dizer.

E o velho Stephen Langton compartilhou suas ideias com eles.

.

.

.

– Santo Deus! – Jerome estava boquiaberto com o que acabara de ouvir. – Senhor arcebispo, o senhor tem certeza de que precisará de tantos homens assim?

– E se possível mais – respondeu sem hesitar. – Quantos a tal menina-demônio matou? Homens armados, guerreiros experientes foram dilacerados como galinhas pela raposa. E agora há rumores de que outros *seres* a acompanham.

– Eu gostaria de tentar conversar com eles antes – Alessio abaixou o capuz. – Quem sabe não podemos evitar o derramamento de sangue. Se eles conseguirem enxergar o mesmo que eu, ver o mundo como eu o vejo, pode ser que mudem.

– Darei a você essa oportunidade, Alessio, mas saiba que já providenciarei o que for necessário para erradicar esse mal de uma vez por todas – levantou-se. – Hoje é domingo, por isso nada farei. Amanhã já convocarei todos os senhores da região para virem se reunir comigo. Então, você não vai ter muito tempo.

– Compreendo. Irei buscar o rastro deles, eminência. Espero conseguir encontrá-los logo.

– Que Deus direcione os seus passos – o arcebispo estalou os dedos. – E que os santos guiem as suas palavras. Não gosto da ideia e das consequências de uma guerra como essa, mas o próprio Papa Inocêncio III ordenou que o mal fosse completamente erradicado. A qualquer custo. E ele será!

– Amém – Alessio fez o sinal da cruz. Apesar de agora conhecer a história dele, Jerome achava essa devoção estranha, e até mesmo desnecessária para um ser com tanto poder, um imortal que sobreviveria por séculos e mais séculos.

– Agora acho prudente nos retirarmos – olhou para o horizonte que começava a perder o tom azul-escuro. – Logo teremos as *matinas* e as primeiras orações do dia.

– Sim, quero rezar um pouco antes da letargia do sono dominar o meu corpo e a minha mente – disse Alessio. – Peço a sua licença, eminência.

– Vá em paz.

Alessio voltou para a Catedral, esgueirando-se pelas sombras e passando despercebido pelos primeiros homens já despertos. O arcebispo foi logo em seguida, o corpo curvado e os passos lentos. Jerome permaneceu. Estava absorto em seus pensamentos. E não tinha nenhum sono. Apenas fantasiava com a imortalidade.

O sino tocou. Despertei do meu sono e ouvi os cavalos relinchando. Tita, Stella, Liádan e Ralf ainda dormiam. Saí da minha alcova e avancei em silêncio para fora do castelo. Como um gato, escalei a muralha parcialmente destruída e corri até onde estavam os nossos cavalos.

Três homens tentavam, em vão, puxá-los pelas rédeas. Os animais eram fiéis a nós, principalmente porque Liádan dizia poder *falar* com eles. Eu nunca tive esse poder, mas sentia que eles gostavam da minha companhia.

Um dos vagabundos tentou montar num dos cavalos e foi derrubado no mesmo instante. Os outros dois gargalharam.

– Esses cavalos são uma merda – resmungou um baixinho de nariz comprido e boca torta. – Vamos matar um e vender a carne.

O que acabara de ser derrubado sacou uma faca e antes que esboçasse um golpe quebrei o seu braço, quase o arrancando do ombro.

Eu era rápido, tão rápido que os outros dois não entendiam por que o infeliz berrava de dor. Escondi-me atrás de uma árvore. Os cavalos me viram e se acalmaram.

– O que aconteceu, Will? – um jovem de cabelos cor de terra e pescoço comprido aproximou-se do amigo.

– O meu braço – chorava –, o braço está quebrado!

– Como isso aconteceu?

– Não sei, caralho! – seu rosto estava vermelho e coberto de lágrimas. – Quando fui matar o cavalo senti alguém puxar o meu braço para trás.

Segurava o ombro e chorava tal como uma criança.

O baixinho sacara a sua faca também e olhava ao redor apavorado. Passou os olhos por mim duas vezes e não conseguiu me ver.

Assoviei e dei um passo para o lado. Os três me encararam imediatamente, levando um susto.

– Foi esse filho de uma cadela que quebrou o meu braço – a dor transformou-se em raiva. – Você está fodido, seu porco!

O jovem também sacou a sua faca e correu na minha direção. Desviei do golpe facilmente e cravei as unhas na sua barriga, varando a camisa, a pele e a carne. Ele guinchou e se dobrou de dor. Caiu de joelhos no chão e assim permaneceu.

O baixinho atirou a sua faca. Não precisei me mexer, pois ela passou a um palmo do meu rosto, perdendo-se no mato. Sorri mostrando as presas salientes. Ainda não estava completamente escuro, o Sol acabara de descer no horizonte. O pequeno homem me olhava incrédulo. Fugiu logo em seguida aos berros.

– O demônio! O demônio! – as pernas curtas faziam um esforço imenso a cada passada. – Os rumores eram verdadeiros! Valei-me, Santo Adriano!

Peguei uma pedra no chão e atirei-a contra o baixinho. Ela bateu forte na nuca, e ele caiu. Permaneceu imóvel.

Fui atacado pelo homem do braço quebrado, que segurava a

faca com a outra mão. Ele cortou a minha bochecha enquanto eu estava distraído com o baixinho. Virei-me ainda sorrindo e vi a sua cara de espanto quando o ferimento cicatrizou. Lambi o sangue frio que escorreu até a minha boca. E isso aguçou ainda mais a minha sede.

– Não é digno atacar um homem pelas costas – balancei a cabeça.

O homem estava paralisado. Mordi o seu pescoço e suguei o sangue quente, delicioso. Soltei o corpo agonizante, que caiu num baque seco, e fui em direção ao jovem de cabelos cor de terra. Ele ainda estava no chão, mão na barriga, o sangue vertendo abundante onde eu cravara as unhas.

– Não podemos desperdiçar um líquido tão preciso, não é? – falei ao me ajoelhar do seu lado.

– Por favor, não me mata! – implorou. – Meu filho acabou de nascer. Meu primeiro filho.

– Ah, é? – acariciei a sua bochecha com as costas da mão, sentido o suor e os tremores. – E como ele se chama?

– Clifton – fez uma careta de dor.

– Ele é bonito?

– Si-sim. E tem muita saúde – tossiu uma golfada de sangue. – Va-vai ser forte como um touro.

– Que bom! Melhor assim – tirei a mão dele do ferimento e puxei a camisa ensanguentada para cima. – Porque ele vai precisar crescer sem o pai.

Mordi com força a barriga e suguei o sangue ácido por estar misturado com os líquidos estomacais. Ele começou a puxar os meus cabelos e dar pancadas na minha cabeça, mas estava fraco. Gemia e chorava como uma raposa que tem a pele arrancada.

Bebi fartos goles e parei assim que ele desmaiou.

Senti uma queimação na garganta, algo parecido como quando eu comia muita pele de porco frita ou exagerava no hidromel. Arrotei.

– Ainda cabe mais um pouco – arrotei novamente. – Sempre cabem mais uns goles.

Adorava a sensação de valor e euforia que o sangue me trazia, como se brasas percorressem as minhas veias. Aproximei-me do baixinho caído de bruços no chão.

Virei-o e ele estava com os olhos esbugalhados. Morto.

– Uma pena – estalei os dedos. – Preciso controlar a minha força.

Limpei a boca na manga da camisa e vasculhei os mortos em busca de alguma coisa de valor. Nada. Esses infelizes não tinham sequer uma moeda.

Livrei-me dos corpos jogando-os em um rio que passava a uns duzentos passos do castelo. Coloquei os três cadáveres sobre os cavalos e guiei-os pela trilha pedregosa.

O sangue novo me dava vitalidade e força, então, por pura diversão, resolvi ver o quão longe eu conseguia jogar os corpos no rio.

O primeiro, o de braço quebrado não joguei a mais de cinco passos da margem, pois ele escorregou das minhas mãos no momento do arremesso.

– Esse foi apenas um treinamento – falei comigo mesmo.

O de cabelos cor de terra consegui jogar quase no meio do rio.

– Esse vai longe – peguei o baixinho e levantei-o sobre a cabeça, atirando-o quase na margem oposta.

– Legal – sorri. – Antes de a noite acabar vocês estarão no mar, meus queridos.

Os corpos foram carregados pela correnteza do rio, sumindo em uma curva para a direita.

Eu estava saciado e feliz. Na volta colhi umas vagens que os cavalos gostavam de comer e dei os petiscos que foram engolidos com voracidade. No fim, viver era isso, arranjar comida e comer. É assim com os animais, era assim quando eu era um jovem andarilho pelas estradas da Inglaterra e continua assim depois que me tornei esse bebedor de sangue.

– A vida é simples – acariciei os focinhos dos cavalos. – Basta estar com a barriga cheia.

Eles relincharam e balançaram a cabeça. Soltei as rédeas e deixei-os correr pelo descampado em volta do castelo. Estavam seguros agora. Nenhum mal aconteceria com eles enquanto eu estivesse aqui. Uma vez eu perdera o meu cavalo, meu amigo, o meu Fogo-negro, e não queria passar por isso novamente. Não agora, não nessa noite.

– Vejo que já se alimentou – Liádan apareceu linda, alva como a luz das estrelas, o rosto delineado pelos cabelos vermelhos revoltos.

– Sim – aproximei-me e beijei-a com ardor nos lábios frios. – Eles queriam roubar os cavalos.

– E por que não deixou um para mim? Tenho sede.

– Porque não consegui me conter – sorri. – Fartei-me e não me arrependo disso.

Mordi a língua e deixei um pouco de sangue verter na boca da minha amada. Ela me sugava com voracidade. Permiti uma breve degustação e depois a afastei gentilmente. A dama ruiva sorriu e assoviou, os lábios levemente vermelhos por causa do meu sangue. Os cavalos vieram correndo e ela os acariciou. Tita, Stella e Ralf apareceram, e logo os quatro saíram para caçar, galopando pela escuridão. Essa noite, alguns escolhidos descobririam se os relatos sobre o céu eram verdadeiros. Ou sobre o inferno.

– Esse assunto da tal menina-demônio nunca vai acabar? Achei que tudo estaria encerrado quando achassem o baú com as moedas. Agora vocês foram chamados para falar com o arcebispo. – Abigail lavava as roupas no rio. – Nunca teremos paz?

– A paz é algo escasso por essas terras – Geoffrey estava cavando um pequeno canal do rio até a sua plantação de repolhos. – Desde que me conheço por gente sempre estamos lutando. *earls* contra *earls,* Igreja contra os nobres, nobres contra o povo, povo contra o povo. Não passamos um ano sequer sem alguma escaramuça. Parece que os homens ficam entediados e se cansam de usar foices, gadanhas e enxadas. Querem brandir suas armas. A guerra está no sangue e na alma dos ingleses, minha querida. Lembra-se de quantas batalhas já lutei e de quantas vezes você quase ficou viúva? Quantas vezes voltei para casa à beira da morte?

– Mas não me lembro de uma guerra contra demônios – replicou ela. – Isso devia ser um assunto para a Igreja resolver, afinal para que eles pegam o nosso dinheiro?

– Quem disse que vai ter guerra? – Geoffrey franziu o cenho. – O senhor Ernest e eu fomos chamados à Catedral para conversar com o arcebispo, mas o cônego Jerome não falou nada sobre uma guerra.

– Minha amiga Mary, que faz alguns *favores* para um dos monges entediados, ouviu uma conversa de Stephen com Jerome. E eles falavam de guerra.

– Você tem certeza disso, mulher?

– Ela não mentiria para mim – torceu as roupas recém-lavadas. – Mas podem ser boatos, rumores, sei lá! Já não duvido de mais nada depois de tudo o que aconteceu nos últimos meses.

– Bosta! – Geoffrey golpeava a terra. – Pelo visto as cruzes não fazem efeito, então precisam de espadas e machados. Será que eles podem matar os demônios? Todos que tentaram falharam miseravelmente.

– Só de pensar em demônios caminhando por essas terras fico arrepiada – a mulher esfregou os braços finos.

– Você está arrepiada? – Geoffrey apoiou-se no cabo da enxada.

– Estou sim – Abigail olhou para o marido. – Em todos os lugares.

Geoffrey riu e abraçou a esposa. Enfim eles haviam reencontrado a felicidade. Deixaram o trabalho de lado, conversaram, riram e aproveitaram o momento para ficarem juntos. Entreolharam-se longamente. Sabiam que precisavam viver o agora, pois ninguém mais estava seguro depois que a noite abraçava o dia.

– Essa noite você vai caçar sozinho – Tita tocou o ombro de Ralf.

As três mulheres e o rapaz estavam em cima do telhado da igreja de Santa Mildred em Preston. De lá podiam contemplar os casebres da paróquia. Eram poucos, menos de trinta. Do outro lado do rio havia mais um punhado.

– Sozinho?

– Sim, meu querido – Tita sorriu. – Você vai observar, escolher e se alimentar. Já está na hora de você crescer. Nem sempre você está na matilha com outros lobos.

– Lobas! – Liádan tocou o ombro da garota.

Raposa gargalhou.

– E vocês? – Ralf estava um pouco assustado.

– Nós vamos nos alimentar também, não se preocupe – Tita agachou-se. – Nos encontramos na ponte, está bem?

O rapaz assentiu com a cabeça e começou a olhar ao redor. Enquanto isso, as três mulheres pularam de cima do telhado e logo desapareceram nas sombras. Mesmo com seus olhos aguçados e audição potente Ralf não conseguia saber onde elas estavam.

– Puta merda – resmungou. – Agora estou sozinho mesmo. Não posso fazer feio, senão elas contam pro Harold Stonebosta e ele vai ficar me azucrinando.

Fechou os olhos, respirou fundo três vezes e se concentrou. Lembrou-se das suas *aulas* com as garotas. Sentiu a brisa no seu rosto e os sons que ela trazia. Ouviu orações, choros de bebês, tosses e roncos. Estava indeciso, não sabia onde atacar, então se decidiu pelo casebre mais *silencioso*.

– Se estiverem todos dormindo, melhor pra mim.

Desceu pela parede de pedra, pois não tinha coragem de saltar.

Fizera isso na semana passada e quebrara o pé. Seus companheiros riram dele e fizeram piadinhas enquanto o carregavam para o castelo. Por sorte, na noite seguinte já estava curado.

Caminhou lentamente até o casebre escolhido. Seu coração estava acelerado. Já matara muitas vezes desde que ganhara essa nova vida, entretanto sempre estivera acompanhado. A sua Tita sempre o ajudava em caso de problemas. E foram muitos. Fizera pessoas berrarem por causa da sua mordida desajeitada, tomou bons sopapos, foi mordido por cães. E a sua menina de cabelos cor de cenoura sempre estava ao seu lado para limpar a sujeira e ajudá-lo a sair das enrascadas.

Mas, como ela mesma dissera, chegara o momento de crescer. Respirou fundo e continuou.

Forçou a porta. Estava trancada.

– Merda! – esbravejou.

Foi ao casebre vizinho e também encontrou a porta fechada, e assim foi em mais três. No quarto, já sem esperança, empurrou a porta de tábuas empenadas e essa se abriu. Talvez nem fechasse de tão torta que estava.

Sorriu.

Uma velha roncava sobre um colchão de palha. Um cheiro forte de unguentos fazia os olhos lacrimejarem. Não era o que Ralf pensara para sua primeira refeição sem a ajuda de Tita, mas foi o que conseguiu.

Aproximou-se devagar seus pés tocando o chão com todo o cuidado. A ansiedade dominava a sua mente e a sede o seu corpo. Sentiu as presas crescerem e a barriga doer, e a garganta ansiava pelo líquido quente. Debruçou-se sobre a velha, puxou um pouco a gola imunda do vestido puído. Um cheiro azedo exalava da pele amarelenta. Balançou a cabeça quase arrependido e mordeu da maneira mais delicada que conseguiu.

O sangue não esguichou como de costume, apenas escorreu pelos seus lábios e garganta. Não era saboroso como o das pessoas mais novas. Serviria, contudo, para matar a sua sede.

Deu goles curtos até a velha acordar e falar com a voz esganiçada:

– É você Bertie? Você voltou para mim?

Ralf não sabia o que fazer, então continuou bebendo da velha.

– Você veio para nos amarmos, não foi? – pegou a mão do rapaz e colocou entre as pernas. – Você sentiu saudades de mim, eu sei.

Ele tateou os pelos ralos e a pele enrugada.

– Vamos, brinque comigo! – ela começou a mexer a mão

de Ralf e a falar mais alto. – Me faça gemer e gritar. Vamos! Esperei tantos anos, Bertie, seu velho safado.

Ralf, temendo um escândalo que acordasse toda a paróquia, obedeceu e começou a acariciar a velha enquanto sugava o sangue.

– Isso! É isso! – ela se contorcia e ria. – Eu estou me lembrando. Ah, como é bom! Mais rápido, mais forte! Vamos, quero você dentro de mim, Bertie meu amor! Bem fundo.

Ralf sentiu nojo, mas enfiou o dedo na xoxota molhada da velha. Ela soltou um gritinho e começou puxar os cabelos encaracolados dele com a mão trêmula.

– O paraíso! O paraíso! – ela falava ofegante. – Há quanto tempo eu te espero, meu Bertie!

A velha começou a apertar as tetas murchas e a sorrir com a boca banguela.

Ele sugou com mais força, tentando acabar com o suplício, enquanto a velha se deliciava de prazer. Aos poucos as contrações e os tremeliques do corpo franzino foram perdendo a intensidade. Ralf parou de beber antes do coração dela parar.

Tirou o dedo de dentro da velha e afastou-se devagar. Ela, inconsciente, deu o último suspiro e morreu.

– Que você encontre o seu Bertie – teve uma pontada de pena.

Saiu do casebre sem estar satisfeito por completo e foi em direção à ponte. Por sorte, o falatório e os gemidos não haviam acordado ninguém.

As três já o esperavam, coradas, jubilosas, lindas.

– Então, como foi? – Tita fitou-o.

– Foi bom – Ralf não contaria que se alimentou de uma velha. – Muito bom.

– Sabia que conseguiria – a menina se aproximou e segurou as mãos dele.

Como um cão farejador, cheirou o ar duas vezes e, em seguida, pegou a mão do rapaz e levou até o nariz. Deu uma fungada longa.

– Hum... Interessante – cheirou novamente. – Vejo que não foi só você que teve prazer essa noite.

Ralf sentiu as orelhas esquentarem.

– Tudo bem meu querido – Tita ficou na ponta dos pés e beijou-o. – Temos que usar todos os artifícios que forem necessários.

O rapaz apenas assentiu em silêncio.

– Viu só, meninas – Tita olhou para trás. – A velhota viu estrelas antes de partir. Safada.

Gargalhou, e as duas riram de maneira jocosa.

– Como você sabe que era uma velha?

– Entenda, meu amor, eu sei de tudo – piscou.

Gargalhou novamente.

Liádan e Stella riram e atravessaram a ponte de madeira quase apodrecida, seguidas pelo casal de amantes. Deixaram para trás a paróquia, a qual, ao despertar na manhã que se aproximava, teria certeza que também fora tocada pelo mal. O padre rezaria missas e pediria mais dinheiro para os fiéis a fim de comprar algum objeto consagrado que ajudasse a protegê-los dos demônios. Pediria para um noviço arranjar o osso de um dedo da mão de algum morto e diria que era a falange de Santo Anselmo.

O povo acreditaria e entraria em êxtase. Alguma velhota diria que foi curada da bexiga solta, ou um manco largaria o seu apoio e andaria uns poucos passos e os rumores de milagres se espalhariam como fogo na palha seca.

E viriam mais fiéis. E mais dinheiro.

O mal, afinal, era um bom negócio.

Capítulo IX – Verdades e mentiras

– Deus está acima de tudo – Jerome murmurava ajoelhado em seu aposento enquanto olhava para a cruz simples de madeira na parede de pedra. – Deus é a verdade e o caminho. Só em Deus podemos encontrar a nossa salvação. O Senhor é o meu pastor e nada me faltará...

Sentiu pontadas no estômago. Vomitou um caldo amarelado. Começou a chorar, não pela dor, mas pelos maus pensamentos. Estava totalmente descrente do poder de Deus, principalmente depois de conhecer Alessio e ouvir suas histórias.

– O que você me trouxe, Deus? – cerrou os dentes. – Só dor, culpa e medo. Nunca trouxe nada de bom. E eu dei a minha vida para você e você fodeu com ela. Será que você existe? Ou é apenas mais uma invenção para manter o rebanho unido e submisso?

A garganta ardia e o gosto amargo na boca o enojava. Chorou até os olhos ficarem embaçados. Seu estômago parecia levar mordidas de mil formigas.

– Sempre fui fiel e o que ganhei, Deus? Nada! Nada!

Permaneceu em posição fetal. Desejava ficar assim para sempre, ou morrer naquele instante. Sabia que nenhuma das opções aconteceria. Deus era sarcástico demais. E certamente iria presenteá-lo com uma longa vida de merda.

– Quatro dias recolhendo a sujeira dos porcos, galinhas e cavalos – Coelho limpou o suor da testa na camisa. – Tudo porque o Pelota é um descontrolado.

– Você precisava ter atirado aquela lama nojenta na gente, gordão? – Galinha estava aprofundando o buraco que cavara. Lá jogariam o esterco que seria coberto por folhas e pela palha tirada dos estábulos. E a cada dois dias os garotos deveriam molhar a mistura e revolvê-la com um ancinho para arejá-la. A massa fedorenta descansaria por dois meses até se tornar adubo.

– Até hoje eu sinto o gosto de merda – Orelha cuspiu.

– Vocês me sacanearam – Pelota estava vermelho, pois acabara de trazer dois baldes cheios. – E depois ainda me bateram.

– Você mereceu – Dedinho estava sentado no chão. – E eu que também levei o castigo sem ter feito nada?

– Bem feito! – Pelota mostrou a língua.

– Quando a gente vivia por aí não tinha ninguém *pra dá* castigo na gente – Dedinho resmungou. – A gente vivia livre e feliz, sem ter que *obedecê* adulto nenhum. Era muito melhor.

– Também não tinha um teto nem comida – Orelha pegou uma pá. – Você se lembra de como a gente já passou fome e frio?

– É... – Galinha jogou mais uma pá de terra para fora do buraco. – O Pelota nem era tão gordo. Agora parece um porco capado.

– Cara, eu vou te matar – o gorducho arregaçou as mangas e avançou decidido. – Vou fazer o seu nariz ir parar na sua nuca e...

– Vamos parar de falar e acabar logo com isso – Coelho irritou-se. – Estou com fome.

– Eu vi a senhora Abigail colocar um bolo de aveia no forno – Dedinho lambeu os beiços. – Eu adoro bolo de aveia.

– Ainda mais se tiver mel por cima – Pelota passou a mão na barriga grande. Já se esquecera da revolta com o amigo. Seu estômago roncou.

– Só vamos poder comer depois de terminar aqui – Galinha saiu do buraco. – Se aparecermos lá o Geoffrey vai dar uns tapas nas nossas cabeças.

Eles despejaram a merda dos animais no buraco e cobriram-na com as folhas e a palha.

– Como fede – Coelho tapou o nariz.

– É estranho que as plantas gostem de *comê* merda – Dedinho coçou a cabeça.

– Elas crescem forte quando misturamos o adubo na terra – Coelho limpou as mãos na calça. – E as frutas ficam mais doces.

– Será que a merda é doce? – Dedinho levantou-se.

– Come um pouco e conta pra gente – Coelho divertiu-se.

– A gente podia enterrar o Pelota – Galinha apontou para o gorducho. – Ele é o maior pedaço de bosta que eu conheço.

– Agora eu quebro o teu nariz – Pelota correu atrás do amigo, os punhos cerrados, fazendo uma careta estranha. – Vou te matar!

Galinha fugiu e logo se distanciou bem do gordinho, que cansou e parou de correr depois de poucos passos.

– Eu *quebro ele* depois – ainda estava sem fôlego. – Ele é um veado medroso que foge da briga.

– Venham comer, meninos! – Abigail chamou-os.

E logo o cheiro bom dos peixes cozidos com ervas e cenouras fê-los esquecer qualquer desavença.

– Onde vocês estão? – Alessio estava impaciente. – Por que se escondem de mim?

Ele sentia a *presença* deles, mas não tinha habilidade suficiente para precisar a direção correta. Era como se ouvisse ecos em um desfiladeiro, reverberando por todos os lados. Parecia que estavam perto, tão perto que por diversas vezes olhou para trás, sentindo-se observado. Pensou em sua amiga Tita. Se ela estivesse ali com ele, riria e correria pelo bosque, seguindo uma trilha invisível, e encontraria os outros com muita facilidade.

Havia bons anos que ele perdera o contato com a menina, seus caminhos se desviaram, mas sabia que cedo ou tarde eles se reencontrariam. Gostava da companhia dela e das aventuras que sempre aconteciam. Ela o fazia se sentir vivo e ter menos culpa pelas mortes que causava. Ao seu lado ele podia aproveitar um pouco os dons da imortalidade.

Sozinho, pensava somente na maldição.

Gastara duas preciosas noites zanzando pelas redondezas. Encontrara corpos exangues e ainda quentes, mas não chegara perto de quem os matou. E nem sabia se conseguiria. Sentia-se impotente e frustrado. Ouvia rumores nas tavernas onde entrava e boatos buchichos contados pelos monges que encontrou no meio do caminho. Apenas isso.

Não sabia distinguir as verdades das mentiras. E os limites entre o real e o imaginário eram muito tênues.

Precisava achá-los depressa, pois o cardeal Langton não esperaria. Já convocara os nobres e logo marcharia contra os *demônios*. O prazo estava se esgotando. E a sua redenção ainda não passava de um sonho.

Praguejou.

Alimentou-se de um andarilho que dormia na beira da estrada e deixou o corpo lá mesmo. Não tinha tempo de ocultar o cadáver ou enterrá-lo. Apenas fez uma oração pela sua alma e pediu perdão a Deus por mais uma morte. Tinha todo o tempo do mundo, mas não naquele momento.

A noite começava a perder força e o horizonte a se clarear em tons rosados. Logo deveria correr de volta para a cripta. Então, sem saber mais onde procurá-los, Alessio fechou os olhos e mentalizou: *estou aqui, venham me encontrar.*

Não sabia se surtiria qualquer efeito. Tivera vontade de chamá-los e assim o fez. A claridade começou a incomodar, a fazer os olhos lacrimejarem e o coração acelerar. Correu por uma milha ou um pouco mais, veloz como um cão de caça, o Sol fraco da manhã fazendo a pele chiar. Trincou os dentes de dor e forçou seu corpo ao limite. Evitou cruzar com as pessoas e, assim que chegou à Catedral, colocou o capuz e seguiu de cabeça baixa até a cripta, andando em agonia, o corpo exalando um pouco de fumaça e um cheiro de queimado.

Desceu as escadas aos tropeços para a escuridão e a segurança do seu novo covil. Abafou os gritos de dor mordendo o hábito puído enquanto se curava rapidamente das queimaduras nas orelhas, rosto e mãos.

Caminhou até um local mais afastado da cripta e deitou-se no chão sobre uma fina camada de poeira. E antes da letargia do sono dominá-lo por completo, chamou novamente: *estou aqui, venham me encontrar.*

Ele está aqui. Meu velho amigo Alessio di Ettore está aqui. Por que ele veio para cá? Será que me procura? Em breve saberei... pensou Tita instantes antes de adormecer.

– Por que, de todos os cantos da Inglaterra, esse mal escolheu Canterbury? – Stephen Langton terminou a frase, colocou a pena no tinteiro e olhou para a janela da biblioteca. Acordara muito antes de o galo cantar e começara a escrever à luz de velas. Precisava transcrever suas angústias, ou sentia que não iria aguentar as obrigações às quais fora incumbido. Exorcizava seus demônios internos a cada pergaminho que preenchia. Nenhuma oração proporcionava o alívio que a escrita lhe trazia.

Quando as palavras eram desenhadas cuidadosamente, o peso nos seus ombros diminuía.

O dia amanhecera bonito, o céu azul com poucas nuvens e uma temperatura agradável para o seu velho corpo dolorido. Ele se levantou e as juntas estalaram. Massageou a base da coluna, o pescoço enrijecido por ficar tanto tempo debruçado sobre a mesa, e resolveu sair para tomar um pouco de ar puro.

Cumprimentou os homens cuidando da terra e dos animais e abençoou as criancinhas que brincavam com quatro filhotes de cães, enquanto a cadela dormitava sob o Sol.

Um gavião pairava no ar aguardando pacientemente o seu desjejum correr pela relva. Desceu com incrível velocidade e pegou um lagarto com as garras. Voou até uma nogueira e pousou no ninho. Começou a destrinchar o réptil dividindo-o para os dois filhotes esfomeados, que abriam os bicos esperando um bom pedaço da carne fresca. Logo alçou voo atrás da próxima presa.

Viu uma gansa passar pelo gramado, seguida por cinco gansinhos desengonçados. Eles entraram no pequeno lago e nadaram tranquilamente fazendo desenhos na água, observados por um gato cinza que estava sentado sobre uma carroça carregada de sacos de aveia. Ele nem se importou com os ratinhos do campo que subiram pela roda e roubaram uns grãos antes de correrem de volta para a segurança da sua toca. O bichano começou a se lamber e logo se deitou para tirar um cochilo.

– Por que há desequilíbrio em um mundo tão perfeito? – Lord Stephen estava cansado, muito cansado, sua cabeça em frangalhos. – Por que a harmonia é desfeita?

Sabia que Satanás causava todos esses males, ainda mais quando se materializava em assassinos bebedores de sangue. Agora o mal era real e andava entre os homens. E, mesmo sem nenhum desses amaldiçoados tê-lo tocado, eles drenavam as energias do arcebispo, deixando-o exausto.

Abaixou a cabeça e sentiu uma lágrima escorrer pela bochecha enrugada. Depois outra e então uma torrente. Colocou as mãos sobre o rosto e chorou, como havia muito tempo não chorava. Caiu de joelhos e encostou a cabeça no chão. As lágrimas se misturaram à terra. Ficou assim por uns instantes, gemendo, sofrendo, sentindo o quão fraco e impotente era. Entretanto, não havia espaço para comiserações. Ergueu-se e enxugou o rosto na manga do hábito. Por sorte, não havia ninguém por perto, afinal, seu rebanho nunca poderia presenciar a sua fraqueza. Ele estava acima disso, era o pastor. Ele sempre devia ser o norte, precisava ser o ponto de apoio das pessoas. Ele é que devia espantar o mal com o seu cajado. E não podia fraquejar ou falhar. Nunca.

Respirou fundo e tentou recuperar a sua integridade. As lágrimas cessaram apesar de o seu espírito continuar esfacelado. Sabia, lá no fundo, que nunca mais seria o mesmo.

Em três dias receberia os nobres da região e lhes contaria

histórias que a maioria deles já ouvira. Entretanto, exporia a verdade e os convocaria, os obrigaria a participar de uma guerra santa, ameaçando de excomunhão quem não aceitasse os termos. O próprio Papa Inocêncio III foi quem sugeriu essa postura. Tempos difíceis exigiam firmeza. Exigiam sacrifícios e um pouco de altruísmo.

Os demônios deveriam ser mortos e o mal extirpado dessa terra. Uma solução provisória como já acontecera outras vezes era impensável. Chegara o momento da solução final. Da total erradicação dos seres das sombras.

– Que Deus e todos os santos estejam ao nosso lado e que os anjos venham combater conosco. – murmurou. – Um exército de anjos seria de grande valia.

Balançou a cabeça por causa da ideia absurda. E continuou caminhando lentamente entre as pessoas que estavam entretidas nos seus afazeres.

Não tinha certeza se conseguiria realizar a tarefa que lhe fora atribuída. Não sabia se um homem, mesmo com o seu poder e influência, seria páreo para os sortilégios do mal. Mesmo com a mais inesperada das ajudas enviada pelo Papa, um italiano, um demônio-cristão, mais devoto e com mais fé que muitos ditos homens de Deus, que na frente da multidão oravam e por trás dela blasfemavam e corrompiam. A Igreja estava suja, cheia de falsos moralistas e almas tão negras quanto as dos amaldiçoados que ele iria caçar.

Stephen Langton sentira nojo, pois ele mesmo já acobertara ou fizera vista grossa para atos repugnantes. Socou o tronco áspero de uma árvore e a pele fina da sua mão se cortou. O sangue escorreu.

– Isso é pouco – colocou o ferimento na boca. – Eu merecia perder muito mais.

Continuou andando e o gosto do sangue o fez lembrar-se de Alessio. Sabia que ele, com toda a sua alma, queria fazer o bem e buscava a redenção. E, desde que chegou, não descansou e procurava os outros com afinco e com uma obstinação imensa. Voltava só quando o Sol açoitava as suas costas. Seu prazo estava se esgotando, mas a esperança não devia ruir, até o último instante.

Esperança...

O cardeal Langton não tinha certeza se ele mesmo a possuía.

– Mataram o ferreiro? – Ernest desmontou do seu cavalo e o

jovem cavalariço guiou o animal castanho pelas rédeas até o cocho. – Peter Caolho está morto?

– O corpo está ali se você quiser ver – Geoffrey apontou para uma carroça logo adiante. – Acharam ele jogado lá perto do velho moinho.

– Quando?

– Agora mesmo.

Ernest andou até a carroça, os passos duros e decididos espirrando lama para os lados. A mulher do ferreiro, a gorda Judith, berrava ao lado do corpo do marido.

– O que será de mim? Como vou criar seis filhos sozinha? O que será de mim?

Sem qualquer cerimônia, ele a afastou e olhou para o cadáver.

– É ele mesmo – espantou as moscas –, o olho faltando e a barba cinzenta não deixam dúvida.

A mulher berrou ainda mais.

– Senhora Judith – Ernest tapou o ouvido direito com o dedo por causa do choro estridente. – Judith... – Ela berrava. – Judith...! Cale a boca, mulher!

Ela olhou espantada para Ernest, que prosseguiu:

– O Caolho era um bom homem e terá um enterro digno – pegou um saco de couro que estava amarrado ao seu cinto e tirou uma moeda de ouro. – Pegue essa moeda e vá embora.

Ela arregalou os olhos, pegou a moeda e saiu ainda abobalhada, afundando na lama a cada pisada desajeitada.

– Por que você deu essa moeda para ela? – Geoffrey também estava espantado.

– Porque encomendei algumas espadas, uma cota de malha e algumas pontas de lança a ele, e agora não precisarei pagar as vinte moedas de ouro que devo. Então estou no lucro, certo?

Gargalhou.

Seu senhor era um safado filho de uma vaca manca, mas mesmo assim Geoffrey gostava dele. E também riu, mostrando o sorriso banguela.

– E como ele morreu?

– Bem... – o lacaio virou a cabeça do ferreiro para o lado, evidenciando dois pequenos furos no pescoço sujo de fuligem.

– Pelo cu de São Godwine! – Chutou a roda da carroça. – Essas pragas já estão me irritando. Não podiam matar somente os monges? Eles são imprestáveis mesmo. Só comem, rezam e dormem – chutou novamente, agora com mais raiva. – Tinham que me envolver ainda mais nessa merda. Agora todo o meu vilarejo vai exigir respostas. Podiam ter matado um vadio qualquer, até mesmo um camponês, ou uma dessas crianças ranhetas, mas escolheram o homem que faz as ferraduras, as enxadas e os forcados. Escolheram a merda do homem que realmente faz falta. Porra!

– É...

Geoffrey deu um passo para trás. Da última vez que o seu senhor tivera um acesso de raiva, ele perdera os dentes e tivera o nariz quebrado.

– Leve o corpo para a mulher dele e lhe dê mais uma moeda de prata para cuidar do enterro. Não estou com paciência para isso – cuspiu. – Depois vá até a ferraria e traga as minhas encomendas. E não fique respondendo às perguntas do povo, não é o momento para isso.

– E se alguém insistir em ter respostas? – o lacaio coçou a careca.

– Sei lá! – Ernest estava com o rosto vermelho. – Invente qualquer baboseira, minta. Mande tomar no cu, se vire! – passou a mão sobre os cabelos oleosos. – Ah! Aproveite para ver se encontra outro ferreiro. Mande vir falar comigo. Ou melhor, veja se o filho do Caolho já consegue assumir os negócios do pai. Já faz uns bons anos que ele é aprendiz. Deve conseguir fazer umas cabeças de martelo sozinho.

Ernest assentiu com a cabeça e ficou parado ao lado da carroça.

– Por que você ainda está aqui, infeliz? – Ernest bufava.

– Preciso da moeda para dar para a gorda – Geoffrey esticou a mão.

– Use as suas – deu as costas. – E vá logo antes que eu me vire e quebre seus outros dentes, seu bosta!

Geoffrey resmungou algo e guiou o boi que puxava a carroça com o morto.

– Acho que esta noite teremos visitas – Tita pegou uma pedrinha no chão, fechou o olho esquerdo, mirou e atirou-a com um movimento quase imperceptível do braço. Acertou em cheio uma barata que andava na parede do outro lado do pátio, a uns trinta passos de distância. Ela caiu no chão e começou a estrebuchar com as patas para cima.

Ralf assoviou impressionado e a menina italiana sorriu.

– Teremos – Liádan acariciava um gato amarelo que acabara de aparecer no castelo.

– Eu senti um *chamado* – Stella franziu as sobrancelhas pretas bem delineadas –, um pouco antes de eu adormecer senti que alguém clamava pela nossa presença. Tive vontade de *escutar* mais, mas a letargia me dominou por completo.

– Enfim ele encontrou o nosso rastro – Tita pegou um pente de osso e começou a pentear os fartos cabelos cor de cenoura. – Ele já está há alguns dias aqui na Inglaterra, perdido, desnorteado, procurando com os olhos e ouvidos, quando na verdade devia procurar com a mente e o coração. Eu podia ter ido encontrá-lo. Preferi deixá-lo descobrir sozinho a solução para esse problema. É assim que ficamos mais fortes a cada dia. E acho que ele se saiu bem.

– Sim, Tita – Liádan brincava com a pata do gato, apertando-a suavemente para exibir as garras afiadas. – Eu também senti uma energia forte e, de certo modo, perturbada. Sua alma pareceu-me estar em grande conflito...

– Esse é o bom e velho Alessio di Ettore – a menina riu. – Com toda a sua culpa, seu remorso e dor eterna. Com toda a viadagem cristã que ele insiste em manter. E aposto com você, querida Lili, que ele não é tão fiel assim. É apenas um cãozinho perdido no mundo que abana o rabo para o primeiro deus que lhe apresentam.

Gargalhou.

– Você o conhece? – Stella se aproximou.

– De longa data.

– E o que ele veio fazer aqui? – Stella sentou-se ao lado dela, as peles frias se tocando.

– Boa pergunta – Tita pousou o pente sobre o colo, seus cabelos estavam mais armados do que antes. – Não consegui sentir as suas intenções.

– Descobriremos logo – Liádan olhou para fora.

– Onde está o Harold? – Stella sentiu um arrepio percorrer a sua espinha.

– Saiu antes do Sol se pôr – Liádan suspirou. – Esgueirou-se pelas sombras, gemendo de dor, queimando.

– Por quê? – Stella estava confusa.

– Para fazer o que os machos fazem – Tita sorriu. – Defender o seu território.

– Não seria melhor irmos junto? – Stella se levantou.

– Acho que o nosso Harold já deve estar cara a cara com

ele – os olhos de Tita pareciam faiscar. – E isso vai ser bem interessante.

Entrei na taverna. Estava mais vazia e silenciosa que de costume. Uma dúzia de gatos pingados espalhados pelas mesas, tomando sopa e bebendo cerveja morna para se aquecer. Acho que as pessoas estavam com medo de se arriscar noite adentro. E as que se aventuravam faziam isso com muito receio, afinal havia demônios espreitando lá fora.

Pobres patéticos.

Sempre preferi caçar em locais abertos ou visitar as minhas vítimas em seus lares, tornar-me íntimo delas antes de lhe dar um último beijo. Essa noite as ruas estavam desertas e todas as portas bem trancadas. O vilarejo era envolto por um silêncio sepulcral, tão denso que nem os cães ousavam latir. Então resolvi buscar o meu alimento nessa taverna.

Mantive o meu capuz para evitar que as pessoas se espantassem com a minha pele branca. Eles não estavam bêbados o suficiente a ponto de eu conseguir passar despercebido. A noite acabara de começar. Uns me olhavam de soslaio, mas nada disseram. Eu era somente mais um andarilho que vinha buscar abrigo e comida.

Não queria ficar muito tempo ali. Por sorte uma prostituta aproximou-se, sinuosa, o ranço da pele suja levemente disfarçado por perfumes baratos. Minhas narinas arderam.

– Quer companhia, bonitão? – tocou na minha mão. – Nossa, como você é gelado!

– Está bem frio lá fora – fitei-a. – Você pode me aquecer, não pode?

– Posso fazer você ferver – ela sussurrou no meu ouvido, mordiscando a minha orelha, a boca fina exalando o cheiro de cerveja. – Você quer?

– Vamos lá para cima – segurei a sua mão pequena.

– Você não quer saber o meu preço? – apertou a minha coxa, quase na altura da virilha.

– Não me importo – afaguei a sua nuca e vi seus olhos revirarem levemente. – Dinheiro não é problema.

– Assim é que eu gosto! – guiou-me pela mão, desviando das mesas e mandando beijos para os homens no seu caminho. – Quer que eu pegue alguma bebida?

– Não é preciso, minha querida – sorri –, vou me embriagar de você.

Ela gemeu, excitada, e seu corpo começou a exalar odores imperceptíveis para os mortais. Cheiros que as fêmeas emanam quando estão prontas para o amor. A prostituta tinha sido completamente enfeitiçada por mim. E eu adorava isso.

Subimos as escadas e passamos por aposentos ocupados. Eu escutava gemidos, xingamentos e roncos. Ela me puxou para dentro de um aposento no fundo da construção e trancou a porta.

– Você me quer? – tirou o xale de lã, evidenciando o pescoço comprido e sem marcas de doença.

– Quero – sentei na cama e senti o cheiro de mofo e de suor impregnados no colchão recheado de palha.

– Então me mostre o dinheiro – sorriu exibindo os dentes escurecidos.

– Farei melhor – tirei o meu anel de ouro e joguei-o para ela.

A prostituta arregalou os olhos azuis e imediatamente experimentou-o nos dedos. Ficou bom no dedão da mão esquerda.

– Eu já recebi bons pagamentos – admirava o anel –, mas nada como isso.

– Sou tão bom cliente quanto sou amante – cruzei as pernas de modo desleixado. – E acredite, querida, nenhum outro que esteve na sua cama é páreo para mim. Nenhum vai fazer você *morrer* de tanto prazer.

– Isso eu quero ver – ela se sentou ao meu lado.

Soltei as amarrações do seu vestido e puxei as alças com delicadeza até exibir os pequenos seios e os mamilos rosados e intumescidos. Acariciei-os com as pontas dos dedos, brincando com eles.

Ela gemeu e despiu-me.

– Você é tão branco – passou a mão no meu peito –, e tão frio.

– Você prometeu me aquecer, lembra?

Ela tirou o vestido e abraçou-me, nua. O toque da sua pele morna e lisa me agradou. Ela me beijou com voracidade. Mordi seu lábio e uma gota de sangue escorreu sobre a minha língua. Deliciosa. A prostituta nem percebeu e começou a massagear meus testículos, com o carinho e o profissionalismo que só essas mulheres têm.

Ela me fez deitar de costas na cama e montou sobre mim, devagar, precisa, totalmente no controle da situação. Permiti e entrei no seu joguinho. E ela me engoliu com voracidade e me sugava querendo tudo de mim. Sentei-me, acariciei as suas costas magras e beijei os pequenos seios enquanto ela cavalgava agora com mais vigor. Mordisquei os mamilos, ela ofegante, mordi a base do seio e ela soltou um gritinho agudo, cravando as unhas nas minhas costas, suguei delicadamente o sangue que escorria tímido. E isso aguçou a minha sede.

Ela levantou a minha cabeça e me beijou, misturando ao sangue o gosto da cerveja. Ela não percebeu. Gemia e pulava sobre mim. Abracei-a com força, colando-a ainda mais em mim, ela gritou. Acariciei as costelas salientes descendo as mãos bem devagar, delineando seu corpo esguio, até alcançar a bunda pequena. Puxei-a para mim, seguindo o fluxo dos movimentos ritmados.

Ela gozou, urrando com a cabeça para trás, puxando meus cabelos.

Não parei. Beijei o seu pescoço, ela tinha a respiração trêmula e entrecortada. Afastei seus cabelos cor de palha e mordi cravando fundo as presas na veia pulsante. O sangue jorrou farto, molhando a língua e o céu da boca até escorrer quente pela garganta sedenta.

A prostituta me apertava, mantinha-me totalmente dentro dela. Foi a minha vez de me extasiar pelo sangue e pelo prazer, pela junção dos dois *pecados*, como gostavam de pregar por aí.

Suguei-a com vigor e aos poucos ela foi amolecendo, perdendo o tônus, até que os braços finos ficaram pendentes ao lado do corpo.

Parei de beber, olhei-a, ela com os olhos semiabertos. Esboçou um sorriso e o seu coração parou. Coloquei-a com cuidado na cama e a cobri com um lençol velho. Ela tinha paz no seu semblante. E eu tinha a paz da sede saciada.

Beijei a sua testa e tirei o meu anel do seu dedo, colocando-o de volta no meu. Era um desperdício deixar tamanha riqueza para uma morta. Ela não precisaria dele no outro mundo.

Vesti-me e saí do aposento, encostando a porta. Desci as escadas e os degraus de madeira rangeram sob o meu peso.

– Onde está Joan? – perguntou um velhote que parecia ser o dono da taberna.

– Joan está dormindo, meu amigo – agora eu sabia o nome daquela que dera tudo de si para me satisfazer. – Acho que a deixei cansada demais. Ou bêbada demais.

Ri. Agora estava mais corado e a minha aparência já não era mais tão estranha. Peguei uma moeda de prata, roubada de alguém que me alimentara em noites passadas e atirei-a para o velhote.

– Quando ela despertar, dê-lhe uma boa refeição e a sua melhor bebida por minha conta – pisquei.

O velhote olhou a moeda perto da luz da lamparina e sorriu. Ela podia pagar dez refeições e muita cerveja.

– Volte sempre! – falou, quando eu já saia para o frio da noite.

A chuva apertara e lama envolvia as minhas botas. Não me importava. Estava feliz, quente, satisfeito e com sangue novo pulsando nas minhas veias. Podia cair uma tempestade que eu não me incomodaria.

Caminhei sem pressa pelo vilarejo deserto. Então senti que era observado. Uma sensação estranha como se cada passo meu fosse medido a distância. Não tive medo ou receios. Não me senti acuado. Já esperava por esse encontro e foi para isso que saí tão cedo do castelo. Apenas me virei e o vi parado no meio da ruela.

Ele estava vestido com um hábito igual ao dos padres, o rosto encoberto pelo capuz.

Um raio cruzou os céus e logo em seguida o trovão ribombou. Pensei em Thor, lembrei-me do nosso encontro e da sua raiva. Seria ele que me observava? Quantos séculos se passaram desde aquela noite?

Não era Thor. A presença do *homem* era forte, mas não imponente. E ele era baixo demais para ser o Deus do Trovão.

Aproximei-me devagar, sem hesitar, não senti qualquer hostilidade. Ele fez o mesmo e, então, tirou o capuz.

Estaquei.

Outro raio dançou por entre os grossos pingos e o trovão fez o chão tremer.

Seu rosto iluminado pelo clarão azulado não deixava qualquer dúvida. Eu estava na presença de um semelhante. Estava cara a cara com um imortal.

.

.

.

Ficamos nos observando em um silêncio respeitoso, talvez até um pouco hostil. Ele era cerca de um palmo mais baixo do que eu, um homem atarracado, ombros largos, com os cabelos louros encaracolados e os olhos verdes. Senti que era tão antigo quanto eu. Não pude precisar a sua verdadeira força. E, de certa forma, incomodou-me um pouco.

Sei que ele me media também. Tinha os olhos em mim e não piscava. Será que podia sondar a minha cabeça como Liádan e Tita sabiam fazer? Eu duvidava disso. Eu mesmo nunca consegui.

Começou a ventar e ele quebrou o silêncio.

– Estava procurando por você – esboçou um sorriso, a voz revelando uma ansiedade mal contida. – Sou Alessio di Ettore e vim da Itália para encontrá-lo.

– Alessio... – olhei para o chão. – Acho que já ouvi seu nome estranho antes. Não me recordo bem. – Encarei-o novamente. – Se estava me procurando, Alessio, já sabe quem eu sou, então não preciso me apresentar. Diga o que você quer.

Ele me observou por um longo tempo sem nada dizer. Um cão amarelo passou entre nós e correu para dentro da taverna.

– Vejo que as histórias a seu respeito, Harold – seu sotaque era forte –, são verdadeiras. Não exageraram sobre a sua altivez e arrogância.

– Obrigado pelos elogios, mas você ainda não me disse o que quer comigo. Não acredito que veio de tão longe e atravessou o oceano somente para desfrutar da minha beleza ou para lamber o meu saco até ele ficar liso como a casca de uma maçã.

– Quero que você pare – ele me encarava, os olhos fundos envoltos por olheiras levemente escurecidas.

– Parar com o quê?

– De matar os padres, noviços e monges. Quero que pare de matar gente de bem – inspirou fundo –, quero que pare com essas provocações, com essas heresias. Quero que controle seus instintos. Você não precisa ser um monstro. Você pode viver sem causar tanto mal. Posso lhe ensinar a fazer isso e manter a cabeça no lugar.

Gargalhei. Uma gargalhada aguda e debochada como nunca dera antes. Foi uma risada que me fez lembrar de Loki. Por um instante pensei que ele estava *em mim.*

– Quem é você para me dar qualquer lição de moral? Elas já não cabem mais no meu mundo, não dou a mínima para elas. Esse é um peso do qual me livrei há séculos. Não me importo com quem me alimenta. Bispos, monges, reis, bêbados. São apenas gado e são abatidos quando tenho sede – apontei-lhe o dedo, acusador. – Você vive de quê? De leite e mel? De água benta? Não me parece.

Silêncio.

– Infelizmente também sou um amaldiçoado – seus olhos pareciam tristes –, e preciso do sangue de outros para manter a minha própria existência. Já me puni por muito tempo, vivendo dos leprosos, bebendo o sangue doente e fraco. Em outros tempos me entreguei ao prazer da orgia, de me embriagar de quem aparecesse na minha frente. A sede me dominou e eu me deixei levar por ela, como alguém que segura a mão do diabo e vira as costas para Deus – respirou fundo. – Então, depois de anos de uma existência desregrada, desgraçada, veio a culpa e o remorso. E a cada morte que eu causava vinha a dor e a tristeza. Meu corpo se saciava. Meu espírito se corroía. Até hoje...

– Você tem remorso porque deve ser um merda – desdenhei. – Quem disse que somos amaldiçoados? Isso é um dom magnífico. É um poder imensurável. Sou como um deus sobre essa terra esquecida e fétida. Temos privações, mas foda-se, ainda é muito melhor ser o que somos do que adoecer, definhar e morrer como as pessoas comuns.

Um gato passou e nos olhou com os seus olhos amarelos. Correu beirando as paredes e sumiu na escuridão.

– Senti que a minha alma estava se esfacelando – Alessio balançou a cabeça e prosseguiu com seu relato pesaroso. – Sempre fui cristão. Um cristão mediano, não tão correto quanto as minhas obrigações, mas sempre acreditei em Deus e nos santos. E depois da minha transformação a minha cabeça começou a ficar confusa e estranha. Sempre fui um bruto, um analfabeto, um burro, mas perder totalmente a razão, ficando quase louco? Cheguei a comparar Jesus e os discípulos ao que somos! Veja que blasfêmia horrível.

– Jesus? O tal Cristo? Como compará-lo a nós? Ele morreu pregado. Nós viveremos para sempre.

– Não vem ao caso agora – Alessio fitou-me. – Depois de anos intermináveis buscando uma forma de redimir os meus pecados, de diminuir um pouco o meu sofrimento, fui ter com o Papa Inocêncio III e encontrei uma luz, um caminho. Que pode ser o seu. Podemos equilibrar um pouco a balança.

– E quem disse que eu preciso de uma luz? Gosto das trevas.

– Todos nós precisamos de um caminho, Harold – sua voz soava como uma súplica. – Não podemos viver perdidos em uma existência sem rumo. Nosso futuro vai ser a perdição no inferno. Você consegue imaginar como deve ser passar a eternidade em tormento?

– Eu não tenho nenhum problema com a minha existência e não acredito no inferno. Bem e mal são apenas uma questão de visão das coisas. Acredito que mesmo depois do nosso renascimento continuamos mantendo o tal equilíbrio da vida. Pense em presas e predadores. Os predadores caçam e as presas são caçadas. Simples assim – dei um passo para a frente e encarei-o. – Agradeço a preocupação e acredite: não preciso de qualquer lição de moral, apenas de um bom sangue quente e de mulheres deliciosas na minha cama – virei-me e comecei a andar. – E faça uma boa viagem de volta para a sua terra.

– Voltarei para a Itália em breve. Antes preciso falar com as outras – falou Alessio.

Virei-me e avancei contra ele, segurando nos seus ombros com força. Um mortal teria os ossos quebrados. Ele permaneceu inerte.

– Fique longe delas – rosnei.

– Não se preocupe, pois sei que elas são suas *ragazze*, só quero falar com elas – ele não se intimidou e continuou sereno. – Quero lhes dar a chance de ter outro caminho.

– Não há nada para ser dito. Esse é um aviso, *mio amico* – lembrei-me de como Stella falava dos seus amigos de infância. – Não nos procure mais. E, se preza pela sua vida, fique longe, entendeu?

Tirei a mão do seu ombro. Ele fez uma mesura e partiu, a chuva encobrindo o seu rastro. Eu sabia que nos reencontraríamos. Ele não desistiria da tal busca pela paz e redenção. Ele não abandonaria suas verdades e convicções.

Nem eu.

– Está perdido?

Alessio se virou e viu Tita sentada em um galho baixo de uma árvore morta. A chuva havia cessado e o vento começara a limpar as densas nuvens que cobriam o céu. Algumas estrelas já despontavam e a lua tímida logo apareceria. Ela balançava os pés descalços e enlameados, os cabelos cor de cenoura revoltos cobriam seu rosto, mas não escondiam o seu sorriso maroto.

– Tita! – Alessio não aguentou e correu na direção da menina. – O que faz por aqui?

– Apenas passando o tempo – riu. – Achei um velho mapa em um mosteiro em Roma. Fechei os olhos e coloquei o dedo sobre ele e vi que dava aqui na Inglaterra. Arrumei minhas trouxas e vim.

– Nunca imaginei que a encontraria nessa terra – tirou o capuz. – Estou muito feliz por te ver.

– O mundo é pequeno, meu amigo, ainda mais para quem não tem problemas com o tempo, como nós. Vencemos distâncias inimagináveis em curtos períodos da nossa existência. O que os homens levariam uma vida para realizar, fazemos num piscar de olhos.

– Verdade – assentiu ele.

– E você, o que faz por aqui? – Tita esticou o braço e uma víbora negra que estava num galho acima da sua cabeça se enrolou nele. Tinha uns cinco palmos de comprimento e a pele brilhante como se coberta por óleo. Ela colocava a língua bifurcada para fora, buscando algum indício de calor, mas não encontrava, pois a menina ainda não se alimentara. Tita começou a acariciar a cabeça da cobra, que ficou imóvel, letárgica por causa do frio.

– Eu vim em uma missão – Alessio olhava a cobra com admiração e certo receio. – Vim em nome do Papa.

– E desde quando o Papa fala com... – coçou a cabeça –, como é que os putos das igrejas nos chamam? Ah demônios! O Papa falando com um demônio é uma situação estranha. Cômica até, digna das peças que os meus conterrâneos apresentavam nos anfiteatros romanos.

– Lottario é diferente – Alessio recostou-se em uma rocha coberta por musgos. – Ele me escutou sem me julgar. Teve medo no início, claro, eu mesmo ficaria apavorado no lugar dele. Depois foi muito justo e ponderado. Deu-me abrigo e a oportunidade de aprender, estudar e tentar ser alguém melhor. O bom Papa me deu esperança, Tita, algo que eu havia perdido fazia muito tempo. Eu sou um amaldiçoado, mas posso me redimir. E as provações que tenho servem para purificar a minha alma. Deus não me odeia, o Pai não tem rancor ou mágoas. Preciso, entretanto, provar o meu valor e mostrar que, apesar de tudo, ainda vivo pelos Seus ensinamentos. Preciso, tal como Lázaro, superar todas as dores e chagas sem nunca duvidar dos desígnios do Senhor.

– Você ainda não esqueceu essas baboseiras de religião? Cacete, depois de todos esses anos achei que você tinha superado isso. Agora você me aparece pior do que antes, falando de provações e de Lázaro. Quem é Lázaro? Caramba!

– Ao contrário, minha amiga, agora encontrei um rumo para a minha existência – sorriu –, e também posso encontrar a paz se for bem sucedido na minha missão. Agora tudo está claro para mim, limpo como o dia que nunca mais poderei ver.

– E que missão seria essa?

– Trazer a humanidade de volta para as suas almas – falou com convicção. – Trazer vocês de volta para o caminho do bem.

– Você está bebendo sangue ou comendo merda? – Tita gargalhou até quase perder o fôlego. – Quem você acha que é para conseguir guiar alguém? Você não consegue inspirar nem uma mula velha. E sinto lhe dizer que os *demônios* daqui são muito mais poderosos que você imagina – seus olhos faiscavam e faziam Alessio se dobrar de dor. – Pare com esse discurso patético. Junte-se a nós ou suma com o rabo entre as pernas. Ou prefere que eu arrebente a sua cara e o coloque desmaiado num barco que vai até o continente?

Alessio conhecia a irreverência da garota, porém nunca presenciara tal irritação.

Fraquejou. Era como se Tita o rasgasse por completo e escancarasse o seu coração e a sua alma, exibindo-os de uma maneira direta e simples. Dolorosamente simples. E ele era o culpado: havia uma dissonância entre o seu discurso e seus sentimentos. Alessio parecia um menino confuso diante de um ancião experiente.

A menina romana era poderosa demais.

Calafrios estranhos percorreram o seu corpo. Tita apenas o olhava com um semissorriso no rosto.

Sentiu tamanho peso nos ombros e a sede apertou. Odiou-se por isso. Começara a duvidar de si mesmo. Não sabia se teria forças para seguir adiante. Satanás devia estar comemorando junto dos outros anjos caídos. Olhou para Tita com a serpente enrolada no braço e pensou nas tentações sofridas por Eva e no paraíso perdido pela fraqueza de Adão.

Agachou-se e colocou as duas mãos sobre a cabeça. O desespero apertava no peito e a respiração perdeu seu ritmo, ficando ofegante e entrecortada. Em poucos instantes a esperta Raposa havia acabado com tudo. Ou será que ela apenas tinha iluminado a sua jornada, como uma tocha na escuridão? Realmente ela era poderosa demais.

Um corvo grasnou em alguma árvore próxima.

– Não fique triste, Alessio – Tita tocou-lhe o ombro. – Acho que você pensa demais. Só isso.

– Penso demais? – a tristeza dele era visível, humana.

– Sim, meu querido – Tita desenrolou a serpente do braço e colocou-a de volta na árvore –, você não vive a sua vida. Fica pensando nos porquês, nos como, em quando. Esqueça tudo isso e seja livre! Apesar de estarmos fadados às noites, ainda assim há muitas coisas interessantes para se fazer.

– Eu me sinto um morto que se recusa a aceitar sua sina – sua voz saiu esganiçada.

Tita esbofeteou-o, deixando as marcas dos dedos no seu rosto.

– Porque é como os cristãos se sentem, seu besta! – empertigou-se. – Eles vivem sob o manto da culpa, da dor e do pecado. Felicidade, harmonia e paz somente na outra vida, entende? É assim que se controla o rebanho. É assim que eles ganham poder e riquezas. Precisam ser como os cães que mordem os calcanhares das ovelhas. Já pensou se um dia elas se revoltassem e resolvessem pisotear os cães? Conseguiriam. E é esse caos que eles tentam evitar. Com o medo. Você consegue entender isso?

As palavras de Tita pesaram. Alessio conseguia enxergar sentido nelas. E isso lhe doía, pois nunca conseguiria ter sua redenção com o coração tão cheio de dúvidas e incertezas. Como poderia convencer alguém se ele mesmo não tinha uma visão límpida sobre o assunto? Fracassara antes de começar.

– Você quer reencontrar a sua felicidade, meu querido? – Raposa fitava-o.

– Quero! Quero mais que tudo – Alessio encarou-a. – Só que não sei onde, ou em quem procurar! Acreditei em mentiras que eu mesmo inventei para não sofrer tanto. Não mais...

Sem dizer nada, ela puxou as alças do vestido simples que vestia, quase um saco com buracos para passar os braços e a cabeça, e ficou nua, exibindo o corpo delicado, os seios pequenos e os pelos da mesma cor dos cabelos.

Deitou-se sobre o mato molhado e sentiu um arrepio que fez intumescer os bicos rosados. Entreabriu um pouco as pernas e sorriu, mordendo os lábios finos.

Alessio observava-a, boquiaberto. Já tinha visto a Raposa nua antes, mas nunca dessa forma tão convidativa. Seu corpo reagiu imediatamente, enrijecendo-se.

Hesitou.

Não sabia se era certo. Sabia que a menina faria de tudo para estraçalhar suas convicções já remendadas. Ouviu a voz dela em sua mente: *você pensa demais*.

– Que seja!

Arrancou o hábito velho e deitou-se sobre ela. Entrou totalmente nela, em sua intimidade úmida e fria. A Raposa gemeu e o apertou com força. E os dois se amaram quase até amanhecer, quando junto do dia vieram explosões de gozo e de prazer.

E de fato, naquele instante, Alessio reencontrou a felicidade.

.

.

.

As primeiras carroças já despontavam lá adiante no começo da estradinha que saía de Westbere. O céu já perdera o tom azul-escuro e começava a se avermelhar no horizonte. Os amantes não perceberam o tempo passar tão rápido.

– E agora? – Alessio vestiu-se rapidamente.

– Agora a gente corre! – a menina disparou na frente, esgueirando-se das árvores e embrenhando-se por uma plantação de cevada.

Alessio no seu encalço, o Sol tímido quase despontando no horizonte.

– Para onde você está indo?

– Não sei! – gritou.

Alguns lavradores já trabalhavam a terra a poder de arado. Espantaram-se quando viram os dois correndo em velocidade sobre-humana. Alguns berravam: *Os demônios! Os demônios!*

Nunca os alcançariam. Além disso, havia problemas mais urgentes.

– Não dá para irmos onde você está dormindo? – Alessio sentia a pele se aquecer. Olhou as mãos e elas começaram a ficar vermelhas.

– É longe demais – Raposa respondeu e apertou o passo.

– Ai, meu Deus! – mesmo vestindo um hábito de tecido grosso, a pele de Alessio ardia. E ele ficou apavorado quando viu Tita fumegar. – Vamos morrer!

Raposa não respondeu, e agora estava muito à frente dele, movimentando-se em uma velocidade espantosa, até sumir do seu campo de visão. Alessio, desesperado e tomado por uma dor insana, continuou correndo, as mãos em carne viva, os tornozelos, nuca e orelhas em brasa. Mal conseguia ficar de olhos abertos por causa da claridade crescente.

Atravessou todo o campo de cevada, depois um trecho de bosque, até se deparar com um riacho pedregoso.

– *Pule!* – ouviu a voz de Tita na sua cabeça.

Um raio de Sol queimou o topo da sua cabeça e a dor foi lancinante.

Pulou desajeitado e sofreu uma queda três vezes a sua altura. Caiu de mau jeito sobre uma pedra lisa e quebrou o pé, expondo o osso do tornozelo.

Berrou em agonia. Tinha certeza se que morreria.

– *Venha, rápido!* – a voz ordenou.

Arrastou-se para fora do riacho, a carne das mãos descolando dos ossos e o cabelo praticamente todo queimado. Viu uma mão branca e também machucada saindo de dentro de um buraco estreito na encosta do barranco. Pegou-a e foi puxado para dentro com força, deslizando quase desfalecido pela lama.

Estavam dentro de uma toca de lontras, funda e escura o suficiente para lhes proporcionar abrigo. Tita tinha o rosto descamado, as queimaduras já se curando. Alessio gemia de dor por causa das queimaduras e do pé quebrado. Raposa colocou o osso no lugar e ele guinchou fazendo as lontras chiarem em um túnel que levava barranco acima.

Alessio estava quase perdendo a consciência. O processo de cura começou, mas muito mais lento que o da menina. Sentiu imenso cansaço e então tudo ficou escuro.

Desmaiou.

Capítulo X – Dor

A saúde de Jerome decaiu muito nos últimos dias. Ele estava fraco, as pernas trêmulas e a pele amarelenta. Seu estômago doía insuportavelmente e, para piorar, sofria de uma diarreia sanguinolenta, que vinha em espasmos quase incontroláveis. Tomou todas as ervas que conhecia, mastigou várias raízes e bebeu infusões amargas que foram recomendadas pelo frei Bert, um velho experiente nas artes da cura. O cônego tinha olheiras profundas e andava arqueado por causa das cólicas.

– Você deve estar com vermes – o frade fazia um macerado de hortelã, arruda, leite de cabra e mel. – Tome isso.

Jerome estava enjoado de todos esses preparados, bebeu com sacrifício, fazendo ânsia, o caldo adocicado.

– Acho que estou com tudo, frei Bert. Vermes, parasitas... Todas essas porcarias devem estar impregnadas nas minhas carnes.

– Não seja pessimista! – o ancião ralhou com ele. – Acho que você precisa orar mais, isso sim. E comer mais alho cru.

O cônego agradeceu pelo preparado e saiu da enfermaria.

Não sabia o que tinha de fato. Sabia apenas que estava muito mal. Dava dez passos e já se cansava como se tivesse corrido por milhas, e subir uma dúzia de degraus era um suplício que o deixava ofegante, de estômago embrulhado. Arrastava-se pela Catedral tal qual um moribundo.

Ele sentira a pressão. Sua mente estava destroçada, seu espírito ruíra e seu corpo acusara o baque. Mais cedo falara para Stephen Langton que não poderia estar na conversa com senhores e bispos da região. O arcebispo simplesmente o encarara e dissera, lacônico: *você vem.* E Jerome não tinha colhões para desobedecer tal intimação.

Odiava-se por isso. E esse ódio carcomia ainda mais as suas

entranhas. Queria gritar, mandar tudo e todos à merda. Tinha de se conter. Só de pensar nas repreensões ficava apavorado. Era um cagão, um inútil assustado.

Assim que saiu da biblioteca vomitou uma golfada rala e amarelada no chão do corredor que levava à nave da Catedral; agachou-se, tendo que se apoiar com as mãos para não tombar. Dois noviços que passavam por lá tentaram ajudá-lo. Foram dispensados de forma rude.

Jerome se arrependeu, chamou-os e pediu desculpas pelas maneiras mal-educadas. Era um cagão, mas não era um calhorda.

O cônego estava ansioso, cansado e irritado. Queria que o problema das mortes causadas pelos bebedores de sangue passasse de vez para os homens de armas, porque os que lutavam com a fé tinham pouca valia. Cruzes, orações e água benta não os feriam e os tais demônios pareciam estar acima do bem e do mal. Restava apostar no aço, nas flechas e nos soldados bem treinados.

Será que dariam conta? Alguns homens de armas tinham morrido na clareira do bosque. Homens do arrogante Ernest, pelo que soubera. Foram destrinchados como carneiros que vão para o abate. E entre eles havia matadores experientes que batalhavam desde meninos.

Sentia raiva dos demônios por causa de todo o sofrimento e medo que lhe causaram nos últimos meses. Sua saúde se deteriorara e a doença se apossara do seu corpo combalido e frágil. Só de pensar nisso sentiu mais pontadas no estômago.

Praguejou, maldisse todos os santos dos quais lembrou os nomes. Arrependeu-se, não pelo que falou, mas pelo medo de uma punição divina. Sempre o medo. O cônego temia até a própria sombra. A raiva aumentou.

O ódio apertava no peito. E, de uns dias para cá, ele o consumia como uma praga que seca um campo de trigo. Praguejou de novo. Porque nunca poderia ser um deles e ter alívio para as suas dores e para dar uma reviravolta em sua vida decadente.

Antes de retornar ao castelo em Ickham, fartei-me com mais dois garotos. Bebi até ficar empanzinado, desperdiçando o sangue com goles displicentes que manchavam meu pescoço e a camisa, escorrendo até o meu peito. Invadi a casa de uma pequena fazenda que ficava no meu caminho e aproveitei o sono pesado do pai e da mãe para me deliciar com os gêmeos. Não deviam ter mais que dez primaveras. Suguei o sangue do primeiro, que desmaiou de tanto medo. Morreu rápido. O segundo tentou gritar, tapei a sua boca e mordi seu pulso gordinho. O sangue jorrou e eu bebi enquanto ele me olhava desesperado, mijando-se todo, tremendo. Antes de o coração parar deixei-o sobre a cama, tendo espasmos. Parecia um peixe sufocando fora d'água.

Demorou um pouco para morrer e nem assim os pais acordaram. Os infelizes deviam estar exaustos depois de um dia de labuta. Eu já passei por isso. Já tive terras e responsabilidades. Já vivi do suor do meu rosto e da força dos meus braços. Lembranças distantes de outra vida.

Saí da casa, estufado, quente, sentindo a vitalidade e a jovialidade percorrendo cada veia do meu corpo. Não bebera por necessidade, mas para aplacar a raiva. Devia ter arrebentado aquele tal Alessio. Podia ter feito com que ele se arrependesse de ter vindo até aqui, podia ter chutado a sua bunda e o mandado de volta para a Itália com o rabo entre as pernas. Era um cão covarde que merecia tal tratamento.

Não sei por que não fiz isso.

Caminhei por entre os carneiros recém-tosquiados. Uns dormitavam de pé, outros pastavam tranquilamente. Acariciei um carneirinho que se aninhava junto à mãe, sugando as tetas cheias do precioso leite. Ele baliu e continuou a mamar.

As mães e suas crias. Um laço realmente forte – pensei.

Dei mais uns passos vagarosos, desviando dos montes de bosta. Retornei antes de chegar à estradinha de pedras feita pelos romanos. Abri a porta de madeira e os pais continuavam roncando, dormindo alheios ao que tinha acontecido com os seus filhos. Quebrei o pescoço do pai com uma torção violenta e sufoquei a mãe apertando o seu pescoço rechonchudo.

Não conseguiria beber mais uma gota sequer. A sede estava completamente saciada e eu estava inundado com o sangue das minhas presas.

Observei em um silêncio respeitoso a família morta. Os irmãos pálidos e angelicais. O pai com a cabeça pendente para o lado, a mãe com a língua para fora e os olhos esbugalhados. Evitei que eles sofressem a morte dos gêmeos. Não queria causar dor e desespero. Fiz-lhes um favor bem generoso.

– Acho que não sou tão desumano assim – murmurei e saí fechando a porta que estalou.

.

.

.

– Vejo que você se fartou essa noite, meu amor – Liádan veio me receber no pátio de armas. – Ela estava sozinha no castelo.

– Que graça teria a eternidade se não pudéssemos ser livres para fazer tudo aquilo que desejamos? – beijei-a, instigando-a com o gosto do sangue seco nos meus lábios.

A dama ruiva sorriu, linda como sempre, abraçando-me e se aninhando no meu peito. Senti que ela estava fria, mordi o meu pulso e ofereci-o para ela. Ela bebeu de mim e na dor tive prazer.

Quando ela parou, o ferimento se curou rapidamente, sem deixar qualquer marca.

– Onde estão os outros?

– Tita saiu um pouco depois de você. – Ela se sentou sobre os escombros da muralha. – Stella e Ralf foram caçar juntos.

– E você, por que ficou? – tirei a camisa e me lavei com a água da chuva acumulada em um barril. O sangue saiu fácil da minha pele lisa.

– Porque senti que precisava ficar – ela olhou para o chão. – E a minha intuição estava certa. Um pouco antes de você chegar, a Deusa falou comigo.

– Por que você não convida a Deusa para tomar uma cerveja conosco? – zombei. – Acho que ela vai gostar de papear e aquecer os pés ao lado da fogueira.

Ela levantou a cabeça e seus olhos cor de esmeralda pareceram faiscar. Não consegui encará-los por muito tempo.

– Não zombe dos deuses, Harold – sua voz me intimidava. – Você bem sabe o que eles podem fazer. Você conhece o poder deles. Ou já se esqueceu de Cernunnos? De Thor e Loki?

Tive um arrepio ao me lembrar do meu encontro com o deus chifrudo e vislumbrei em minha mente cada instante ao lado de Loki e Thor.

– Os deuses que vieram a mim são reais – fechei os olhos. – A tal Fódla, a sua deusa, nunca apareceu.

– Ela fala diretamente ao meu espírito – irritou-se. – Sinto a sua presença como se a sua força me envolvesse.

– E ela está aqui agora? – aproximei-me.

– Não...

– Acho que ela tem medo de mim. Ou sente uma vontade louca de fazer amor comigo, mas não quer te magoar, minha doce Liádan.

A dama ruiva me deu um tapa no rosto. A força do impacto me fez cair para o lado, como se tivesse levado um soco de um homem forte. Quando me levantei, Liádan já não estava mais lá.

– Mulheres... – massageei a bochecha dolorida. – Como não amá-las?

Fui para os meus aposentos. No fundo sabia que tinha sido insensível e pegado pesado demais. A deusa devia mesmo falar com ela.

E eu tinha receio sobre as mensagens que ela trazia do outro mundo.

Liádan não voltou para o castelo, não queria ver Harold. Não queria ver ninguém. Caminhou pela floresta, tendo como companhia animais de várias espécies, de aves a lagartos. Sentia-se à vontade no meio do bando, tinha o poder de se transformar em um deles se quisesse. Era um dom que viera junto com a sua transformação e que nem Harold, seu criador, possuía. Já fizera isso algumas vezes antes, e essas transmutações foram muito importantes, fosse para passar despercebida pelas multidões ou mesmo para conseguir espiar pessoas sem ser incomodada. Como uma gata, conseguiu acompanhar seu amado e ajudá-lo em um momento derradeiro.

Seu coração estava pesado. E ela sentia uma angústia estranha.

O céu começou a pintar-se de rosa. A dama ruiva recolheu-se em uma pequena gruta para se proteger do amanhecer. Estava magoada e precisava pensar.

A Deusa lhe disse que um grande sofrimento estava por vir e que nada poderia impedir a dor e a perda. Haveria sangue, fogo, morte e guerra. E essas palavras não saiam da sua cabeça. Adormeceu e não teve nenhum sonho.

.

.

.

Despertou de súbito quando uma doninha entrou na gruta e cheirou seu rosto para depois se embrenhar em um pequeno vão e sumir.

Bocejou. Estava cansada, exausta, como quando era mortal e passava noites em claro.

Ficou deitada por um tempo, pensando, ponderando, tentando entender os desígnios da Deusa. Levantou-se e saiu do abrigo. Já estava escuro e ventava bastante. A dama ruiva caminhou devagar, pensativa, até encontrar um lago. Contemplou-o em silêncio.

.

.

.

– Não precisa se esconder – Liádan permaneceu imóvel, sentada sobre a pedra, enquanto observava o lago sereno que refletia a luz da lua. – Sei que me observa.

– Desculpe – Alessio saiu detrás das árvores, nunca teria sido percebido por um mortal. – Não me entenda mal. Eu apenas estava esperando o momento *certo* para falar com você.

Liádan enxugou as lágrimas vermelhas e se virou, olhando para o homem vestido como um monge maltrapilho, sujo e fedendo como se nunca houvesse se banhado antes.

Ele abaixou o capuz e revelou um rosto sincero, com olhos quase ingênuos ou tímidos. Liádan encarou-o e pode sentir que seu espírito estava em grande conflito.

– Sou Alessio di Ettore – fez uma mesura. – Vim de muito longe para encontrar vocês.

– E eu sou Liádan.

– Seu nome é tão belo quanto você – se ainda fosse um mortal certamente coraria.

– Obrigado pelas palavras, Alessio – ela pronunciou o nome dele de uma maneira errada.

– Estive com Harold Stonecross – ele prosseguiu –, mas acho que isso você já sabe, não é?

Liádan assentiu com a cabeça. Se ela quisesse, poderia conhecer todos os pensamentos dele, vasculhar os cantos mais profundos da sua mente. Preferiu deixá-lo falar.

– Vim com um propósito, com uma santa missão que me traria paz e a redenção. E acreditei que poderia mostrar o caminho da verdade para vocês – inspirou fundo. – Eu estava enganado. Ao contrário de mim, Harold, Tita e você não sentem culpa, aceitaram a sua natureza, a sua transformação e vivem bem. Então como mudar o que não precisa ser mudado? Como indicar outro caminho para quem já está na trilha *certa?* Quem sou eu para dar um exemplo se eu mesmo deixei a minha fé fraquejar. Como agora... – murmurou as últimas palavras.

Liádan sorriu. Entendera o que Tita fizera com ele, sua alma estava escancarada e ela conseguiu ler todas as entrelinhas. O pobre imortal tinha medo. Vivia acompanhado por esse sentimento desde que foi transformado e precisou abandonar sua família, seu trabalho e a sua vida. Para ter alguma paz, tentou se apegar ao que conhecia na época: Deus, a Igreja e todas as suas doutrinas. Contudo isso não lhe trouxe paz, ao contrário, enraizou no seu espírito mais culpa e dor. Então ele veio à Inglaterra na esperança de vencer o mal, iludido pela generosidade e lábia de Inocêncio III que apenas reforçavam suas dúvidas. Ele veio trazer a salvação aos seus semelhantes imortais. Contudo, após encontrar a menina Tita, ele tivera o choque e vira que o verdadeiro mal era a sua solidão, seus medos e a impossibilidade de ter de volta a sua vidinha pacata.

Assim, sua missão perdera o sentido. Pobre homem perturbado.

Alessio sabia que Liádan também conseguia enxergar o seu interior. Ela emanava uma energia poderosa, mas mais carinhosa do que a da menina romana. Ele já se dava por vencido antes de começar e apenas desabafava todas as suas incertezas. Liádan permanecia impassível e em silêncio.

Ele começou a andar de um lado para o outro, divagando e falando coisas em sua língua. A dama ruiva observava-o sem fazer quaisquer julgamentos.

– Por que Jesus ou um anjo não aparece e me dá uma ajuda? – levantou as mãos, gesticulando muito. – Deus, o que farei? Eu precisava de um sinal!

– Esses valores cristãos não fazem diferença para nós. As nossas verdades, se é que elas existem, são distintas. Temos outras crenças, outros deuses e outras formas de viver a nossa eterna vida – Liádan sorriu. – Sua nobre missão estava fadada ao fracasso desde o começo. E algo me diz que você já sabia disso.

– Pode ser que sim – Alessio pegou uma pedra e atirou no lago, fazendo-a saltar três vezes. – Talvez eu é que precise mudar. Senti isso depois de me encontrar com Harold. Todas as minhas certezas se esvaíram. Acho que sequer posso dizer que eram certezas. Eu queria me enganar. Queria me apegar a algo e dar uma razão à minha existência. Estou enfadado e sem rumo. Apeguei-me a essa missão como uma última inspiração de alguém que está prestes a se afogar.

– Acho que você está muito sozinho – Liádan o encarou e ele se sentiu nu. – Nunca pensou em ter companhia?

Alessio pegou outra pedra e atirou-a no lago, fazendo-a pular e formar três círculos de ondas, dois maiores e um menor. Lembrou-se de Balbina, sua esposa e do seu filho Lino, viu os rostos deles e retornou à sua pequena cabana, sentindo até o cheiro do melado que ela gostava de fazer. Lembrou-se da sua família e de como eram felizes, apesar de todas as adversidades e da dureza da lida diária. Sabia que tinha descendentes, netos, bisnetos, tataranetos. Parou de contar por aí. A dor de não poder estar ao lado deles era imensa. Então se recolheu e fechou-se em sua solidão amargurada. E talvez fosse essa a real causa das suas angústias e sofrimento.

– Nos momentos que passei com a Raposa eu sempre fui feliz – pensou em voz alta, olhando para o horizonte. – Ela sempre deixa o meu espírito mais leve. Eu não tinha tanta culpa e sequer pensava em Deus ou em Satanás. Apenas vivia os momentos. Vivia a minha eternidade sem me preocupar com o amanhã.

Fechou os olhos, relembrando o amor que fizera com ela, e sentiu desejo de tê-la novamente em seus braços, de beijá-la e dar-lhe imenso prazer. A menina partira antes de ele despertar. Ele não percebera, ainda estava fraco por causa das queimaduras do Sol. Elas ainda marcavam a sua pele, que ainda não se regenerara completamente.

Alessio queria reencontrá-la e ficar com ela. Nunca mais deixá-la partir. E, se ela quisesse ir, ele iria com ela, não importava para onde. Porém, não sentia a sua presença em nenhum lugar. Ou ela já estava longe, ou conseguia ocultá-la completamente.

– Ela voltará – Liádan interrompeu os pensamentos.

– Como você sabe?

– Não sei ao certo, apenas sinto – a dama ruiva colocou a mão sobre o coração. – Você está sofrendo por ficar muito tempo sozinho. O medo e os pensamentos ruins nublaram a sua visão e o deixaram desnorteado. Você usa o sangue que bebe, que lhe dá força e vida, como desculpa para todo o sofrimento e males. Você entende isso?

– Sim – Alessio sentiu sede. – Mas não tenho controle sobre a culpa.

– Um lobo sente remorso por matar uma ovelha? – Liádan esticou o braço e uma mariposa pousou no seu dedo. – Não! Pois é da sua natureza.

– Nunca fui um assassino.

– Aquele velho Alessio morreu, meu caro – Liádan assoprou devagar e o inseto bateu as asas. – Agora você é outro, e sua natureza pede que você mate. Quando entender isso, seus olhos verão outro mundo.

– E se eu não quiser?

– Então definhe pelos séculos! – A mariposa voou. – Você não pode morrer, lembre-se disso.

Liádan se levantou e começou a andar.

– Aonde você vai? – Alessio aproximou-se. – Desculpe a minha estupidez!

– Vou para casa – afastou-se molhando os pés na água fria.

– E eu? – sua voz saiu em tom de súplica.

– Pode vir comigo se quiser.

– E o Harold? Será que ele aceitará a minha presença?

– Você pensa demais – continuou seu caminho.

Alessio a seguiu a distância. Era a segunda vez que ouvia alguém lhe dizer que ele pensava demais.

– Eminência, todos já chegaram e estão reunidos na biblioteca – Jerome suava mesmo com o entardecer frio e seu coração palpitava de maneira estranha, como se cada pulsação estivesse fora do ritmo.

– E Alessio? – o arcebispo molhou a pena na tinta e continuou escrevendo, a caligrafia caprichada, impecável pelas décadas de prática, mesmo com os olhos embaçados pela idade.

– Ele não apareceu ainda – Jerome esfregava uma mão na outra.

– Há tempos que eu não o vejo – Stephen terminou a frase, pressionou o mata-borrão com suavidade e levantou o pergaminho para ler melhor sob a fraca luz da vela de sebo. Deu-se por satisfeito e prosseguiu. – Temo que tenha acontecido o pior com ele – assoprou para secar a tinta –, mas, se foi da vontade de Deus... – levantou os ombros.

– Vamos esperá-lo? – Jerome massageava o peito.

– Não. O prazo acabou. Diga para os meus convidados que já estou indo. Preciso apenas rezar e pedir ajuda para que os santos me guiem.

– Com licença, cardeal Langton – o cônego se retirou e se dirigiu à biblioteca que ficava do outro lado da Catedral. Seu corpo parecia feito de pedra, as pernas enrijecidas. O esforço para andar fazia seu peito arder e o ar faltar nos pulmões.

– Parece que estou morrendo – enxugou o suor da testa.

Começou a ter uma azia estranha. Tirou algumas ervas frescas de um saquinho de couro que carregava consigo e começou a mascá-las. O esperado alívio não veio.

– Merda – praguejou. – Tudo dói.

.

.

.

Abriu a porta da biblioteca e olhou para os doze homens que aguardavam o arcebispo, uns sentados, outros de pé, todos mal-humorados.

– Sua Excelência Reverendíssima está rezando. Assim que terminar já virá conversar com os senhores.

– Puta que o pariu – Ernest balançou a cabeça, irritado. – Ele tem todo o tempo do mundo para rezar e resolve fazer isso agora?

Alguns homens riram, outros o olharam com reprovação. Jerome apenas ignorou-o, suas dores tomavam toda a sua atenção.

– Não vão nos servir nada para comer? – um dos *earls* resmungou.

– Aqui não é um refeitório – indignou-se Gilbert Glanvill, bispo de Rochester e amigo de Stephen Langton. – Você pode aguentar.

– De barriga vazia a minha cabeça não funciona – o *earl* gorducho resmungou.

– Sua cabeça não funciona nunca – zombou Esmund, prior de Patrixbourne. – É mais fácil uma cabra aprender a ler do que você pensar direito.

O gorducho emburrou, mas não retrucou. Tinha medo do prior, apesar de ser dono das terras onde ficava a igreja. Temia as ameaças, o risco de ser condenado ao inferno caso não fosse obediente. O velhote Esmund fora esperto e plantara a semente do medo, com a ajuda de boas surras e castigos, no jovem *earl* desde que ele era uma criança. O *earl* anterior, Ethelred, pai do gorducho, era duro com a Igreja e nunca facilitara a vida do prior. Mas, assim que ele morreu de uma febre depois de cair do cavalo, o prior pusera as garras no pescoço do jovem *earl* e o dominara completamente. Enriquecera e ganhara poder nos últimos cinco anos.

– Como vocês podem pensar em coisas tão banais quanto comida quando estamos cercados por demônios e as pessoas estão morrendo aos montes? – irritou-se Harland, um frade vindo de Blean. – Só na minha paróquia morreram vinte e duas pessoas! Vinte e duas mortes entre sessenta pessoas, um terço do vilarejo!

– Não exagere, frade – Ernest cofiou a barba. – Ouvi dizer que lá está havendo um surto de tifo. Alguns mercadores que passaram pelas minhas terras até se recusaram seguir pelo caminho de Blean. Não vamos culpar os pobres bebedores de sangue por tudo, não é?

– Bebedores de sangue? – *earl* Gareth, um homem alto e com uma grande cicatriz que descia da orelha esquerda ao queixo, fez uma careta. – É assim que vocês chamam os demônios?

– Alcunhas não importam – Jamie, um rico fazendeiro de Chartham, endireitou-se na cadeira. – O que importa é que os malditos estão matando nossa gente. E isso, além de causar medo e pânico, está trazendo prejuízos. Cinco famílias que viviam nas minhas terras foram embora. Nem sei como vou pagar os meus impostos, não produzi quase nada nos últimos meses.

Outros quatro fazendeiros fizeram coro.

– Foram o pecado e a falta de fé que trouxeram esse mal para cá – frei Harland apontou o dedo, acusador. Sua voz era fina e irritante. Saía meio que assoviada por entre os lábios finos. – O povo daqui se perdeu na luxúria e nas tentações da carne. O Diabo foi bem acolhido entre nós.

– Merda nenhuma – Ernest retrucou. – Os demônios acham que os homens daqui são frouxos, são alimento fácil. E eles têm razão nisso. Ainda mais se já ouviram frei Harland falar. – Apontou para o frade e fez uma cara zombeteira.

Geoffrey abriu um sorriso largo, banguela.

Jerome precisou segurar o riso; esquecera-se do seu sofrimento ao ver Harland vermelho, bufando, os punhos fechados e as veias da testa saltadas. Alguns homens não foram discretos e gargalhara. Frei Harland, insultado, se levantou, mas quando estava prestes a sair deu de cara com o arcebispo.

– Eminência... – o frade curvou-se.

– Já estava indo embora, frei Harland? Demorei tanto assim? – ergueu as sobrancelhas brancas e grossas, os olhos azuis fixos no homem.

– Não... – sua boca se mexia, mas as palavras não saíam.

O arcebispo apenas esticou a mão indicando seu lugar. O frade obedeceu e tornou a se sentar, resignado.

– Desculpe-me pela demora – Lord Stephen entrou e fechou a porta da biblioteca. – Queria ter vindo antes, mas as obrigações nem sempre podem esperar.

– Hunf – Ernest não escondia a sua raiva, mas foi ignorado.

Todos se levantaram e fizeram fila para beijar o anel do arcebispo. O cardeal Langton se sentou logo em seguida e seus convidados fizeram o mesmo depois dele.

– Acho que todos já sabem o motivo dessa convocação – Lord Stephen massageou os joelhos doloridos. – Chamei outros nobres senhores, mas eles não puderam comparecer. Ou não quiseram – observou-os por uns instantes sem dizer nada. Então prosseguiu: – Todos nós estamos sofrendo do mesmo mal. Estão acontecendo mortes *estranhas* nos nossos lares e terras. E elas sempre trazem prejuízos, espirituais, materiais e para a nossa reputação.

Os homens assentiram com a cabeça.

– Essas mortes, entretanto, já foram decifradas – Lord Stephen tinha os olhos azuis resolutos. – Por algum sortilégio do destino, o mal resolveu fazer morada por aqui. Resolveu que o nosso bom povo seria o seu gado e que nas nossas boas terras buscaria refúgio. Uma profanação sem precedentes.

O bispo Gilbert Glanvill fez o sinal da cruz.

– Um mal antigo, difícil de ser erradicado, mesmo pelos soldados mais experientes ou pelos homens sábios e com fé irrepreensível – prosseguiu Langton. – Um mal que existe há séculos, mas que ficou latente por muito tempo. Até pensou-se que ele havia terminado.

– Eles são imortais, como dizem por aí? – Matthew, o *earl* gorducho, parecia assustado e interrompeu o discurso sem qualquer cerimônia.

– De certa forma sim – o arcebispo não hesitou, não havia tempo para mentiras ou segredos. – Eles conseguem se curar rapidamente e vivem por séculos sem envelhecer. Mas acredito que, se podem ser feridos pelo aço, pelo fogo ou pela luz do Sol, podem ter a sua vida terminada. Tudo que sangra pode morrer.

– Falar é fácil, eminência – Ernest retrucou. – Já perdi muitos bons homens e eles continuam vivos. Homens fortes, moldados na pancada e bem armados que foram simplesmente destroçados pela menina-demônio.

– Eu também perdi muitos – completou Gareth. – Mulheres, crianças... Eles não respeitam ninguém.

– E eu perdi dois dos meus filhos – Jamie cerrou as mandíbulas para conter as lágrimas. – Homens valorosos que foram mortos como se fossem coelhos na boca de uma raposa.

– Sinto muito – o arcebispo foi sincero. – E foi por isso que os convoquei. Precisamos acabar com essa infâmia de uma vez por todas.

– E qual é a santa ideia para realizar essa tarefa impossível? – Ernest não mascarava sua insolência.

– Na verdade – o arcebispo pigarreou –, na verdade não é

apenas uma ideia. Hoje vocês deveriam conhecer Alessio di Ettore, contudo, ele está desaparecido.

– E quem é esse Alessio? – Esmund aprumou-se na cadeira. – É um enviado de Roma? Pelo nome deve ser.

– Sim, ele veio de Roma – o arcebispo fechou os olhos que ardiam um pouco.

– É um cardeal? Um padre? – Esmund estava afobado e a sua fala saía apressada demais. – Chega de mistérios, eminência.

– Alessio é um deles – o arcebispo esboçou um sorriso. – É um cristão, mas não é um homem da igreja.

– Como assim um deles? – bispo Gilbert Glanvill gesticulava muito.

– Um demônio, um bebedor de sangue, o mal encarnado – inspirou fundo. – É um ser como esses que vêm assolando o nosso lar, as nossas terras. Foi amaldiçoado e não teve como reagir, não teve escolha.

Houve burburinhos e os comentários se intensificaram até se tornarem um tumulto. O cardeal Langton permitiu esses furores até os ânimos amornarem.

– E por que ele não está aqui? – Ernest indagou. – Onde ele está agora? Espero que não esteja matando com o seu consentimento.

Todo o frágil respeito que os homens tinham pelo arcebispo, pelo seu cargo e poder parecia ter se evaporado. Stephen Langton sabia de que nada adiantaria impor a sua autoridade nesse momento, talvez até piorasse as coisas, pois os ânimos estavam exaltados e o fio que mantinha a civilidade do grupo estava quase se rompendo. Seu domínio sobre a situação era frágil e o momento que eles viviam não tinha precedentes.

– Como você pode confiar num demônio, eminência? – Esmund estava absorto. – Quem garante que ele não o está manipulando como é da natureza dos demônios?

– Deus do céu – Gilbert Glanvill segurava o seu crucifixo de ouro. – Nem nos meus sonhos mais insanos eu imaginaria uma coisa dessas.

– Isso é uma piada, gente? – *earl* Matthew coçava a cabeça. – É uma piada?

– Que piada, seu estúpido? – Esmund não se controlou e deu uma bofetada na bochecha do jovem com as costas da mão.

Harland prostrou-se de joelhos e começou a rezar e pedir sanidade para o grupo.

– Por favor, acalmem-se, senhores – o arcebispo se levantou.

– Vocês terão todas as suas respostas. Peço apenas um pouco de ordem agora.

– Ordem? – Esmund esmurrou a mesa. – Como pode pedir ordem se está aliado aos demônios?

Os participantes começaram a discutir entre si, uns defendendo o arcebispo, outros indignados com o que acabaram de descobrir. Gareth e Jamie trocaram alguns xingamentos e socos, mas foram rapidamente separados.

Ernest ria, um pouco por achar graça em toda essa algazarra, outro tanto por estar nervoso com a situação que não iria se resolver facilmente. Odiava ter trabalho, ainda mais quando não receberia qualquer pagamento ou benefício pelo seu esforço.

Geoffrey aproveitou a bagunça, tirou um odre de dentro da camisa e bebeu uns goles de uma bebida amarga feita de bolotas de carvalho. O bispo Gilbert viu, tomou o odre da mão do lacaio e esvaziou o restante com uma só golada. Arrotou.

Dois fazendeiros se levantaram e foram embora sem dar quaisquer explicações. Saíram pisando duro.

Matthew estava alheio a tudo, pensava se sobraria bastante do leitão assado no almoço. Sua mãe e seus três irmãos mais novos tinham o apetite voraz. A boca se encheu de água e sua barriga roncou alto, a ponto de Jamie se virar e encará-lo com o nariz sangrando por causa da briga com Gareth.

Um gato preto apareceu em uma das janelas da biblioteca. Deitou-se no peitoril e começou a lamber as patas tranquilamente.

Jerome estava encolhido num canto, os lábios roxos e as duas mãos no peito. Começou a ofegar e a sentir algo como uma torção logo acima do estômago.

– Eu tenho uma carta do Papa Inocêncio III – Lord Stephen quase gritava. – Peço um pouco de calma para lê-la para vocês.

Ninguém escutou.

O arcebispo levantou as mãos para o alto e pediu silêncio várias vezes.

Demorou, mas a balbúrdia terminou e Stephen Langton pôde ler a mensagem do Papa para os homens. E lá ele falava dos demônios, de Alessio e da Guerra Santa contra o mal que assolava novamente a Inglaterra. Falou da Cruzada extraoficial imaginada por Inocêncio III e também apresentou as suas ideias.

– E por que esse Alessio não está aqui? – o prior Esmund

continuava exaltado. – Se a missão dele é tão importante, ele precisava estar presente.

– Assim como vocês, meus amigos, também estranhei a ausência dele – Stephen estava cansado. – Deve ter acontecido algo. Só espero que não tenha sido nada grave – fechou os olhos por uns instantes. – Sugiro que aguardemos um pouco mais.

Os homens concordaram.

Jerome não esperaria. Gritou e caiu no chão, a pele arroxeada e uma baba esbranquiçada saindo da boca. Tentaram ajudá-lo. Era tarde demais. Seu coração não aguentara o tranco. E, enfim, ele pôde descansar.

Estaria em paz?

Capítulo XI – Onda negra de fogo e aço

– Vocês moram aqui? – Alessio observava o castelo em ruínas.

– Sim – Liádan olhou-o, as duas esmeraldas refletindo a luz do luar. – Agora esse castelo é o nosso lar. Por se achar nesse estado, as pessoas não nos incomodam. Ninguém imagina que há vida sob esses escombros – olhou para as ruínas sem dizer nada. – Sinto que logo precisaremos nos mudar. É uma pena, gosto daqui.

– Por que diz isso? – passou a mão sobre as pedras cobertas de musgo da muralha.

– Nenhuma paz e nenhuma felicidade duram para sempre. Nada dura para sempre... – encarou-o e seu olhar penetrou-o sem qualquer pudor. – A tempestade se aproxima.

Alessio acariciou os cavalos que pastavam perto da muralha. Gostava dos animais, sentia-se muito bem junto deles. Os belos corcéis relincharam e aceitaram o mato fresco que ele lhes ofereceu.

– Aonde você vai? – perguntou para a dama ruiva que já se afastava.

– Vou logo ali – ela sorriu. – Não se preocupe, eu voltarei em breve.

– E eu?

– Você? – ela já adentrava o bosque. – Faça o que quiser.

Liádan sumiu noite adentro. Alessio permaneceu parado, ao lado dos cavalos, afagando-os. Olhou para o castelo, sentiu certo receio em entrar sem ser convidado. Uma coisa era *conversar* com Harold em terreno neutro, outra era invadir seus domínios. Apesar de imortal, forte e agora até mais instruído e sábio, nunca deixara de ser o camponês medroso que trabalhava no vinhedo do mosteiro do Abade Nicola.

Ficou hesitante por um tempo, andando de um lado para o outro como quando era mortal e precisava tomar uma decisão importante.

Respirou fundo, deu dois tapinhas no pescoço musculoso do cavalo e avançou.

– Seja o que Deus quiser!

Começou a ventar forte e as nuvens encobriram a lua. Ia chover.

– Talvez venha mesmo uma tempestade – falou entredentes.

Alessio entrou no pátio das armas.

– Ele morreu lá dentro? – Dedinho mordeu uma cenoura.

– Caiu durinho no chão – Geoffrey fatiou um pedaço de queijo e enfiou-o na boca. – *Tava* com a boca cheia de espuma e os olhos revirados. O pobre homem *tava* roxinho.

– Comeu algo venenoso? – Orelha dava goles na sua cerveja aguada. – Um tio meu se confundiu e achou que uma raiz era rábano. Depois de mastigar um bocado ele começou a tossir, engasgar e babar feito um cão. Ficou tendo uns tremeliques e morreu.

– Falaram que foi o coração dele – Geoffrey espetou uma cebola e deu uma bela mordida.

– Aquele cônego Jerome me dava medo – Pelota destrinchou um pedaço da bochecha do leitão com os dedinhos gordos. – Ele tinha uma cara estranha e cheirava azedo.

– Ele me deu um peteleco na orelha quando eu fiz uma gracinha durante a missa – Dedinho tentava tirar um pedaço de cenoura que ficara preso entre os dentes.

– Ele cheirava como um defunto fresco – Galinha passou o pão na gordura do porco e comeu-o com gosto.

– Ele cheirava como um pano velho molhado, isso sim – retrucou o gorducho.

– Ouvi dizer que quando você morre – Coelho arrotou, fazendo os amigos rirem –, você não consegue segurar as tripas e se caga todo.

– *Peloamordedeus* – Dedinho tapou o nariz. – Que cheiro azedo!

– Obrigado – Coelho sorriu.

– Acho que o cônego não *tava* cagado – Geoffrey pegou a faca e serviu-se de mais queijo. – Pelo menos eu não senti nenhum cheiro de merda. Mas o que você disse é verdade, Coelho. Já vi muitos moribundos se aliviarem nas próprias pernas no campo de batalha. Aliás, na guerra os vivos também se borram, mesmo os mais corajosos.

– Você já se borrou? – Galinha limpava as sujeiras debaixo das unhas com uma lasquinha de madeira.

– Quando eu fui pela primeira vez para uma escaramuça junto com o meu pai eu me mijei todo quando um homem veio com uma acha para cima de mim. Meus bagos gelaram e eu tremia como uma velha. Eu tinha apenas um podão cego e não sabia o que ia fazer. Pensei até em correr. As pernas ficaram pesadas e não obedeceram. Sorte que um caçador, amigo nosso, acertou o homem com uma flecha bem no meio das costas. Ele gritou e caiu de joelhos. Ficou tentando arrancá-la e não conseguia. Aí aproveitaram para acabar com ele.

– Eu nunca vi uma batalha – Orelha tinha a fala mole por causa da cerveja.

– Um dia você vai estar numa – Geoffrey talhou a orelha do leitão e começou a chupar a iguaria. – Você vai sentir o bafo podre dos inimigos e vai atolar o pé na lama fedida, misturada com mijo, merda e sangue. Vai...

– Jesus, Maria e José! – Abigail levantou-se da mesa. – Não sei como vocês conseguem comer e falar essas nojeiras ao mesmo tempo.

– Um pouco de merda não tira a fome, minha querida – Geoffrey estranhou o comportamento da esposa.

Ela não respondeu e saiu.

Começou a vomitar lá fora.

– Eu acho que ela está buchuda – Dedinho ainda roía a sua cenoura.

– Buchuda? – Geoffrey coçou a careca. – Será?

– Mulheres buchudas é que ficam com nojo de tudo – o menininho completou. – E vomitam toda a comida que engolem.

– E como você sabe disso, pirralho? – Orelha encarou o amigo.

– Ouvi as velhas conversarem lá perto do moinho – o menininho falou sem qualquer cerimônia. – Ouvi que a tal regra não veio. O que é isso?

– Sei lá – Pelota levantou os ombros.

Geoffrey ficou em silêncio. Sempre pensara que a mulher não podia ter filhos. Mesmo depois de muitas tentativas, promessas e pagamentos aos padres ela nunca engravidara. O homem coçou atrás da orelha. Bem que a achara mais roliça e corada nos últimos tempos. Pensara ser a comida mais farta e a alegria pela companhia dos meninos.

– Será que ela está prenha? – murmurou.

Sorriu e continuou conversando com os meninos sobre guerras e contando vitórias que nunca teve.

– Você acha que os homens vão cumprir suas palavras, eminência? – o bispo Gilbert Glanvill estava tenso.

– Eles cumprirão – Stephen Langton transcrevia mais um trecho da Bíblia. – Eles podem ser arrogantes, rudes e insolentes, mas temem o fogo do inferno e a excomunhão como qualquer camponês, ainda mais se a ameaça trouxer junto o risco de perder terras e dinheiro. Não gosto muito desse método, meu amigo, mas o medo sempre funciona.

– Concordo – o bispo de Rochester se sentou. – Será que o nosso *exército* será suficiente para deter os demônios?

– Não sei, meu amigo – Lord Stephen desenhava uma letra capital com esmero, detalhando-a com imagens de querubins. – É o que temos e o melhor que podemos fazer. Mandei mensageiros para o Rei John e ele disse que suas tropas já estão alocadas para uma nova invasão à França. Pode mandar no máximo trinta arqueiros. Já esperava por essa postura.

– Então temos que rezar muito e pedir aos santos que nos ajudem – o bispo respirou fundo.

– É o que eu tenho feito desde que a primeira morte aconteceu nas cercanias da Catedral – o arcebispo olhou para o amigo. – Acho que Deus deve estar até cheio de tantas súplicas.

– Ele bem que podia nos mandar uma ajuda para equilibrar a balança.

– Podia... – Lord Stephen afiou a ponta de uma pena nova. Cortou o dedo e chupou-o para estancar o ferimento. – Só que eu não acredito que vá acontecer esse milagre. Os milagres estão escassos por essas bandas.

– É... Se me permite vou continuar apegado a essa esperança – o bispo se levantou. – Para não desistir de tudo.

– Você faz bem...

– Com a sua licença, eminência – fez uma mesura.

– Vá com Deus.

O bispo saiu e deixou Stephen Langton sozinho com seus pensamentos. E tudo que vinha à sua mente era dor, sangue e sombras.

O funeral do cônego Jerome foi simples e rápido. Os ânimos estavam cinzentos e uma ventania gelada castigava a pele. Logo viriam o inverno e as privações e sabe-se lá o que mais. O mundo estava diferente.

O arcebispo conduziu o enterro com o semblante sério. Há anos o cônego e ele conviviam, eram amigos, embora não os melhores. Sentiria falta de Jerome, mas não havia tempo para ficar de luto ou remoendo a perda. Faria isso depois, quando os demônios fossem erradicados. Ações precisavam ser executadas e sua mente tinha de estar funcionando plenamente.

– Enfim a morte aliviou o sofrimento dele – o monge esfregava as mãos enrugadas para tentar aquecê-las.

– Ele vivia com dores e se arrastando pelos cantos – o noviço tinha os lábios arroxeados. – Isso não é vida.

– Que Deus o receba – o monge fez o sinal da cruz.

– Ou o Diabo – o noviço falou no pé do ouvido do homem grisalho, sem qualquer artifício para esconder a intimidade.

O monge sorriu e apertou a bunda do noviço de maneira discreta. Deu um passo para o lado, murmurou uma oração para a alma do morto e olhou para o noviço, cobiçoso.

O jovem retribuiu com um sorriso malicioso e fez um sinal com a mão. E eles seguiram devagar, cabeças baixas, respeitosos com os ritos fúnebres, até a cela do jovem, onde toda a dor da morte foi substituída pelo prazer e pelo gozo.

65 soldados, 15 cavaleiros e 27 arqueiros, esse é o nosso exército na Cruzada contra os demônios. Que Deus esteja do nosso lado.

Stephen Langton escreveu em um velino fino, feito a partir do couro de um carneiro jovem, muito bem lavado com cal por vários dias até que todos os pelos fossem removidos, ficando liso e perfeito para uma escrita fina e rebuscada.

O arcebispo queria registrar cada passo para estudos futuros, fossem do sucesso ou do fracasso da missão.

Vinte dias se passaram desde a reunião, quando Jerome morreu de um súbito ataque do coração. Todos os demais membros juraram cumprir o trato que fora acordado, alguns a contragosto. Contudo, uma das peças mais importantes havia sumido. Alessio não voltara à Catedral.

Lord Stephen não sabia do seu paradeiro, tampouco tinha certeza se tudo o que ele dissera era verdade. Ele podia estar blefando, mas o arcebispo não vira maldade nos seus olhos. E ele trouxera uma mensagem lacrada com o selo papal.

Talvez, os demônios o houvessem matado. Talvez ele não tivesse tido sucesso e por isso voltado para a Itália. Ou ainda resolvera se juntar a eles. Havia inúmeras possibilidades.

Stephen Langton decidiu ignorar todas e não contar mais com ele. Alessio agora estava fora dos seus planos.

Três batidas na porta.

– Entre – o arcebispo massageou o pescoço.

O bispo Gilbert Glanvill abriu a porta e fez uma mesura.

– Todos já estão prontos para marchar – o bispo tinha o rosto banhado de suor mesmo com o tempo frio. – Só esperam a sua ordem.

O arcebispo se levantou, puxou o linho que cobria a janela e viu que o Sol brilhava forte. Sentiu-se bem.

– Que assim seja – falou com firmeza.

– Darei a notícia para os homens – o bispo estava sério. – E Vossa Excelência Reverendíssima não virá conosco?

– Um velho como eu, que precisa parar a todos os instantes para mijar, só atrapalharia o ritmo da marcha – riu um riso chiado por causa do catarro que se formava no seu peito. – Ficarei aqui rezando e pedindo ajuda aos santos.

O bispo fitou-o por um instante e logo assentiu com a cabeça. Saiu apressado do aposento.

O arcebispo fechou a porta e prostrou-se de joelhos, com a testa no chão.

– Senhor, receba bem as almas daqueles que hoje perecerão – Lord Stephen tinha lágrimas nos olhos azuis. – Mandei seus filhos para um matadouro.

– Quando você volta? – Abigail entregou uma bolsa com suprimentos para o marido.

– Assim que der eu volto – Geoffrey beijou a sua testa e fez carinho na barriga da mulher, que realmente estava grávida.

– Não se arrisque demais – ela tinha os olhos vermelhos.

– Nunca faço isso – deu uma risadinha.

Montou em sua égua.

– E vocês, cuidem de tudo enquanto estou fora – Geoffrey falou para Orelha, Coelho e Galinha, que estavam parados, sonolentos, ao lado da senhora. Pelota roncava lá dentro e Dedinho dormia abraçado a um cachorrinho que encontrara ao lado do rio.

– Vamos cuidar – Orelha coçou a cabeça.

Geoffrey afagou os cabelos da mulher e galopou para se encontrar com o senhor Ernest. Seu coração estava pesado, pois sabia que os demônios eram praticamente invencíveis.

Ele, entretanto, não hesitaria em fugir assim que aparecesse a primeira oportunidade. Nem ele, nem o seu senhor.

.

.

.

Ernest reunira apenas oito cavaleiros, contando com Geoffrey e ele. Os homens se juntaram aos demais no meio da marcha, liderada por *earl* Gareth, guerreiro experiente que acompanhou Richard I e viu de perto quando o rei foi atingido por uma seta de besta ao andar no perímetro do castelo de Châlus-Chabrol, na França. Ele conseguira juntar um bom dinheiro durante os anos junto ao rei e agora era um homem rico. Vestia uma cota de malha completa e trazia sua espada presa ao cinturão. A bainha era cravejada com pedras preciosas e decorada por fios de ouro e prata. Seu escudeiro puxava outro cavalo com mais armas e um escudo redondo pintado com o seu brasão. Ainda havia uma carroça com barris e mais tralhas.

A marcha serpenteava lenta pela estradinha de terra batida, cruzando de tempos em tempos com mercadores e monges andarilhos. O dia estava claro e o céu com poucas nuvens, apesar do frio por causa do vento constante.

Os aldeões se trancavam em suas casas quando viam o pequeno exército se aproximar. Sabiam das desgraças advindas da guerra, não importava o lado ganhador.

– Os nobres inventam, o povo sofre – um velho murmurou para o filho antes de entrarem no casebre e trancar a porta.

Apenas as criancinhas, inocentes, acenavam e ganhavam uma moeda de pequeno valor ou um naco de comida de algum soldado mais sentimental.

O bispo Gilbert Glanvill cavalgava um pouco atrás, cercado de padres e alguns soldados. Ele tinha o coração acelerado e as mãos trêmulas pelo medo e pelo vento que cortava a pele. Nunca fora um homem de acompanhar campanhas militares, mas prometera ao arcebispo seguir com a comitiva.

Corvos passaram voando, grasnando.

Gareth olhou para cima, rosnou e cuspiu. Não gostava dessas aves agourentas. Jamie, que vinha na retaguarda também viu os vultos negros e tocou o saco. Ele viera com seus dois filhos, os três vestindo gibões de couro velhos e montando cavalos de trabalho, pequenos, mas muito resistentes. Os arqueiros e os soldados seguiam a pé, entediados e confusos, pois pouco lhes fora dito sobre quem enfrentariam.

Nesse caso, o sigilo era importantíssimo, pois se soubessem

o real teor da missão muitos desistiriam, outros zombariam da situação e tudo viraria desordem. Isso seria inaceitável. Soldados eram como ferramentas e precisavam ser manipulados com habilidade e firmeza para funcionarem direito.

– Você tem certeza que eles estão em Ickham, nas ruínas do castelo? – *earl* Gareth abriu a dianteira tendo ao seu lado um homem mais velho, vestindo uma túnica verde e portando apenas uma faca de caça. Ele era chamado pelos amigos de John Mateiro, pois vivia embrenhado pelos bosques e florestas de toda a Inglaterra. Fora contratado pelo *earl* porque tinha grande experiência em seguir trilhas. – Lembre-se que não são simples *pessoas*.

– Se você procura uns infelizes brancos como a neve que saem todas as noites para beber sangue, eles estão lá, senhor – cuspiu. – As mulheres são mais ariscas e por várias vezes precisei me esconder e ficar imóvel como uma pedra, quase sem respirar. As safadas me farejaram ou escutaram meus passos e quase fui pego. Já um rapagão loiro é bem abobalhado. Assim que encontrei seu rastro pude segui-lo sem qualquer dificuldade.

– Já passei por aquele castelo várias vezes e não percebi nada diferente – Gareth fez um sinal e seu escudeiro trouxe um pouco de água para ele beber. – Só um monte de ruínas e plantas crescendo nos vãos da muralha.

– E não há nada de diferente, senhor – John encarou-o. – Eles são bem discretos e ficam entocados, escondidos. Certa noite vi um deles observar do alto da muralha um grupo de caçadores que acampou lá perto. Ele ficou agachado, parado como uma estátua até quase o dia raiar. Só então sumiu nas sombras.

– Já que tocou nesse ponto... – Gareth coçou o queixo. – Como chegaremos sem ser percebidos?

John Mateiro apontou para cima.

– Voando?

O homem não resistiu e gargalhou.

– Chegaremos com a proteção do dia, meu senhor – ele tirou um naco de toucinho defumado de uma bolsa de couro e começou a roer.

– E das nossas espadas – Gareth tocou o punho da sua arma, que ele chamava de Rasga-carne.

– Espero que elas tenham sido muito bem afiadas – John Mateiro olhou para frente e nada mais disse.

Eles continuaram a marcha com o Sol agora alto no céu. Ela

estava mais lenta que o previsto, pois eles não fizeram o caminho mais curto, pela estrada. Em vez disso, dividiram o grupo, indo metade pela margem do rio e a outra metade por dentro da floresta. Cercariam as ruínas pelos dois lados.

– Vamos deixar eles se matarem – Ernest cochichou para Geoffrey enquanto amarravam os cavalos nas árvores. Eles prosseguiriam a pé esse trecho final. – Quero que eles se fodam.

O lacaio assentiu com a cabeça.

– Mesmo com tantos homens não sei se daremos conta dos demônios – o senhor acariciou o focinho do animal, que logo começou a pastar umas folhagens rasteiras. – Se der merda, voltaremos para cá, entendeu?

– Sim, senhor.

– Ótimo, agora vamos e rezemos para os bebedores de sangue já terem ido embora – Ernest seguiu em frente.

– Duvido muito, não temos tanta sorte assim.

Geoffrey deu um tapa no pescoço para tentar matar os mosquitos que sugavam o seu sangue.

Decretei uma trégua a Alessio di Ettore depois que nos reencontramos, agora no meu lar. Vi que ele era um pobre infeliz temeroso, confuso e incerto sobre a sua existência, que acreditava que poderia nos transformar em filhos do seu deus, apesar da nossa *condição,* como ele mesmo dizia. Confesso que pensei em lhe arrebentar a fuça e mandá-lo embora, mas por respeito a Tita não o fiz.

Será que conseguiria?

Pelo que descobri, ele era tão antigo quanto eu, e, mesmo sem aprovar e usufruir o dom que recebera no seu renascimento, era bem forte. Não digo que gostei dele, mas aceitei-o em meu covil. Tita me pediu para ter um pouco de paciência com ele.

– O Alessio é meio turrão e um pouco estúpido – a menina sorriu. – Mas é uma boa pessoa. Se ele parar com esse negócio de Cristo *pra* cá, Virgem Maria *pra* lá, Santo *Cazzo* acolá, você vai ver que ele até que é divertido.

– Se você diz... – Peguei uma aranha que descia pela parede e coloquei-a do lado de uma barata que passeava sobre a cama. Imediatamente ela avançou contra o inseto e picou-o, inoculando o veneno que o paralisou. Arrastou a sua refeição até a teia que formara num canto da parede e começou a enrolá-la na seda fina.

– Vai por mim – Tita se levantou e estava prestes a partir

quando se virou e disse: – E acho que toda a ajuda que tivermos será bem-vinda.

– Para quê?

A menina não respondeu. Saltou e sumiu na noite.

– Odeio esses enigmas – resmunguei. – Essas mulheres ainda me matam.

.

.

.

As noites passavam como todas as outras da minha longa vida. Liádan e Stella tentavam mostrar outras verdades sobre a nossa existência para Alessio. Ele começou bem relutante, os valores cristãos o cegando, mesmo sendo patéticos. Foi amolecendo ao longo do tempo. Eu não tinha paciência para isso.

Saía para caçar todas as noites, para me entreter com os papos nas tavernas, para me enfiar no meio das tetas macias das prostitutas ou apenas para observar o mundo. E tudo estava silencioso demais.

Arrumei brigas por diversão, bati, apanhei, quebrei dentes e também sangrei apenas para me sentir vivo. Bebi de donzelas e, além de saciar a sede, saciei todos os meus instintos primais. Eu gostava de ser Harold Stonecross, o imortal.

As minhas amantes me contaram que o italiano se alimentou de doentes, velhos e alguns ladrõezinhos baratos nas últimas noites. Na verdade durante boa parte da sua vida ele tirava seu sustento dos moribundos e fracos. Ele não sabia o que era bom. Apesar de ser da mesma terra da Raposa, eles eram tão diferentes! Ela era expansiva e segura. Zombeteira, aliás. Não perdia uma chance de me fazer passar vergonha, fosse imitando Loki ou me imitando enquanto os demais gargalhavam. Eu era a vítima preferida das suas ironias, principalmente quando me chamava de "poderoso Harold Stonecross". Ele, fechado e cheio de dilemas banais. Um cristão que acreditava ter fé, mas que na verdade tinha apenas medo e uma solidão amargurada. Tanto que suas convicções se esfacelaram como areia ao vento na primeira chance de conviver com outros como ele. Alessio era o mais previsível dos seres. Um imortal que nunca deixou o espírito camponês de lado.

Convivíamos bem no nosso lar em ruínas. Eu preferia ter ao meu lado somente Stella e Liádan, porém sair da rotina foi interessante. Ouvir histórias de outros lugares e outros deuses me fez ter vontade de ir até a velha Itália.

– Quero voltar em breve para lá – Tita jogou um pouco mais de galhos secos na fogueira.

– Eu posso ir com você? – Ralf atirou uma pedrinha nas brasas, fazendo fagulhas subirem e dançarem no ar até se tornarem cinzas e desaparecerem.

– Claro que pode, meu querido – ela afagou os cabelos loiros. – Só espero que aguente bem a travessia pelo oceano.

– Eu quase morri – Alessio agora não vestia mais seu hábito fedorento. Usava as roupas que roubou no varal de alguma casa. – Engasguei e bebi tanta água salgada que até hoje cuspo com o gosto do mar. Acho que devo ter engolido umas ostras com casca e tudo.

Rimos.

– Me diga, meu amigo – Tita tocou o braço peludo de Alessio –, quando você vai arranjar uma companheira?

– Preciso mesmo – ele coçou a nuca, meio envergonhado. – Agora que *desisti* da minha santa missão, acho que posso cuidar disso.

– Confesse que não há santa missão que resista a uma xoxota quente – a menina piscou. – E se me desculpa a intromissão, nunca senti a sua alma tão convicta assim. A sua fé parecia as ondas do mar. Instável, com momentos de calmaria e outros de mar agitado, não é?

Alessio olhou para o chão encabulado, pois a amiga acabara de desnudar a sua mente e o seu espírito.

– Bem, acho que o Harry pode dividir com você, afinal ele tem a Lili e a Stella, não é?

Alessio olhou para as duas lindas mulheres com um sorrisinho maroto nos lábios.

– Nem pense nisso – rosnei.

Uma lufada de vento frio quase apagou o fogo.

– Uau! – Tita bateu palmas. – O nosso Harry aqui é ciumento!

– Vamos deixá-lo acreditar que ele é o lobo líder do bando – Stella piscou para mim.

– Sabe o que estamos parecendo? – risquei a terra com a unha, fazendo um desenho qualquer. – Um bando de jovens fuxicando ao redor da fogueira.

– Sinto saudades das festas de Beltane – Liádan encarou o fogo.

– O que é Beltane? – Tita perguntou.

– É quando celebramos a chegada do verão e a fertilidade dos homens e da terra – Liádan colocou a mão sobre o fogo.

– E vocês trepavam durante as festas? Porque em Roma,

quando havia festas era só sexo, comida, vinho e vômito, e tudo isso outra vez e de novo.

– Meu Deus – Alessio ainda se espantava com a amiga.

– O povo da Cidade Eterna sabe o que é bom – a menina divertiu-se.

– Nos tempos remotos, nosso povo também festejava oferecendo o prazer e o sangue dos amantes para a fertilidade da terra – Liádan se levantou. – Contudo, com a Igreja apertando cada vez mais o cerco e colocando as suas garras no pescoço das pessoas, muitas tradições foram sufocadas, permanecendo vivas apenas em lugares escondidos e acontecendo em segredo. Outras foram esquecidas.

– Eu sinto vontade de arrebentar com a Igreja – Tita socou a palma da mão. – Se tivesse um exército, iria destruir uma por uma, do mundo todo. Por enquanto o que posso fazer é dar bons sustos nos velhotes rezadores!

Alessio ameaçou protestar. Manteve-se quieto. Sabia que suas palavras de nada adiantariam.

Papeamos durante a noite, contamos histórias, cantamos canções antigas e rimos como havia muito tempo não fazíamos.

– Gostei de ter conhecido vocês – Raposa olhou um a um –, foi muito bom mesmo.

Percebi certa tristeza no ar. Liádan e Stella se despediram e se retiraram, Ralf parecia alheio a tudo. Tita, Alessio e eu nos entreolhamos sem nada dizer.

Corvos grasnaram em algum lugar. Hugin e Mugin, as aves de Odin deviam estar nos observando. Será que algo importante estava para acontecer?

Tita se levantou, Ralf a seguiu.

Fiquei mais um pouco ao lado de Alessio, sem dizer nada. O dia logo surgiria, então segui para o nosso covil secreto.

– Você vem?

– Não, quero apreciar um pouco mais a paisagem – Alessio olhava para o horizonte. – Não se preocupe, sei de esconderijos que podem me abrigar. Vá em paz.

Afastei-me e fui me aninhar nos braços das minhas amadas.

Adormeci.

– Bom dia, senhora Abigail – Dedinho acordou todo descabelado e com a baba seca no canto da boca.

Ele se sentou num banquinho e se debruçou sobre a mesa, ainda sonolento.

Abigail colocou um pouco de leite de ovelha recém-tirado em uma caneca de barro e cortou uma fatia generosa de queijo.

O menininho demorou a tocar na comida, ainda não despertara por completo.

– Onde eles estão? – deu um gole no leite.

– Os meninos foram ver se pegaram peixes nas armadilhas, depois iam ajudar o Bill a limpar o celeiro.

– E o Geoffrey? – espirrou, fazendo dois fios de ranho ficarem pendurados no nariz. Limpou na manga da camisa e enfiou um pedaço do queijo na boca.

– Ele precisou ir lutar junto com o senhor Ernest – Abigail estava apreensiva.

– Contra quem? – o menininho bebeu mais leite.

– Bem... – a senhora sentou-se ao lado dele –, contra quem está matando a nossa gente.

– Os demônios?

– Sim, meu querido – ela acariciou os cabelos desgrenhados. – Agora coma e vá ajudar os outros.

Ele continuou seu desjejum em silêncio. E assim que terminou pegou o seu casaco surrado, a sua faca e saiu.

.

.

.

– Caramba! – o gorducho colocou as mãos no rosto. – Só *sobrô* a cabeça e o rabo.

– Veja quantos peixes comidos têm na margem – Orelha apontou.

– Você quer dizer só as espinhas, né? – Coelho pegou a armadilha destruída e jogou no meio do rio.

– Deve ter sido um bando de lontras – Galinha agachou-se e mostrou para os amigos as pegadas na lama.

– Filhas da puta! – Pelota aproximou-se. – Essas gulosas não deixaram nada.

– Igual a você quando senta para comer – Galinha se levantou. – Lambe até a mesa.

– Seu idiota – o gorducho deu um empurrão no magrelo, que se desequilibrou e caiu de bunda dentro da água.

– Que frio! – ele gritou e saiu correndo do riacho. – Meu saco congelou.

Os amigos riram. Pelota já se preparava para apanhar, mas Galinha também estava se divertindo. Dessa vez o gorducho tinha escapado de uma bela surra.

– Preciso correr – Galinha tremia. – Estou com frio!

– Vamos até o bosque ver se as amoras silvestres já amadureceram – Orelha sugeriu.

– Não vamos chamar o Dedinho? – Coelho falou. – Ele estava ansioso para comer as amoras.

– Ele deve estar dormindo ainda – Pelota lambia os beiços. – E tem vários pés carregadinhos. Não vamos conseguir *comê* tudo.

– Você consegue – Galinha provocou e correu.

– Pode ser – Pelota seguiu-o.

Os outros dois amigos saíram em disparada. E depois de poucos passos já ultrapassavam o gordinho que ficara para trás, ofegante e reclamando.

– Minha sandália partiu – mentiu ele. – É sério. Me espera!

– Quem chegar por último vai beijar o bode! – Coelho gritou, já subindo o morro.

– Quem chegar por último vai beijar a bunda do bode – Galinha emendou.

– Um beijo bem no meio do olho enrugado! – Orelha correu de costas, olhando para o gorducho. Virou-se e avançou ligeiro morro acima.

– Filho de uma vaca manca – Pelota xingou, ofegando e tropeçando nos próprios pés. – Eu *odeio eles*. Odeio.

Eles se embrenharam no bosque até encontrar os pés de amoras silvestres carregados com os frutinhos escuros. Correram até eles e começaram a se deliciar, pintando as mãos e as roupas de roxo.

Demorou um pouco até o gorducho aparecer, mãos nas costas e os cabelos empapados de suor.

– Aqui em cima tem umas maiores e mais doces – Coelho escalou os galhos finos, mas resistentes.

– Oba! Vou aí – Pelota se preparou para subir.

– Você vai quebrar o galho, isso sim – Coelho tinha a boca cheia.

– Vá se ferrar, Coelho – o gorducho irritou-se. – Pode ficar aí, aqui embaixo tem muitas docinhas.

– Hoje vai ser dia de cagarmos colorido – Galinha estava sentado num galho balançando as pernas.

– E ter uma dor de barriga daquelas – Orelha ainda mastigava as frutinhas.

– A gente vai ter que voltar aqui com o Dedinho – Coelho brincava com uma lagarta.

– Eu não aguento – Galinha bateu na barriga. – Só se for amanhã.

– E se a gente não contasse nada? – Coelho falou com a boca cheia.

– O moleque é esperto, ele vai perceber – Orelha apontou para a roupa pintada de roxo.

– Eu volto com ele – Pelota não parava de comer, passava de árvore em árvore na sua insaciável busca pelos frutos mais maduros. – Agora deixa eu subir aqui para pegar aquela... Ei, que zumbido é esse? Caralho! Abelhas!

O gorducho saiu correndo, com as abelhas enfurecidas picando suas orelhas, nuca e braços.

– Puta merda – Coelho gritou, pulou do alto da árvore e correu.

– Seu gordo de bosta – Orelha dava tapas no corpo para espantar as abelhas. – Não viu que tinha uma colmeia?

Pelota não respondeu, apenas corria e chorava por causa das ferroadas. E dessa vez ele não foi o último a chegar ao pequeno fosso formado por uma cachoeirinha. Atirou-se na água e mergulhou até ficar totalmente encoberto. Os três pularam logo em seguida e fizeram a mesma coisa. Até as abelhas desistirem da perseguição.

– Acho que elas já foram – Coelho colocou a cabeça para fora d'água, tremendo.

– Então vamos sair e fazer uma fogueira – Pelota saiu da água, foi juntar galhos e um pouco de cascas de árvore e musgo seco para fazer uma mecha para o fogo.

– Você está com o sílex, Galinha? – Orelha esfregava o seu corpo vigorosamente.

– Estou – o menino pegou a pedra e a faca.

Pelota já tinha preparado a madeira e segurava a mecha, trêmulo. Galinha bateu a faca uma, duas, três vezes até conseguir uma faísca forte o suficiente para acender as cascas e o musgo.

O menino assoprou um pouco para aumentar as labaredas e enfiou a mecha no meio dos galhos secos. Assim que a fogueira estava formada, os meninos tiraram as roupas e penduraram-nas nos arbustos próximos. O fogo se intensificou, alimentado por mais madeira podre atirada na chama por um dos garotos. Logo eles já estavam aquecidos.

– Precisamos arrancar esses ferrões – Coelho falou olhando para as picadas meio inflamadas.

– Como a gente faz isso? – Pelota passava o dedo pelo inchaço na sua nuca.

Coelho olhou ao redor e viu um arbusto espinhento. Quebrou quatro agulhas e deu para os amigos.

– Pronto – sorriu –, só não façam muita força. Se a ponta do espinho quebrar dentro da pele vai dar merda.

Eles começaram o dolorido trabalho, fazendo caretas.

– Quinze picadas – o gorducho tinha a pele salpicada de pontos vermelhos.

– Oito – Coelho acabara de tirar um ferrão do seu pulso.

– Seis – Galinha tinha lágrimas nos olhos.

– Duas – Orelha sorria.

– Safado sortudo! – Pelota resmungou. – Acho que levei um monte de picadas nas costas. *Tá* ardendo.

– A minha também – Coelho fez uma careta. – Vamos, cada um tira os ferrões das costas do outro.

Os amigos se ajudaram e continuaram a ingrata tarefa.

– Ai minha bunda! – Pelota resmungou – Você *tá* fazendo de propósito.

– Fica quieto, não tenho culpa que sua bunda é tão grande que virou alvo – Coelho segurava o riso.

– Eu *tava* de calças. Como elas me picaram?

– Suas calças sempre estão caindo. Você vive mostrando o rego – Galinha acabara de tirar um ferrão da nuca do Orelha.

– Muito engraçado – o gorducho pulava a cada picada proposital na bunda. Há muito tempo Coelho já havia tirado todos os ferrões do amigo. – Melhor ser gordo do que parecer uma lombriga cagada. Ai meu rabo! – Levantou-se. – Chega! Se tiver mais ferrões eles vão ficar aí.

Coelho jogou o espinho fora e foi até a cachoeirinha beber um pouco de água.

– Que cheiro ruim! – o menino falou fazendo uma careta.

– O Pelota deve ter se cagado por causa da dor – Orelha zombou.

– Não... – Coelho fungou o ar. – É cheiro de coisa morta.

– Deve ser um bicho então – Galinha vestiu as roupas praticamente secas.

Os amigos se vestiram e foram investigar de onde vinha o cheiro.

– A gente não sentiu antes porque o vento *tava* soprando do outro lado – Pelota fungou.

– Verdade – Coelho concordou.

– Acho que vem lá de cima – Galinha apontou para o barranco de onde caía a água da cachoeira.

Os quatro subiram e andaram alguns passos, o fedor se intensificando, ardendo nas narinas.

– Pela Mãe de Deus – Galinha fez o sinal da cruz quando viu o cadáver.

– Vou vomitar – Pelota tapou o nariz.

– Sai daqui, gordão – Coelho ralhou com o amigo.

Era o corpo de um padre, já bem decomposto e com os vermes saindo dos olhos e da boca.

– Bem, acho que enfim sabemos onde foi parar o padre Will – Orelha fez o sinal da cruz.

– Eu gostava dele – Pelota fez ânsia. – Ele era bom.

– Caramba – Coelho olhou para o morto com nojo –, esses demônios não perdoam nem os homens da Igreja.

– Por isso é que são demônios – Pelota replicou.

– Tomara que consigam acabar com eles – Galinha fuçou o morto em busca de moedas, mas nada encontrou.

– É – Pelota cuspiu.

– Vamos embora? – Coelho já se afastava. – Esse cheiro vai grudar na nossa pele.

Os quatro amigos voltaram, satisfeitos e doloridos, contando histórias, bolando traquinagens e novas aventuras.

Veni, Sancte Spiritus, reple tuorum corda fidelium: et tui amoris in eis ignem accende.

V. Emitte Spiritum tuum, et creabuntur.
R. Et renovabis faciem terrae.

Oremus. Deus, qui corda fidelium Sancti Spiritus illustratione docuisti: da nobis in eodem Spiritu recta sapere; et de eius semper consolatione gaudere.

Per Christum, Dominum nostrum. Amen.

O arcebispo Stephen Langton estava prostrado de joelhos na capela de Santo Anselmo. Já que não fora junto com os homens, usaria todas as suas energias em orações fervorosas. Não sabia se dariam qualquer resultado. No entanto, isso era tudo que ele podia fazer.

Pediu para não ser incomodado, então durante o dia ninguém mais usaria a capela. Ele jejuaria e não descansaria até a comitiva voltar. Com o sucesso ou o fracasso.

Estava apreensivo, não sabia se tinha tomado a decisão certa. Será que havia esgotado todas as possibilidades?

– Apenas obedeci às ordens do Papa – murmurou.

Isso não o fez se sentir melhor, tampouco menos culpado.

– Onde está Alessio?

Eram muitas perguntas e tão poucas respostas.

O chão de pedra estava frio e seus ossos fragilizados pela idade doíam. Ainda assim era uma ínfima penitência.

Veni, Sancte Spiritus, reple tuorum corda fidelium: et tui amoris in eis ignem accende.

V. Emitte Spiritum tuum, et creabuntur.
R. Et renovabis faciem terrae.

Oremus. Deus, qui corda fidelium Sancti Spiritus illustratione docuisti: da nobis in eodem Spiritu recta sapere; et de eius semper consolatione gaudere.

Per Christum, Dominum nostrum. Amen.

Repetiu a oração, lentamente, a voz rouca e firme, que ecoou pela capela e pelos corredores. Dois monges que passavam por perto fizeram o sinal da cruz. Um cachorro se coçava num canto. Bocejou e voltou a dormir.

O arcebispo queria um sinal de Deus para saber se estava no caminho certo. Balançou a cabeça, não tinha mais idade para se iludir. Em toda a sua vida monástica nunca recebera um sinal sequer.

– Que as lâminas dos guerreiros sejam tocadas pelo Espírito Santo – deitou-se, colocando a testa no chão. – E que o mal não consiga destruir o espírito deles. Esteja com aqueles homens, meu Deus.

O fogo das velas bruxuleava com a corrente de ar que entrava pela janela, cantando uma canção melancólica.

– Que os enviados de Satanás pereçam e que a justiça de Deus prevaleça – lampejos de almas em chamas e de demônios vermelhos e sorridentes vieram-lhe à mente. Viu lindas mulheres nuas e com as bocas sujas de sangue, convidando-o para estar com elas. E viu deuses antigos, havia muito esquecidos, zombarem de Jesus crucificado.

Stephen Langton abriu os olhos, o velho coração acelerado.

Sentiu-se observado. Não havia ninguém ao redor. Sentiu a capela pequena, como se as paredes o quisessem esmagar.

Piscou. Elas estavam no lugar de sempre.

– Por que não aparece? Que magia é essa? – ele estava trêmulo, pedindo a presença de algo invisível, talvez inexistente. – Na casa de Deus você não tem poder!

Sentiu uma respiração na sua nuca. Virou-se. Nada. Teve a impressão de ouvir gargalhadas distantes, graves, agourentas.

Levantou-se, sentiu tontura. Cambaleou até a parede onde ficava um grande crucifixo de madeira. Tocou os pés de Cristo, murmurou uma prece e isso lhe fez bem.

– Senhor...

A oração foi interrompida. A grande escultura rangeu e soltou-se de um dos apoios, ficando torta para o lado, tombada.

– Santo Deus! – o arcebispo levou as mãos à boca. – Isso nunca aconteceu...

O Cristo caído era perturbador. Era como se o sofrimento entalhado no seu rosto de madeira escura houvesse se intensificado.

Lord Stephen tentou arrumar a cruz. Ela não se moveu. O vento zuniu ainda mais forte e os suportes rangeram. O arcebispo deu um passo para trás. A cruz não caiu. Podia chamar alguém para ajudá-lo a arrumar o estrago. Preferiu prostrar-se de joelhos novamente e rezar, mesmo com todas aquelas imagens lhe assolando a mente quando fechava os olhos.

– Não me deixeis cair em tentação – falou com força e convicção.

As velas quase se apagaram e, mesmo sendo dia, o interior da capela estava escuro, como se envolto por alguma sombra, por uma presença que drenava todas as energias do arcebispo.

– São Miguel Arcanjo, defendei-nos no combate. Sede vós o nosso escudo e proteção contra as maldades e ciladas do demônio. Ordenai-lhe, Deus, instantemente vos pedimos, e vós, príncipe da milícia celeste, pelo Divino Poder, precipitai no inferno a Satanás e a todos os espíritos malignos que andam pelo mundo para perder as almas. Assim seja! – a tontura ficara pior e o arcebispo precisou pôr as mãos no chão para não tombar.

Arrastou-se até um banco. Havia uma jarra de água. Colocou um pouco no copo. Estranhou o líquido vermelho que escorreu brilhante.

– Vinho? – franziu o cenho. – Trouxeram a jarra errada?

Levou o copo à boca e molhou os lábios. Cuspiu logo em seguida.

– Sangue! – o gosto ferroso o enojou.

Vomitou um caldo amarelado, devido ao estômago vazio.

– Você não tem poder aqui, serpente maligna! – o arcebispo colocou-se de pé, com dificuldades, e encarou o vazio com seus olhos azuis. – Você não vai triunfar!

A jarra com sangue caiu e se espatifou no chão, e logo o líquido vermelho começou a evaporar e formar uma névoa rubra. E essa névoa juntou-se na forma de um homem, muito esguio e muito magro, de olhos vazios. Veio lentamente em direção de Lord Stephen, que começou a recuar até bater as costas na parede fria.

– Senhor Jesus, se algum mal foi feito sobre mim, sobre a minha alma, sobre o meu corpo, com o vosso poder, pela vossa misericórdia, pelo vosso divino querer, fazei com que eu deste momento em diante possa retornar em plena graça, em completa saúde e em perfeita união com o querer da Santíssima Trindade. Eu vos peço, ó Jesus, pelos vossos méritos, pelo vosso sangue precioso derramado sobre a cruz, pelas dores da Virgem Mãe e pela intercessão do Patriarca São José e para glória da Santíssima Trindade. Amém! – balbuciou a reza decorada muitos anos antes.

A névoa avançou e envolveu o velho arcebispo, que desmaiou logo em seguida.

E a luz voltou para a pequena capela de Santo Anselmo.

– Chegamos, senhor – John Mateiro apontou para o castelo em ruínas que ficava na clareira logo adiante. – É daqui que eles saem todas as noites.

Earl Gareth ordenou que seus homens ficassem em silêncio. Não sabia com o que estava lidando, então toda cautela era necessária. Não temia nenhum homem ou exército, já matara muitos inimigos e também sentira o bafo podre da morte por três vezes. Já o sobrenatural ele nunca havia combatido. E até pouco tempo atrás riria se alguém sugerisse algo do tipo. Ia à igreja por obrigação. Sua fé estava no gume de sua espada.

– John – o *earl* tocou no ombro do homem e lhe entregou uma bolsinha de couro com o pagamento acordado. – Vá e encontre o outro grupo perto do rio. Guie-os até o local combinado. Depois pode ir embora.

– Obrigado, senhor – fez uma mesura. – Que Deus esteja com você.

– Amém – respondeu metódico. – Acho que de nada adianta a presença Dele agora – murmurou entredentes.

Tocou o punho da espada, seu verdadeiro amuleto, e foi observar mais de perto o castelo. Arriscou-se aparecer na clareira. Sabia que o dia lhe trazia proteção, pois desde que os ataques começaram sempre aconteciam durante a noite. O próprio Stephen Langton comentara sobre isso.

– São seres das sombras, repudiam o Sol e até se ferem com ele – o velho arcebispo respondera à dúvida do prior Esmund durante a fatídica reunião.

Rosnou e cuspiu. Observou por mais um tempo o castelo abandonado. Nada, nem uma viva alma.

– Eles devem mesmo temer o Sol como o lobo teme o fogo – fungou.

E como um bom estrategista militar Gareth sabia que as vitórias geralmente advinham das fraquezas dos inimigos. Fez um sinal para um dos seus homens, que se aproximou.

Era conhecido como Rato, pois conseguia ser sorrateiro como nenhum outro e executar com perfeição o trabalho sujo. Gareth o achava repugnante, porém muito útil.

– Vamos até lá – o *earl* apontou para o castelo. – Precisamos achar a pocilga deles.

Rato sorriu com os dentes podres.

Demorou um tempo até Gareth tirar sua cota de malha. Ela fazia muito barulho, só atrapalharia. Ficou apenas de camisa e calça. Manteve o cinturão da espada, apesar de saber que ela seria inútil caso fossem atacados. Dois homens eram presas fáceis.

Eles andaram devagar, observados pelos soldados. Começou a ventar novamente, fazendo as folhas amareladas das árvores caírem aos montes.

Gareth e Rato circundaram o castelo, queriam ter certeza de que não havia nenhuma entrada escondida para o covil dos demônios.

– Quantos são? – Rato puxou umas heras e folhagens que cresciam na muralha. Encontrou somente a parede de pedra.

– Não sei – o *earl* estava tenso, segurando o punho da espada. – Dois, três, dez... Quem sabe! Só sei que vamos ter que acabar com essa praga e arrancar de uma vez essas ervas daninhas da terra.

– Hunf – Rato resmungou.

– Tem dois cavalos pastando lá na frente – Gareth colocou a mão sobre os olhos para se proteger do Sol. – Será que são nossos?

– Estão sem selas – Rato espremeu os olhos. – Acho que não.

– Então são dos demônios – uma gota de suor escorreu pelas costas. – Porra, eles estão aqui mesmo. Vamos lá para dentro.

Rato assentiu e se adiantou passando por um vão na muralha.

– Vamos ao inferno! – Gareth praguejou e seguiu o homem até o pátio de armas coberto por escombros.

O ar era pesado, como se uma morte antiga habitasse aquele local. Os escombros estavam cobertos de musgos e folhas secas, como em um túmulo esquecido.

– Tem certeza de que eles estão aqui? – Rato agachou-se.

– Tenho – o *earl* estava convicto. – Ponho a minha mão no fogo pela palavra do John Mateiro.

– Então esses vermes estão mais escondidos que imaginamos – levantou-se e continuou procurando.

Rato escalou a parede da torre de menagem até uma porta que estava aberta e dava em um aposento luxuoso, com uma cama grande e lençóis bem acabados. Vazio.

– Há uma cama aqui – gritou. – Agora não tenho certeza se é onde eles dormem.

– Desça, Rato. Algo me diz que eles vão estar entocados em algum buraco escuro.

O homem desceu com a mesma habilidade com que subiu. Continuaram vasculhando o castelo em ruínas, temerosos com um encontro de surpresa. Apenas passarinhos e ratos do mato cruzavam o seu caminho.

– Tem um poço aqui – Gareth tirou umas tábuas e vigas caídas sobre o buraco. – Eles podem estar lá embaixo.

Rato pegou uma pedra e atirou-a dentro do poço. Ouviu o baque na água.

– Só se eles fossem peixes, senhor.

Gareth grunhiu de raiva e frustração. Continuaram esquadrinhando o grande terreno em busca de pistas.

Encontraram uma abertura na muralha, próxima à torre de menagem. Estava escuro lá dentro. *Earl* Gareth hesitou.

– Vá lá e pegue uma tocha na carroça de suprimentos – ordenou ao Rato. – E já deixe os homens de sobreaviso.

Rato correu enquanto o seu senhor sentia o coração querer sair pela goela.

– Dia de merda – praguejou. – Era melhor ter ficado fodendo a minha mulher do que vir cumprimentar o demônio.

O vento soprou mais intenso e as nuvens cinzentas e densas começaram a encobrir o Sol.

Earl Gareth olhou para cima. Não gostou do que viu. Seu maior aliado estava sendo camuflado.

– Bosta – chutou uma pedra. – Nem Deus está do nosso lado. Para que servem as orações que os homens da Igreja tanto fazem?

.

.

.

Rato surgiu e o *earl* levou um susto.

– Isso é jeito de aparecer, seu cu de porco? – se estivesse com a bexiga cheia teria se mijado.

O homem nada disse e entregou uma das tochas a Gareth.

– Vamos ver o que tem lá dentro de uma vez por todas – o senhor adiantou-se.

Acenderam as tochas, Gareth sacou sua espada e Rato um punhal. Entraram na abertura pé ante pé, tentando manter a respiração sob controle. Seguiram até o interior da torre de menagem. O local estava todo revirado. Havia madeiras, tapeçarias e mobília jogadas por todos os lados. O cheiro de pó e umidade sufocava e por duas vezes o *earl* conteve a tosse.

Rato se adiantou e apontou para um alçapão no chão. Era feito de madeira grossa reforçada com barras de ferro e rebites. O homem pegou no anel de metal e puxou-o. Gareth deu um pulo para trás, mas o alçapão sequer se mexeu.

– Está trancada por dentro – fungou –, e bem trancada. Eles devem estar aí.

O senhor analisou bem o alçapão e fez uma careta.

– Vai ser difícil abrir essa merda – coçou a cicatriz na bochecha. – As dobradiças são novas e estão bem chumbadas. Aliás, eles foram espertos e devem ter trocado o alçapão velho.

De fato a madeira e o ferro estavam intactos, o que não condizia com a situação geral do castelo.

– Como vamos abrir? – Rato puxou o anel de metal dessa vez com mais força. Nada.

O *earl* começou a andar de um lado para o outro, pisando duro e cofiando a barba falhada.

– Uma corda e um cavalo – sorriu –, vamos tentar arrombar.

Ele saiu correndo, Rato logo atrás. Chegou rápido onde estavam os homens. Bispo Gilbert Glanvill se adiantou.

– Achou o covil dos demônios?

– Sim – respondeu Gareth, seco. Pediu água para o seu escudeiro e esvaziou o odre com cinco goles longos.

– Mais – atirou o recipiente de couro para o jovem, que correu até uma nascente que ficava próxima.

– Onde eles estão? – O bispo estava ansioso, as mãos irrequietas ao lado do corpo.

– Num alçapão dentro da torre de menagem – tomou o odre de um dos homens e bebeu o restante da cerveja aguada.

– Alçapão? – o bispo olhou para o céu totalmente encoberto.

– Sim, a merda de um alçapão – assoou o nariz e o catarro caiu no pé do bispo –, e para o nosso azar, bem reforçado.

– E como vamos abrir? – o bispo sequer piscava.

– Vamos tentar arrombar com uma corda e um cavalo.

– Que Deus esteja conosco!

– Amém – a palavra saiu como um rosnado.

– Por que *ceis* demoraram tanto, seus pestes? – Bill estava de mau humor.

– Foi mal, Bill – Orelha mostrou as palmas das mãos –, é que tivemos que fugir de um enxame de abelhas.

– Abelhas... Sei... – escarrou. – Vocês estavam de vadiagem por aí.

– Poxa Bill! – Coelho se aproximou. – Olha aqui as marcas das picadas.

O homem magrelo olhou para as marcas nos corpos dos garotos, virou-se e continuou a limpar o celeiro.

– Bem feito! – pegou um rastelo e começou a puxar a palha velha para fora. – Deus castiga quem fica de vadiagem.

– Cacete, Bill – Pelota protestou. – A gente sempre te ajuda.

– Estou vendo... – encarou o gorducho. – Agora chega de falar. Vamos arrumar tudo, porque preciso acabar isso ainda hoje.

Os meninos, meio a contragosto, pegaram vassouras e pás e ajudaram na faxina. Logo chegaria o inverno e os animais ficariam abrigados ali noite e dia.

– As minhas costas estão doendo – Pelota largou a vassoura, tinha juntado apenas um montinho de sujeira.

– É o peso da sua barriga que faz elas doerem – Coelho carregava uma escada. Iria subir no telhado para tapar os vãos.

– É o peso do meu pinto – o gorducho irritou-se.

– Você ainda consegue ver o seu pinto? – Galinha trazia um fardo de palha para o telhado.

– Não consigo – aproximou-se do magrelo soltando o cordão que segurava as calças –, abaixa aqui e dá uma olhadinha para mim, seu puto!

Os meninos riram, mesmo o sisudo Bill deixou escapar um sorriso.

– Vê se prende essa palha direito, Coelho – o homem olhou para cima. – Senão no primeiro vento ela voa. E vai ventar bastante nos próximos dias.

– Pode deixar – o moleque gritou de cima do telhado. – Caramba, está cheio de ratos aqui em cima.

– Eles sobem aí para se esconder dos gatos – Galinha subia a escada com o fardo nos ombros.

– Os gatos daqui comem tantos restos de comida que são preguiçosos e gordos, como o Pelota – Orelha pregava uma tábua solta no silo onde estocariam os grãos de trigo.

– Me esquece! – o gorducho saiu do celeiro.

– Aonde você vai? – Bill assoviou.

– Vou no poço beber água.

– De novo? Você já saiu três vezes.

– Da primeira vez eu fui cagar – o gorducho já estava se distanciando.

– Volte aqui, seu peste!

– Estou com dor nas costas – gritou e sumiu.

– Se fosse o meu filho eu daria umas boas varadas – Bill resmungou. – Até a bunda ficar cheia de vergões. Preguiçoso.

– Ei – Orelha parou de martelar. – Por falar em preguiçoso, cadê o Dedinho?

– O safado deve ter ficado conversando com a senhora Abigail só para fugir do serviço – Galinha já subia novamente a escada com outro fardo de palha.

– A gente pega ele no almoço – gritou Coelho lá de cima.

– É, eu já estou ficando com fome – Galinha desceu a escada e foi buscar o último fardo.

– Quanto menos vocês ficarem de mexerico, mais rápido acabam – Bill afiava o machado que usaria para cortar lenha. – Quando eu tinha a idade de vocês, se eu ficasse de mexerico o meu pai me dava um belo tabefe na orelha. Hoje os adultos não sabem mais educar as crianças.

– Ô *véio* ranzinza – Orelha retrucou.

– O que você disse? – Bill parou de limar a lâmina do machado.

– Eu disse "o céu *tá* cinza" – Orelha engoliu em seco, temendo um cascudo.

Bill olhou para cima, pela fresta no telhado de palha.

– Está mesmo – coçou o nariz. – Acho que vai chover. Termina logo com esse telhado, Coelho!

Orelha e Galinha tiveram que conter o riso.

Continuaram trabalhando duro. Em compensação, Pelota deitou-se na grama ao lado do poço e adormeceu.

.

.

.

– Vamos jogar água nele? – Coelho apontou para o gorducho dorminhoco.

– Que tal se a gente pegar um punhado daquelas lagartas fedidas e colocar na cara dele? – Orelha opinou.

– Com o sono pesado que o gordão tem, elas podem entrar dentro da boca dele que ele não vai nem acordar – Galinha limpou o suor da testa.

– Já sei – Coelho correu e pegou um pouco da palha seca caída na porta do celeiro.

Arrumou com cuidado a pequena mecha no meio dos dedos do pé de Pelota. Galinha, ligeiro, fez uma faísca com o sílex e a faca e acendeu a palha.

Correram e se esconderam atrás da carroça enquanto o fogo começava a consumir devagar a mecha, tal como num pavio de vela.

– Agora vai – Orelha apontou para o fogo que quase tocava os dedos do menino.

– Ai, ai! – Pelota acordou berrando, assustado e sem conseguir tirar a palha que se enroscou nos dedos e na sandália de couro. – Tá queimando!

Os meninos caíram na gargalhada.

– Ahahah – Coelho se contorcia no chão. – Eu vou me mijar.

Pelota percebeu e correu mancando na direção deles, os dedos ardendo e escurecidos.

– Seus veados! – gritou. – Vou arrebentar a cara de vocês e...

Bill apareceu e pegou o gorducho pela camisa.

– Ah, então você está aqui? – puxou a orelha de Pelota que começou a soltar gritinhos agudos. – Tenho um serviço para você.

– Eles queimaram o meu pé – tentou em vão se desvencilhar, tomou um puxão ainda mais forte na orelha. – Vai formar bolha e...

– Meninos que ficam de vadiagem merecem castigo.

– Eu não tava de vadiagem – choramingou. – Eu passei mal e deitei um pouco para ver se...

– Tava de vadiagem sim – levou o gorducho até o galinheiro.

– E o seu castigo vai ser raspar toda essa titica e colocar no balde *pra* gente *usá* como adubo.

– Ah não! – uniu as mãos em prece. – Por favor, prometo não fazer mais isso...

– Anda, moleque – quero ver esses poleiros limpinhos.

– Agora é o almoço, *tô* com fome – começou a ficar vermelho e as lágrimas rolaram pelas bochechas.

– Trabalhe rápido que você come logo – Bill se afastou assoviando.

Pelota, resignado, entrou no galinheiro e começou a fazer o serviço.

– Parem de cagar um pouco! – chutou uma galinha que acabara de sujar um pedaço que ele já tinha limpado. Gritou de dor por causa dos dedos queimados.

– Prometo em nome da Virgem Maria que nunca mais eu durmo – pegou mais uma pá de sujeira.

Fungou e continuou o ingrato serviço tendo as aves cacarejantes como plateia.

– Está bem presa, senhor – Rato acabara de checar a corda amarrada à argola do alçapão.

– Ótimo – Gareth acabara de afivelar o cinturão da espada. Ele vestiu novamente a cota de malha. Estava pronto para a batalha. – Espere o meu comando antes de puxar com o cavalo.

O *earl* saiu de dentro da torre de menagem e se dirigiu ao pátio de armas onde parte dos soldados aguardava. Olhou para as muralhas parcialmente destruídas e viu os arqueiros do rei John posicionados. Tinham uma boa visão de lá, e se os demônios passassem pela abertura seriam alvejados com facilidade.

Bispo Gilbert Glanvill, o prior Esmund e o frei Harland distribuíam bênçãos. Gareth prostrou-se de joelhos e também foi abençoado com respingos de água-benta no rosto. Levantou-se e inspirou fundo.

– Homens – falou alto para que todos ouvissem. – Hoje temos um trabalho sagrado para fazer. O arcebispo, em nome do próprio Papa Inocêncio III, nos mandou aqui para acabar com o mal. E é o que faremos.

Os homens ouviram em silêncio, sem muita convicção.

– As crias de Satanás estão entocadas num buraco debaixo da torre de menagem – prosseguiu. – Iremos abri-lo e, por Deus e São Jorge, vamos mandar esses desgraçados de volta ao inferno!

Houve certa comoção e burburinho. Lá estavam homens acostumados a confrontar exércitos, não demônios. Eles estavam confusos e os boatos se espalhavam.

– E como são esses bichos? – gritou um dos arqueiros de cima da muralha.

– Quantos eles são? – berrou outro.

– Eles não são bichos – o *earl* sorriu. – Eles já foram pessoas como eu e você. Foram amaldiçoados e agora precisam viver nas sombras – cuspiu –, e eu não sei quantos são, filho, então todos aqueles que não forem dos nossos, são inimigos. Atirem sem dó. Não importa se forem homens, mulheres ou crianças. Os sortilégios de Satanás são muitos.

– Ele deve estar louco – um arqueiro comentou com o amigo. – Acho que as pancadas que levou na cabeça o fizeram ficar meio errado das ideias.

– Pode ser – o amigo encordoou o arco longo, fazendo grande força. – Ouvi boatos de que vários já morreram por aqui. Na Catedral um monte de monges, padres e noviços foram mortos por essas coisas. E o rei não nos mandaria se não tivesse um propósito.

– Ainda mais sendo sovina como ele – o arqueiro colocou quatro flechas em cima de uma pedra ao seu lado, onde conseguiria pegá-las e atirá-las mais rápido.

– Só espero acabar logo com isso.

– E receber o pagamento prometido – estalou os dedos.

– Verdade.

– Matthew! – *Earl* Gareth chamou-o.

O jovem veio correndo, a armadura tilintando.

– Seus homens estão perto do rio, certo?

Ele assentiu.

– Fique alerta – Gareth tocou o ombro do jovem. – Não deixe nenhum deles fugir, caso algum consiga escapar daqui.

– Sim senhor – o jovem montou o seu cavalo e foi para junto dos seus homens.

Earl Matthew transmitiu as ordens e ordenou que acendessem fogueiras. O dia estava escuro. Quando mais precisavam da luz ela resolvera se ocultar.

– Vamos esperar para ver o que acontece – Ernest sussurrou para Geoffrey. – Mas se a coisa descambar e os demônios vierem para cá, a gente se manda.

– *Tá* certo – o lacaio respondeu. – Err.. O senhor nem parece mais o guerreiro corajoso que encarava todas as batalhas sem medo – arriscou-se.

– Eu sou o mesmo, idiota – rosnou. – Se fossem homens, eu seria o primeiro a chutar o rabo deles e a enfiar a minha espada goela abaixo nos bastardos. Mas essas coisas são demônios e já vimos o que uma menina pôde fazer com os soldados, seu primo inclusive, agora imagine um bando deles! Uma única menina arregaçou homens feitos e experientes como se fossem galinhas!

– O senhor tem razão.

– Lógico que tenho razão, seu inútil – sentou-se num galho caído –, por isso eu sou o senhor e você é o monte de bosta. Senão seria o contrário, não é?

– É... Geoffrey concordou sem jeito.

Ernest começou a roer um pedaço de queijo duro, não pela fome, mas para conter a ansiedade.

Geoffrey caminhou até a beira do rio, pensando na mulher, no filho que viria e nas crianças que chegaram de supetão e mudaram a sua vida.

Sorriu.

.

.

.

– Seja o que Deus quiser – Gareth sacou a espada enquanto Rato guiava o garanhão pelo estreito corredor de pedras dentro da muralha.

A corda começou a ficar tensa, retesada. O nó se apertou, ficando ainda mais firme.

– Força, garoto – Rato incentivava o animal. – Força!

O alçapão rangeu e o coração de Gareth acelerou. Ele suava apesar do frio e segurava a espada com tanta força que os dedos latejavam. Seu escudo estava firme, as alças de couro bem presas ao braço esquerdo. Havia somente uns quinze homens lá dentro por causa da falta de espaço, eles receberiam o impacto inicial, seriam os primeiros a ver os rostos das feras.

Seriam os primeiros a morrer.

Tochas foram colocadas nos suportes das paredes para iluminar o local. Gareth viu-o como uma cripta.

– Ótimo – rosnou entredentes.

O vento lá fora assoviava entre as árvores. E corvos grasnaram em algum lugar.

– Essas malditas aves não vão embora – sua respiração estava cada vez mais rápida.

A corda estava completamente esticada e o cavalo começou

a patinar pelo chão irregular. O animal bufava e soltava vapor pelas narinas.

Então houve o estalo e o barulho alto do metal se chocando contra a pedra.

– Pelo cu do meu avô – Gareth levou a mão da espada à cabeça.

A argola de ferro tinha sido arrancada da madeira e o alçapão continuava no lugar, intacto.

– Os malditos devem ter usado mais de uma barra de ferro para prender essa merda – o *earl* chutou a argola e ela bateu com violência na canela de um dos homens, que gemeu de dor, mas não protestou.

– E o que faremos agora? – Rato aproximou-se.

– Faremos do jeito difícil – Gareth tocou o saco, gritou na direção do seu escudeiro, que esperava logo ao lado da abertura da muralha. – Tragam um machado!

– Então é por isso que o Pelota não está junto com vocês – Abigail deu um prato com sopa de repolhos e vagens para Coelho. – Danadinho!

– O Bill ficou bravo e mandou ele limpar toda a titica do galinheiro – Orelha enfiou uma colherada na boca. – E sujo como aquilo estava acho que ele só volta de noite.

– Isso se ele não arranjar alguma desculpa – Coelho lambeu os dedos.

– Acho que dessa vez não – Orelha falou –, você viu como o Bill estava bravo e puxou a orelha do gordão.

– Tenho dó dele – Abigail sentou-se junto dos garotos. – Mas ele errou e mereceu o castigo, não é?

Os meninos concordaram e continuaram comendo, barulhentos.

– Senhora Abigail – Galinha tinha a boca cheia –, cadê o Dedinho?

– Bem... – ela limpou a boca em um pano. – A última vez que eu o vi foi ainda cedo. Ele disse que iria encontrá-los no celeiro.

– Ele não apareceu por lá – Coelho rasgou um pedaço do pão escuro com a mão e molhou na sopa.

– O safado deve ter ido à casa de alguém só para escapar do serviço – Orelha estalou os dedos. – Ele sabe fazer isso como ninguém.

– Quando escurecer ele volta, com aquela cara de coelhinho faminto, dizendo que se esqueceu do trabalho, ou que ficou ajudando a senhora Ann com a lã, as mesmas desculpas de sempre – Galinha terminou a sua sopa.

Eles ficaram conversando à mesa. Logo se levantaram e agradeceram a Abigail pela refeição. Iriam ajudar na colheita. Os meninos trabalhavam duro, mas tinham um teto e comida farta. Muito diferente do tempo em que eram um grupo de largados que zanzavam por aí, maltrapilhos e famintos.

– Isso está demorando demais! – Gareth estava impaciente e andava de um lado para o outro como um urso acorrentado. O dia estava ficando cada vez mais escuro e logo começariam as *vésperas*. – Por que não arrebentaram essa merda de alçapão ainda?

– Senhor – falou um homem ofegante que empunhava um machado de cortar lenha –, a madeira é grossa e resistente e debaixo dela há um reforço, uma chapa de ferro, talvez.

– Merda! – o *earl* praguejou. – Dá para arrebentar?

– Dá sim – o homem bebeu um pouco de água. – Vai demorar, mas vai dar.

– Vá o mais rápido que conseguir, senão será tarde demais.

Gareth saiu para o pátio de armas para respirar um pouco de ar fresco. E, depois de muitos anos, fez uma oração silenciosa pedindo ajuda a Deus, apesar de ter certeza que Ele não o escutaria.

– Eles estão aqui – Tita abriu os olhos quando ouviu as primeiras pancadas. Sabia que ainda não havia anoitecido, pois sentia o corpo pesado, letárgico. – Chegaram.

Ralf continuava dormindo, encolhido como um cão. Liádan levantou-se num sobressalto. Stella resmungou, virou-se de lado e continuou em seus sonhos.

Abri os olhos, mas demorei a entender o que se passava. Ainda estava letárgico e um pouco desnorteado.

– A Deusa estava certa – Liádan sentia seu espírito *irrequieto*. – Ela previu a desgraça, me avisou.

– Como nos descobriram? – Levantei-me com dificuldade, ainda zonzo.

– Sei lá! – Tita olhava para o alçapão. – Sei que logo eles vão arrombar essa merda e virão nos matar.

Gargalhou.

– Quantos são? – observei-a se divertindo com a situação.

– Sinto muitos – Tita vestiu-se. – Um pequeno exército. Uau, acho que a gente realmente incomodou eles.

– Sim, são dezenas – Liádan completou. – E há mais homens nas cercanias.

– Como você sabe? – a madeira rachou e um facho de luz desceu até o nosso esconderijo.

– Os cavalos os viram – a dama ruiva fechou os olhos. – Viram homens nas muralhas e perto do rio.

– Você consegue ver o que os cavalos veem, Lili? – Tita encarou-a.

– Sim, eu consigo entrar em comunhão com os animais.

– *Che meraviglia!* – Tita assoviou. – Vou tentar um dia desses.

– Se a gente sair daqui – eu sentia todos os músculos do meu corpo tensos.

– Tenha fé, homem – a menina sorriu.

Mais uma machadada e outro pedaço de madeira se partiu, aumentando o facho de luz.

– Porra, eles tão indo rápido – calcei as botas. – E ainda é dia!

Lembrei-me da dor causada pelo Sol, o som da carne chiando, o cheiro de queimado, a fumaça.

– O dia está acabando, posso sentir – Tita estava muito calma. – Já está no fim, mas ainda temos um tempo de claridade.

– E o que faremos? – Liádan tinha certo receio na voz.

– A gente aguenta o quanto der, Lili – Tita piscou. – É só o que nos resta.

– E se não der? – a dama ruiva pegou um punhal.

– Se não der você vai se encontrar com a tal deusa – Tita tinha as presas salientes na boca. – E perguntar por que ela não veio te socorrer.

Liádan não respondeu, apenas murmurou suas preces e pediu força para enfrentar seus algozes.

Eu esperei, quieto, vendo o machado destroçar a madeira e o martelo começar a arrebentar a grade de ferro com batidas ritmadas. Quando viemos morar aqui tomei essa precaução, mas nunca imaginaria ser atacado por um exército. Em instantes a única barreira que nos separava cederia. A briga seria boa, eles teriam que descer aqui um a um. E morreriam pelas nossas garras e presas, até os corpos começaram a se empilhar. Talvez perdessem a vontade de lutar. Talvez desistissem. A convicção dos homens era fraca diante do iminente fracasso e, principalmente, da morte.

Nosso covil era pequeno, mas conseguiríamos ficar longe da claridade vinda do buraco. Por enquanto estávamos em vantagem.

Tita chutou Ralf, que acordou assustado.

– Já dormiu muito, bebê – ela estava malevolamente calma. – Vá lá para o fundo e fique quietinho.

Ele obedeceu e caminhou lentamente para o fundo, dormindo em pé.

– O que está acontecendo? – esfregou os olhos.

– Vamos ser atacados – Tita observou a grade de ferro envergando a cada pancada.

Ralf pareceu ter levado uma madeira em brasa no traseiro, despertou completamente.

– Atacados? Por quem? Eu vou ajudar a defender e...

– Calma, meu jovem – Tita sorriu. – Você ainda é fraco e não vai aguentar o que está por vir.

Ele ameaçou protestar. A menina apenas levantou a mão e ele se calou.

Stella também acordara e estava ao lado de Liádan. Ela rosnava, com raiva.

Pobres mortais, pensei.

– *Não cante vitória antes de tudo terminar* – Liádan falou diretamente na minha cabeça.

– *Deixe o Harry se empolgar. Um homem defendendo seu harém é útil numa situação como a nossa* – Tita também falava na minha mente.

– Vocês querem parar? – resmunguei.

Uma pancada forte e um ranger de metal chamaram a nossa atenção. A última barra de ferro que suportava a grade estava quase solta.

– É agora! – Tita olhou-nos e o seu rosto continuava impassível.

Outra pancada e a grade se rompeu, abrindo de vez a passagem.

Silêncio.

Dava para ouvir o vento lá fora e a respiração pesada dos homens. Ninguém pulou, ninguém colocou sequer a cabeça lá dentro para observar.

Silêncio.

– Eles estão se cagando de medo – Tita zombou. – Veados!

Alguém lá em cima deu ordens. E uma tocha foi atirada no buraco. Apagou-se no instante em que tocou o chão. Desconfio que foi um sortilégio da menina italiana.

Outra tocha foi atirada e a mesma coisa aconteceu. Praguejaram. Nós enxergávamos perfeitamente no escuro. Eles não.

Colocaram uma escada, a escada velha que ficava encostada num canto do pátio de armas. Talvez os degraus estivessem até podres.

Adiantei-me para arrebentar aquela porcaria. Tita conteve-me apenas com um olhar. Parei e aguardei para ver o que ela faria. Dava para ouvir alguns desentendimentos lá em cima.

– Estou lhe ordenando, seu filho de uma cadela vesga! – alguém gritou. – Se eu mando você obedece, seu bosta.

– Tenho um filho pequeno – respondeu quase chorando. – Ele acabou de completar um ano, eu acho.

– E o bastardo vai ficar órfão – o homem berrou. – E o pai dele pode ser um herói ou um desertor de merda. O que você escolhe?

Silêncio.

A escada rangeu, uma bota gasta surgiu no degrau. Depois outra, trêmula e hesitante. Tita deu a volta, esgueirando-se pelo canto. O homem desceu até conseguir olhar para dentro da nossa alcova. Viu Liádan e Stella e a beleza delas o deixou atônito. O poder delas o enfeitiçou. Ele sequer me percebeu e o medo já não o dominava.

Tita o puxou para trás com violência e mordeu seu pescoço antes que ele conseguisse gritar. Apenas gorgolejou, fazendo um som estranho como o de um frango com o pescoço quebrado. A menina drenou o sangue das suas veias com rapidez, manchando a túnica de algodão cru que ela vestia. O homem estava semiconsciente, quase desmaiando. Ela parou de sugar.

– Está tudo bem aí embaixo, Peter? – alguém gritou.

Tita segurou no meio das pernas do homem, olhou para mim e piscou. Atirou-o pela abertura como se fosse um espantalho.

– Santo Deus! – alguém gritou.

– Mataram Peter! – uma voz histérica berrou. – Os demônios mataram Peter! Deus nos proteja!

Houve algazarra, desespero e com certeza alguns fugiram, pois o que parecia ser o líder gritava para eles voltarem, ameaçando-os.

Passou um tempo sem acontecer nada. Ninguém tinha coragem de descer, ninguém era louco o suficiente para ir enfrentar a morte, para praticamente cometer suicídio.

– Eles desistiram? – Ralf animou-se.

– Não – Liádan respirou fundo –, o pior ainda está por vir.

– Se mandarmos mais homens eles morrerão um por um – o

bispo Gilbert Glanvill tinha o rosto vermelho e suado. – Aquele buraco vai virar um matadouro.

Frei Harland se benzeu.

– Conte-me algo novo, bispo – *earl* Gareth estava nervoso, espumando pelos cantos da boca. – Eu não tento lhe ensinar como rezar a missa e você não tenta me dizer como fazer o meu trabalho.

O bispo relevou a insolência, o momento não era para sermões ou punições, precisavam ficar unidos para combater o verdadeiro mal. Não sabia se tinham forças para isso, mas tentariam até esgotar todas as possibilidades.

– Vamos partir para o tudo ou nada – Gareth chamou seu escudeiro.

Uma das virtudes de Gareth era ser um estrategista competente, não daqueles que simplesmente sabem guerrear, mas um homem com uma visão precisa das situações. Ele jogara uma isca lá dentro do covil, alguém sem importância, e os demônios morderam a isca. O infeliz morreu, mas agora o *earl* tinha certeza de que eles estavam lá.

E havia se preparado para essa adversidade.

– Vá à carroça de suprimentos e traga os barris.

O servo assentiu e correu. Gareth olhou para o céu e viu que o brilho do Sol por trás das nuvens perdia cada vez mais a força.

Rosnou.

– Quer dizer que os demônios estão entocados debaixo da torre de menagem? – Ernest perguntou para *earl* Matthew.

– Sim – ele engoliu um pedaço do peixe frito, quase se engasgando com as espinhas. – Eles arrebentaram o alçapão e, quando um dos homens desceu no buraco, foi morto e atirado de volta para cima. Atirado como se fosse leve feito um bebê, entende?

Enfiou o restante do peixe na boca, os lábios gordurosos mastigando freneticamente.

– Então não temos como tirá-los de lá? – Ernest mordeu a maçã. – Não dá para mandar mais de um homem por vez?

– Não – chupou os dedos. – A entrada do alçapão é estreita.

– Então fodeu de vez! – Ernest olhou para Geoffrey que estava recostado de braços cruzados em uma árvore.

– Parece que o Gareth tem um plano – Matthew engoliu de uma só vez um peixe menor. – Mandou um mensageiro vir até aqui para nos dizer para ficarmos alerta.

– E qual é o plano?

O jovem *earl* ergueu os ombros e continuou calmamente o seu lanche.

– Maravilha! – Ernest resmungou e terminou de comer a sua maçã. – Estamos como cegos em uma parede de escudos.

– Eles estão voltando – Liádan permanecia imóvel tal como uma estátua de mármore.

– Que venham, *froci* – Stella tinha as veias do pescoço saltadas, as unhas das mãos como as garras de um falcão. – Venham logo, seus *donniccioli.*

– Eles estão trazendo algo – eu não conseguia decifrar o ruído que vinha lá de cima –, parece que estão arrastando alguma coisa pesada.

– Ou rolando – Tita me fitou.

– Uma onda negra de fogo e aço – Liádan balbuciou, os olhos verdes fixos na abertura.

– O quê? – Tita olhou para ela, mas a dama ruiva não teve tempo de explicar.

O primeiro barril se espatifou no chão, derramando betume por todos os cantos, espirrando o líquido preto e viscoso sobre nós.

O segundo veio logo em seguida e, antes que caísse no chão, duas tochas foram atiradas. Dessa vez Tita nada pôde fazer, não conseguiu apagá-las e o inferno começou dentro do nosso esconderijo.

O fogo pegou rápido e se espalhou como uma língua sedenta pela nossa carne. As labaredas preencheram totalmente o nosso pequeno dormitório e o calor se tornou insuportável. Qualquer humano estaria morto no primeiro piscar de olhos.

O filho da puta que ordenou isso foi esperto. Viu que não conseguiria nos desentocar mandando homens para o nosso esconderijo. Usou bem a inteligência. Queimaríamos pelo fogo ou pelo Sol. Estávamos fodidos. E pela primeira vez em muitos anos senti medo.

Ralf berrava de dor, as chamas queimando seus pés e pernas. Tita, por estar mais perto da entrada, estava coberta pelo fogo. Eu estava em agonia, a dor lancinante das queimaduras percorria o meu corpo, as roupas ardendo e a pele borbulhando.

Não havia o que fazer. Era impossível permanecer lá dentro. Aos encontrões pulamos para fora do forno. A fumaça e o cheiro de carne morta queimada intoxicavam os nossos pulmões.

Soldados nos esperavam a postos. Agora encontraríamos o aço.

A maldita deusa tinha razão: a onda negra de fogo e aço realmente acontecera.

Tita correu para fora da muralha completamente tomada pelas chamas. Consegui ouvir uma saraivada de flechas assim que ela saiu. Pobre garota. Mas eu nada podia fazer. Tinha os meus próprios problemas.

Um homem investiu contra mim e a ponta da lança quase perfurou o meu peito. Desviei no último instante, por pouco, pois meus sentidos estavam debilitados pela dor do fogo que consumia as minhas pernas e braços. Soquei-o no rosto e senti o seu nariz quebrar com a pancada. Corri para um canto da torre de menagem onde havia uma infiltração de água. Rolei no chão molhado até as chamas se extinguirem.

Olhei para cima e vi Liádan e Stella, em chamas, escalando as paredes internas da torre. Entraram por um alçapão que dava direto em nosso aposento. Elas sabiam se virar.

Um machado fez um talho na minha coxa, cortando músculos e tendões até raspar o osso. Urrei de dor. Levantei rapidamente e avancei mancando contra o meu agressor, que não teve tempo de dar outro golpe; mordi seu pescoço e senti grande alívio quando o sangue jorrou na minha boca. Ele me ajudaria a sarar mais rápido.

Os outros atacantes ficaram atônitos, eles sempre ficavam, e hesitaram em me atacar. Soltei o moribundo e senti que as queimaduras começavam a se curar. O corte doía demais, entretanto, ele não me impediria de festejar a morte.

– Venham morrer, cadelas! – rosnei evidenciando as presas salientes.

Um homem com uma cicatriz que cruzava o rosto inteiro gritou e ordenou que me atacassem. Não foi necessário. Eu mesmo avancei, cravando as unhas, mordendo, quebrando ossos. Por diversas vezes minha pele queimou quando eu passava em algum facho de luz vinda lá de fora, vários pedaços da muralha estavam destroçados, formando uma teia com a mortal claridade. Por sorte não era um dia ensolarado. E em pouco tempo viria a bem-vinda escuridão.

Vi o pobre Ralf ainda em chamas, quase um boneco de carvão, sendo estripado por dois homens com machados. Infeliz sem sorte. Não conseguiu desfrutar da sua imortalidade.

Ao meu lado jazia uma dúzia de mortos, os feridos eram arrastados para fora pelos amigos, que morriam de medo de ser atacados por mim. Eu estava exausto, com dor e cortes por todo o corpo.

Eu estava em êxtase pela matança.

O velho soldado com a cicatriz no rosto avançou contra mim. Bastardo corajoso. Desviei do golpe da sua espada, mas a bossa do seu escudo feriu o meu ombro. Ele era ágil, virou-se rapidamente e fez um corte profundo nas minhas costas.

Urrei quando senti o metal frio raspar as minhas costelas.

– Demônio – cuspiu. – Achei que um ser dos infernos fosse mais forte que isso.

– Esgotei todas as minhas energias enrabando a sua mãe – provoquei.

– Vejo que tem espírito – sorriu. – Quero ver se continuará falastrão quando eu cortar a sua língua e enfiá-la no seu rabo.

Ele avançou fintando com a espada. Desviei com facilidade e dei-lhe um soco no estômago. O desgraçado arqueou de dor, mal conseguindo respirar. Aproximei-me e quando o segurei pelos ombros para morder seu pescoço, senti algo se fincando nas minhas costas.

Um dos homens que matara Ralf atirara o machado em mim e foi certeiro na pontaria. A dor percorreu a minha espinha e fez as pernas amolecerem. Caí de joelhos. O homem da cicatriz aproveitou a minha fraqueza e enfiou a espada na minha barriga, trespassando-me por completo.

– Imortal? – o maldito falou, soltando perdigotos no meu rosto, ainda ofegante por causa do soco que lhe dei. – Vejo um merdinha que vai morrer pela minha espada.

Ele puxou a lâmina e a dor me fez revirar os olhos nas órbitas. Cravei as unhas sua na coxa e ele berrou. Com os reflexos bem treinados por anos de batalha ele passou a espada no meu pescoço, fazendo o sangue negro esguichar no seu rosto.

Gorgolejei e senti uma fraqueza imensa. Quase como um desmaio. Tudo começou a ficar escuro. Ouvi barulhos que lembravam o ribombar de trovões. Será que Thor estava a se regozijar pela minha morte? Enfim, a obra-prima do seu astuto irmão morreria. Ou quem sabe era o tal deus dos cristãos.

Eu estava no limiar da consciência. O ferimento no pescoço iria fechar, mas ainda demoraria; meu corpo estava sobrecarregado, por causa das queimaduras e dos cortes que levei.

O cu de bode talhou fundo a garganta, pois até para respirar estava difícil. Cada inspiração era acompanhada de um chiado.

Senti que era arrastado. Puxaram-me sem que eu

conseguisse reagir e me largaram fora da muralha, onde a claridade começou a me ferir. Por sorte nuvens densas e escuras encobriam totalmente o Sol. Será que era apenas para aumentar a minha agonia? A dor era insuportável, muito mais intensa que a causada pelo betume em chamas. Era como se a minha carne estivesse sendo arrancada dos ossos.

Eu ia morrer. Depois de séculos esse seria o fim de Harold Stonecross.

– Tem alguém se aproximando – uma das sentinelas que tinha se posicionado no alto de uma árvore gritou.

Os homens pegaram suas armas e ficaram a postos.

– Frei Harland! – *Earl* Matthew correu em direção ao homem coberto de sangue que vinha cambaleante.

O frade caiu de joelhos no chão e foi acudido por Matthew.

– Eles... – soltou uma golfada escura. – Mortos... Montes de cadáveres... Os demônios, os filhos de Satã com suas presas de lobos e suas garras de... Tão lindas..,

Frei Harland – teve um acesso de tosse e quase desmaiou.

– Tragam água – o *earl* ordenou.

Ele verteu um pouco de água na boca do frade, que abriu os olhos e balbuciou:

– Não tivemos chances – mal conseguia respirar –, fomos abatidos como cordeiros. A menina-demônio e duas mulheres...

O frade não aguentou e morreu.

Os homens estavam apavorados e alguns ameaçaram fugir. Foram contidos pela voz grave do prior Esmund, que saiu do castelo assim que terminou de dar as bênçãos para os soldados e juntou-se a eles.

– Ninguém vai embora. Temos ordens do Papa, do arcebispo e do próprio rei – subiu em uma pedra. – Marchem agora para lá e ajudem seus irmãos a acabarem com o mal.

– Combinamos de ficar aqui caso algum deles tentasse fugir e... – Matthew não conseguiu completar a sua fala.

– Nenhum deles vai fugir – Esmund estava muito nervoso. – Vão agora e vençam, por Cristo e pela Virgem Maria.

Senti alguém me puxando. Acho que estavam me levando para o meio do pátio de armas. Estava completamente desnorteado. Que bosta de fim, virar um monte de carvão e ser levado pelo vento ou ser dissolvido pela chuva.

Um puxão forte me atirou contra algo duro. Uma parede,

talvez. Apostei que os soldados já pegavam os seus machados e fariam comigo o mesmo que fizeram com o pobre Ralf.

Ouvi gargalhadas. Loki? Loucura da minha cabeça.

Abri os olhos lentamente, as pálpebras doloridas pelas queimaduras, e vi um ser fumegante à minha frente. Um pequeno vulto que respirava ofegante.

– Ra-posa? – os lábios rachados tornavam o ato de falar um suplício.

Ela não respondeu. Estava totalmente nua, queimada e sem cabelos, a pele negra e enrugada. Tinha o corpo franzino crivado por flechas, lembrando um ouriço do mar.

Olhei para as minhas mãos e consegui ver os ossos. Eu também estava em frangalhos, a dor era insana. Não sei quanto tempo fiquei na claridade do dia, mas tenho certeza de que se Tita não tivesse me puxado para dentro da muralha eu teria morrido.

Ouvi passos. A menina avançou. Mais dois mortos. Ela bebeu o sangue de um terceiro que estava escondido atrás dos escombros. Prontamente seu corpo começou a se curar, fazendo a pele morta cair aos montes. Era incrível como os séculos de idade fizeram-na forte, muito mais forte do que eu.

Os sobreviventes se reagrupavam lá fora. Não atacariam mais a esmo, pois viram que era inútil.

– Onde estão Liádan e Stella? – meu corpo começara a se recuperar, mas nada como o de Tita.

– Elas mataram os arqueiros – os cabelos cor de cenoura começaram a crescer bem devagarinho. – Lutaram bem. Não as vi mais depois disso.

– Preciso encontrá-las.

– Você não consegue dar um passo sequer – suas feições começaram a voltar ao normal. – E ainda precisamos nos preocupar com eles.

O restante dos homens havia chegado ao pátio de armas e já recebiam ordens do guerreiro com a cicatriz no rosto.

– A gente podia fugir – tentei ficar em pé e não tive forças.

– Fugir? – a menina encarou-me. – E deixar esses bostas vivos? Eles mataram o Ralf e nos causaram muita dor. Vamos dar uma surra nesses meninos malcriados!

A menina agachou-se ao lado do amado e ao tocar o seu peito o monte de cinzas se desfez e foi levado pelo vento.

– Preciso de sangue – eu estava fraco demais e a cura lenta demais.

Tita correu para dentro da torre de menagem e arrastou um moribundo até mim. Ele segurava as tripas e tremia muito. Cravei os dentes no seu pescoço suarento e consegui poucos goles antes dele morrer. Precisava de muito mais.

– Um está morto, duas estão sumidas, fugiram, desapareceram, sei lá! E ainda há dois demônios entocados lá dentro – *earl* Gareth falou para o bispo Gilbert Glanvill. – Estão muito feridos, queimados até os cabelos.

– Conseguem lutar? – o bispo estreitou os olhos, mas não conseguiu enxergar nada. As últimas claridades do dia se findavam e com elas a melhor vantagem que tinham.

– Lutam como feras acuadas – massageou a barriga dolorida por causa do soco que levara. – Olhe ao redor, bispo, veja quantos mortos. Não vão ser mais vinte homens que conseguirão detê-los.

No pátio de armas, nas muralhas, em todos os lugares havia cadáveres e moribundos.

– Podemos acabar com eles? – o bispo segurava seu crucifixo de ouro.

– Vai ser difícil – o *earl* cuspiu –, mas para Deus nada é impossível, não é?

– Deus está do nosso lado – a voz do bispo saiu esganiçada.

– Imagine se estivesse contra nós – tocou o saco.

– Ainda bem que não precisamos lutar – Geoffrey falou para o senhor Ernest enquanto cavalgavam de volta para casa.

Jamie e seus dois filhos também os acompanhavam, cabisbaixos. Foram derrotados e os demônios continuariam à solta. Os homens que ficaram no castelo morreriam em vão.

Resolveram pegar uma trilha pelo meio do bosque, pois poderiam encontrar alguém na estradinha principal e ser acusados de deserção e covardia. Já era fim de tarde, esfriara bastante e o céu estava bem escuro. Não temiam ser atacados, a briga feia estava acontecendo no castelo em ruínas. Até pouco tempo podiam ouvir os ecos da batalha.

Contudo o destino não segue qualquer lógica ou regras. O destino, na verdade, gosta de pregar peças.

Um grito fez as aves voarem. Um grito de mulher.

Sacaram as armas e desmontaram. O filho mais velho de Jamie encordoou seu arco de caça com tremenda velocidade e habilidade e pegou seu saco com flechas. Amarraram os cavalos nas árvores e esperaram. Outro grito, dessa vez acompanhado de um choro dolorido. Os homens se entreolharam. Jamie apontou para a esquerda. Ernest mostrou a trilha. Queria ir embora.

O fazendeiro e seus dois filhos se embrenharam por entre as árvores. Ernest balançou a cabeça e seguiu-os. Geoffrey não deixaria o seu senhor sozinho e foi no encalço deles.

Havia um riacho logo adiante e uma mulher de cabelos pretos estava sentada na margem, recostada em um tronco caído. Era uma das bebedoras de sangue.

Geoffrey sentiu um frio na espinha. Manteve-se prudentemente mais afastado. Lembrava-se da promessa que fizera à sua mulher prenha. Iria cumpri-la sem hesitar.

Apesar de estar escuro, viram que seu vestido estava queimado e que ela tremia e chorava de dor. Geoffrey sentiu certa pena da mulher. Manteve-se em silêncio.

O filho olhou para o pai, que assentiu. Ele colocou uma flecha na corda de cânhamo, apoiou-se sobre o joelho esquerdo, respirou fundo, segurou o ar e puxou a corda até a orelha, a ponta de aço bem polido, esperando para fazer o seu trabalho. Não levou mais do que um piscar de olhos para mirar e disparar. Era um caçador experiente.

A flecha zuniu e foi cortando as folhagens. Percorreu quarenta passos voando veloz e morreu logo abaixo da nuca da mulher com um baque seco. Não houve grito, não houve reação. Ela apenas caiu de lado e ficou imóvel, com a grande haste de freixo emplumada com as penas brancas da asa de um ganso presa na sua cabeça, dividindo os fartos cabelos ondulados.

O jovem soltou o ar dos pulmões e olhou para o pai com um sorriso. Levantou-se ainda incrédulo com o que acabara de fazer.

– Pelos bagos de Santo Agostinho – Ernest ainda olhava para a mulher-demônio, atônito. – Você matou aquela coisa. Nem o próprio Satã duraria muito com metal e madeira espetando os miolos. Você fodeu com ela.

– Belo tiro! – o irmão mais novo olhava admirado para o jovem com o seu arco.

– Vamos lá cortar a cabeça dela – Jamie apertou o passo em direção à morta. – Vamos levá-la ao arcebispo e mostrar que fizemos a nossa parte.

Os cinco avançaram, despreocupados, comemorando. A mulher permanecia imóvel. Dez passos, quinze passos, vinte passos.

O filho mais novo do fazendeiro caiu para a frente. Um punhal cravejado de pedras preciosas estava cravado na sua nuca.

Os demais se viraram e viram uma belíssima mulher ruiva, nua, a pele queimada em muitas partes, um corte fundo sob o seio direito. Ela os encarava as presas salientes e os punhos cerrados.

Sentiram uma mistura de medo e desejo, de urgência em fugir e vontade de tê-la, de saboreá-la. O filho mais velho colocou outra flecha na corda, discretamente.

– Belos machos que atacam uma dama indefesa – Liádan vociferou. – Quero ver se têm tanta valentia assim.

Ela não esperou qualquer resposta e investiu contra eles. Correu como nenhum humano conseguiria. Jamie levantou a espada, fazendo uma postura defensiva ridícula. Liádan cravou os dentes no pescoço dele e bebeu. Sentiu-se bem.

Ernest a atacou, estocando com a espada. Ela deu um passo para o lado, ainda segurando Jamie, e a ponta da espada morreu nas costas do fazendeiro. Ele parecia não sentir dor. Estava extasiado.

– Fique parada, cadela! – Ernest estocou novamente e de novo o fazendeiro serviu como escudo. A ponta entrou no meio das costelas e ficou presa. O fazendeiro estrebuchou como uma minhoca fora da terra e morreu. Liádan investiu contra Ernest, que soltou o punho da espada e levantou as mãos.

– Eu me rendo, senhora!

– Nessa guerra não há reféns ou prisioneiros. Só há mortos... – Liádan mordeu-o e sugou com força, o sangue preenchendo cada veia do seu corpo, que estava praticamente todo curado. Largou-o e Ernest ficou deitado com as costas no chão, sufocando.

O filho mais velho de Jamie tentava colocar outra flecha na corda. Não conseguia, tremia muito. Liádan se aproximou. Agora mais calma, os passos suaves de sempre e o semblante sereno. O jovem a olhou e começou a chorar.

A dama ruiva colocou o dedo indicador nos seus lábios e ele ficou quieto. Pegou-o pela mão e levou-o até onde a mulher-demônio morta estava. Liádan agachou-se e com um puxão firme arrancou a flecha da cabeça dela.

Rasgou o próprio pulso e deixou verter o sangue no ferimento.

Geoffrey havia se cagado de medo. Saiu correndo, desesperado.

Liádan olhou para o filho do fazendeiro e sussurrou no seu ouvido: *você fica.*

O jovem se sentou perto de Stella, que ainda estava caída, e ficou contemplando uma lagarta que passou perto do seu pé, abobalhado, os braços largados ao lado do corpo e um filete de baba escorrendo pelo canto da boca.

A dama ruiva foi atrás de Geoffrey, sem pressa ou afobação. Ela era uma caçadora mortal, agora plenamente recuperada, os instintos aguçados como sempre. Ele era apenas um coelhinho assustado, cego pela escuridão que se adensava e pelo pânico causado pelo o que acabara de presenciar.

O careca corria trombando nas árvores, tropeçando nos galhos. Saiu do bosque e encontrou a trilha onde estavam amarrados os cavalos. Pegou as rédeas e antes de conseguir soltá-las levou um susto.

– Por que tanta pressa? – a dama ruiva surgiu bem à frente dele.

– Pelo amor de Deus, senhora – caiu de joelhos, as mãos em prece –, não me mata, eu não ataquei vocês, eu fui obrigado a vir, a minha mulher vai ter um filho e...

– Sinto que você diz a verdade – Liádan encarou-o. – Mas essa noite não haverá piedade ou compaixão. Vocês causaram muito mal.

Ela avançou e estancou logo em seguida, pois uma criança surgiu entre as árvores e se colocou entre eles.

– Você não vai *matá* ele, *muié!* – Dedinho, decidido, empunhava uma faquinha enferrujada em uma mão e um galho em outra.

Geoffrey arregalou os olhos.

– Menininho, afaste-se agora – Liádan deu mais um passo para frente e foi repelida por uma estocada sem jeito com a faquinha.

– Não! – Dedinho manteve-se firme. – Se vier eu te furo.

Liádan não se conteve e riu.

– Você gosta tanto dele assim? – a dama ruiva se agachou, ficando da altura do menino.

– Gosto.

– Você sabe que ele veio aqui para destruir a minha família?

– Sei. Mas é porque ele é um idiota que tem medo do senhor Ernest – a faca continuava em riste. – Se dependesse dele, ele nunca viria, porque é muito bundão. Ele tem que *obedecê* o homem lá, senão apanha.

Liádan se levantou e fitou os dois por uns instantes. Geoffrey, apavorado, de joelhos. O menininho firme e sem qualquer medo no olhar.

– Ei... – Dedinho franziu o cenho. – Eu conheço a senhora! É a moça linda que eu vi na beira do riacho! Aquela que assustou os meus amigos.

Liádan sorriu e assentiu com a cabeça.

– Eu não te reconheci porque você tá toda estropiada – olhou-a dos pés a cabeça. – Nossa, *arregaçaro* com a senhora...

– Eu vou ficar bem – Liádan fez um carinho nos cabelos do menininho.

– Demos sorte, senhor Geoffrey, a dona é boazinha – Dedinho soltou o galho.

Geoffrey olhou para o garotinho sem entender nada.

– Vão embora – Liádan falou, já dando as costas. – Você tem sorte de ter um *filho* assim...

– Obrigado, senhora – Dedinho gritou. – Você é muito linda! Mesmo parecendo ter sido pisoteada por um boi.

Liádan gargalhou e sumiu na escuridão.

Geoffrey abraçou o menino e lhe deu um beijo na testa.

– Você salvou a minha vida, moleque! – ele tinha lágrimas nos olhos. – E sempre lhe serei grato.

– Eu sei – Dedinho colocou a faca no cordão que segurava as suas calças surradas e fungou. – Nossa, que cheiro de merda.

– É que eu me caguei de medo – Geoffrey coçou a careca, sem jeito.

– Que vergonha! – O menininho balançou a cabeça. – Acho melhor você se lavar antes da gente voltar. A senhora Abigail não vai *deixá* você *entrá* todo cagado. E pode *deixá* que não contarei para os outros. Se você me der uma moeda...

– Filho, depois de hoje lhe darei todas as moedas que eu tiver.

Geoffrey ajudou o menino a montar no cavalo do filho mais novo do fazendeiro. Montou em sua égua e guiou os outros cavalos. Voltaram em segurança para casa.

Graças à coragem de um garotinho insolente.

O castelo em ruínas fedia e a fumaça do betume em chamas fazia os olhos arderem. O pátio de armas estava coberto por uma lama viscosa formada por tripas, mijo e merda. Os homens que sobraram se reuniram a uns trinta passos de onde estávamos. Preparavam a investida final. Muitos queriam desistir, o guerreiro com a cicatriz no rosto os ameaçava. Executou um dos soldados que lhe deu as costas trespassando a sua espada no infeliz.

Acenderam fogueiras para enxergarem melhor. Uns cinco que sabiam atirar pegaram os arcos dos arqueiros mortos e subiram nas muralhas, os outros iriam improvisar uma parede de escudos. O bispo Gilbert Glanvill fazia uma oração fervorosa e dava a benção para os homens.

A moral deles continuou nos calcanhares.

Eu ainda estava fodido, queimado, cortado, fraco como um cão que acabara de apanhar e fora jogado na sarjeta para lamber os ferimentos. Tita também se recuperava. Já não estava tão horrenda como quando ela me resgatou da morte.

– Você consegue ficar em pé, bonitão? – sorriu para mim.

Fiz um esforço tremendo, eu estava só o bagaço. Apoiei-me na parede de pedra e senti uma fisgada na perna direita.

– Arrancaram um pedaço da minha coxa – a dor irradiou até o quadril e eu fiz uma careta. – O filho da puta cortou um belo naco de carne.

– Ainda bem que não cortaram seu pau – a menina puxava as flechas fincadas no seu corpo esguio. – Já pensou se não nascesse outro no lugar?

– Ou se ele crescesse menor do que é – aproximei-me mancando. – A minha fama estaria arruinada.

Ela gargalhou e os homens recuaram por instinto. Ficaram tensos atrás dos escudos.

– Puxe as flechas das minhas costas – ela pediu, depois de arrancar a última flecha fincada na sua barriga.

Arranquei quatro flechas e logo os furos cicatrizaram. A pele ainda estava grosseira por causa das queimaduras e o cabelo ainda estava curtinho.

– Achei que dessa vez eu morreria – olhei para fora, os homens discutiam o que fazer, gesticulando, brigando desesperados.

– Não se subestime, Harry, você é mais forte do que imagina – a menina italiana pegou uma machadinha de um dos mortos.

– Não como você – peguei uma espada com a lâmina ainda brilhante, pois sequer fora usada.

– Quando tiver a minha idade, será ainda mais – proferiu. – Afinal, foi um deus que o criou, não foi?

– Você e as suas provocações, menina levada! Primeiro precisamos sobreviver a esta noite – completei. – Aqueles desgraçados ainda podem acabar conosco.

– Se for a vontade dos deuses – sorriu. – É assim que se fala, certo?

– Agora eles adoram somente um deus – estalei os dedos.

– Que seja! – Tita observou-os se agruparem. – Deus ou deuses... Prefiro não contar com eles.

– Melhor assim – concordei. – Vamos apenas alegrá-los – lembrei-me do que me diziam o meu pai e Espeto, o caçador que acolheu a mim e Edred há tanto tempo.

Eu tinha muita saudade do moleque, das suas traquinagens e do jeito feliz com o qual ele encarava a vida. Fechei os olhos e vi seu rosto feio sorrindo para mim, a boca banguela e os olhos sinceros. Imaginei o que ele diria se estivesse aqui:

Larga mão de ser veado, Harry, não acredito que você está com medo daqueles cagalhões. Eu sozinho chuto o rabo de todos eles. Ah, se chuto. Não de todos, porque o meu pé vai ficar doendo. Ai, ai. Uns eu furo com a lança, que é bem melhor. Eles vão gritar como menininhas e fugir. Daí a gente pode ir em algum lugar e comer um bom pedaço de carne de javali. Vamos sim. E você paga, porque eu fiz o seu trabalho. Nossa, que fome!

Abri os olhos. Tita tocava o meu ombro.

– Acho que chegou o momento da dança final – ela me encarou, o semblante calmo.

– Então vamos bailar – meu braço doía, mas mesmo assim conseguia segurar a espada com firmeza.

Tita ficou na ponta dos pés e me beijou, senti um gosto de sangue na boca. Sangue forte, imortal. Ela piscou para mim.

O sangue de Tita era poderosíssimo e eu me senti muito melhor. As dores diminuíram e o vigor retornou ao meu corpo.

Raposa pegou uma pedra no chão. Fechou um dos olhos, mirou e atirou-a com força. Acertou em cheio na testa do bispo que acompanhava os guerreiros. Ele cambaleou para trás e caiu de costas no chão. Teve uns espasmos e logo morreu. Os homens entreolharam-se boquiabertos.

– Na guerra sempre mate primeiro quem tem mais importância – a menina saiu de dentro da muralha, a machadinha em riste.

Acompanhei-a ainda mancando. Quando nos viram, muitos homens tentaram fugir, desesperados, acabando com a parede de escudos malfeita.

Os outros nos atacaram.

E a dança da morte recomeçou.

– Eminência! Eminência! – bateram na porta do aposento do cardeal Langton.

O arcebispo acordou assustado e se levantou com um sobressalto. Pegou uma vela e cambaleou até a porta. Puxou a tranca e viu o padre Peter branco como a neve, apavorado. Ele trazia um cesto coberto por um pano velho.

Sem dizer nada, Lord Stephen puxou o pano e viu as cabeças do bispo Gilbert Glanvill e do prior Esmund, os olhos esbugalhados expressando terror. Colocou a mão na boca e deu uns passos para trás.

– Onde você achou isso, irmão? – o arcebispo tremia.

– Estava com o *earl* Gareth – padre Peter colocou a cesta no chão.

– E ele está bem?

– Ele está morto – o padre respondeu sem rodeios. – Cortaram a sua língua e arrancaram seus olhos. O cavalo dele que o trouxe até aqui. Tentei ajudá-lo. Estava muito ferido e não resistiu. Morreu assim que desceu do cavalo.

O arcebispo olhou novamente para dentro da cesta e percebeu um pequeno pergaminho enrolado e enfiado na boca de Gilbert. Foi difícil abrir a mandíbula rija, ainda mais com as mãos trêmulas. Desenrolou-o e leu a mensagem:

"Eminência, o senhor iniciou uma guerra em vão. Mandou seus homens para a morte, e muitos agora devem estar vagando em agonia pelo outro mundo. Mas o que passou é passado. Pare de nos perseguir e não mais ouvirá nada mais sobre nós. Lembre-se, você não pode nos destruir. Nós podemos acabar com você num piscar de olhos. **H. S.***"*.

– Santo Deus! – ele fez o sinal da cruz.

– O que diz a mensagem, eminência? – padre Peter encarou-o.

Stephen Langton entregou-a para o padre, que a leu boquiaberto.

– É uma trégua? – Peter devolveu o pergaminho ao arcebispo.

– Parece que sim – Lord Stephen desabou sobre a cadeira.

– E o senhor vai aceitá-la?

– Não tenho escolha – inspirou fundo. – Prometa-me pela Virgem Maria que não vai falar sobre essa mensagem com ninguém.

– Eu prometo eminência – beijou o anel na mão do velho Stephen.

O arcebispo dispensou o padre e trancou a porta. O bispo Gilbert Glanvill parecia encará-lo. Lord Stephen cobriu novamente o cesto. Foi até a sua cama e se deitou. Por fim a sua missão havia terminado. Não vencera os demônios, mas não seria mais atormentado por eles. E isso bastava.

A Catedral de Canterbury estava lotada, homens da igreja, populares, familiares dos mortos e representantes do rei se espremiam na nave. No púlpito, o arcebispo falava da abençoada e gloriosa missão contra os demônios. Ele elogiou os guerreiros mortos, chamando-os de mártires e prometeu recompensar as famílias com pagamentos generosos.

Fez um discurso eloquente sobre o *earl* Gareth que, guiado pelo anjo Gabriel, conseguira chegar até a Catedral para contar sobre a vitória, mesmo estando cego. Omitiu estrategicamente a língua cortada. A viúva chorava de tristeza e alegria. As pessoas se comoveram. As mais exaltadas gritavam: *milagre!*

O arcebispo ficou em silêncio e permitiu a algazarra por um tempo. Isso aquecia o coração da multidão. E lhe dava poder para continuar o seu discurso.

Ele levantou os braços e todos se calaram

O arcebispo prosseguiu contando os feitos do bispo de Rochester, Gilbert Glanvill, um homem santo que com sua fé e devoção guiara os guerreiros à vitória. Envolto pelas sombras de Satã, ele fora a centelha de luz para quem participou da batalha. Falou sobre como ele se sacrificara ao pregar a palavra de Deus aos bebedores de sangue, ajudado pelo prior Esmund. Disse que mandaria uma carta para o Papa Inocêncio III recomendando a canonização.

Novamente a euforia.

Não mencionou as cabeças no cesto, nem o pergaminho enfiado na boca do bispo. Omitiria esse fato para sempre. Mandou o padre Peter queimá-las junto com o lixo e enterrar os crânios no cemitério.

Todos os vestígios precisavam ser eliminados. O pobre padre morreu logo em seguida, depois de beber água com algumas gotas de cicuta dada pelo próprio arcebispo, que o encontrou em sua cela depois de fazer o serviço.

– Bom trabalho, irmão – o arcebispo ofereceu um pouco da água que trouxera em uma jarra.

O padre sorriu e bebeu com gosto. Morreu logo em seguida. E sua morte foi tida como um mal do coração.

– Eu estava ao lado dele quando ele reclamou de uma dor no peito e caiu – mentiu Lord Stephen para o monge enfermeiro. – É uma grande perda. Infelizmente ele não conseguiu aguentar a pressão dos últimos dias.

Estava feito. Um crime cometido por uma causa maior, para sepultar um fato que nunca poderia ser revelado. Pelo bem da sagrada Igreja.

Stephen Langton falou por bastante tempo no púlpito. Perguntaram sobre os corpos dos demônios; o arcebispo, esperto, disse que eles se incineraram quando ficaram expostos ao Sol. Uns aplaudiram, outros desconfiaram, ninguém ousou discordar. Cessar as mortes era o que importava.

Mas essa certeza só teriam com o decorrer dos dias e dos meses.

– Geoffrey voltou! – Orelha veio chamar a todos quando viu o homem se aproximar. – E o Dedinho está com ele.

– Obrigada, Santa Berta, obrigada por trazer meu marido de volta – Abigail correu e abraçou Geoffrey. – Você está vivo, homem! E sem nenhum machucado! Beijou-o com lágrimas nos olhos. Obrigada, Santa Berta!

– Eu também estou bem, senhora – Dedinho pulou do cavalo.

– Você me deu um susto, Dedinho – ela segurou nas suas bochechas e beijou a sua testa. – Onde você estava, seu menino levado?

– Eu? – ele olhou para Geoffrey. – Eu estava salvando a vida dele – apontou para o homem.

– Como assim? – Abigail franziu a testa. – Você estava salvando a vida do meu marido? Então você foi para a batalha contra os demônios? Ai, ai, ai...

– É uma longa história, mulher...

Geoffrey passou a mão sobre o ombro da esposa e caminhou para a sua casa, acompanhado pelo bando de garotos em festa.

Capítulo XII – A raiva cega até os olhos mais astutos

Alessio despertou. Tinha certeza de que tivera pesadelos durante o sono, mas não conseguiu se lembrar de nada. Permaneceu um tempo perscrutando o silêncio da noite antes de sair da pequena caverna onde passara o dia. Esticou-se todo, os ossos estalaram. Encheu o pulmão com o ar fresco da noite e sentiu cheiro de fumaça.

Havia algo errado. Não era o cheiro de fumaça das fogueiras. Era mais denso, como quando queimavam alcatrão lá na sua velha Itália.

Farejou o ar e tal como um cão de caça seguiu o cheiro e, para o seu desespero, ele vinha do castelo em ruínas.

– *Santa Madre di Dio* – Alessio viu uma fina coluna de fumaça escura saindo ao lado da torre de menagem.

Correu em direção ao castelo. Havia mortos no chão e cadáveres em cima das muralhas. Ele ouviu gemidos baixinhos, quase inaudíveis, de homens que agonizavam em algum lugar. Os corvos grasnavam e faziam uma bela refeição com as vísceras e olhos dos defuntos.

O cheiro de sangue fresco aguçou a sede de Alessio, mas ele prosseguiu, queria encontrar os outros e saber o que aconteceu.

– Houve um massacre aqui – olhou para um jovem com o rosto rasgado por garras. Outro tivera um pedaço do pescoço arrancado por uma mordida. Sangrara até morrer.

Os cavalos de Harold se aproximaram. Alessio os acariciou e eles relincharam, começaram a pastar em uma touceira viçosa perto da muralha.

Alessio entrou no pátio de armas. E ficou abismado com o que viu. A imagem lembrava uma pintura que vira no *palazzo* de Orio Mastropiero em Veneza. Homens desmembrados, trespassados por lanças, cadáveres empilhados nos cantos e semblantes de dor e desespero.

– Horrível! – levou a mão à boca.

Sempre ouvira falar da guerra. Nunca presenciara tal atrocidade. Mesmo sobrevivendo da morte de outros, achou aquilo simplesmente macabro.

Caminhou entre os mortos sentindo o coração pesado. Viu o corpo decapitado de um homem da igreja, um bispo talvez a julgar pela batina com detalhes em vermelho e a cruz de ouro no peito. Ajoelhou-se do lado dele e fez uma prece.

Seguiu e logo adiante viu duas pessoas em pé, um homem alto e outro baixinho. Eles estavam imóveis, envoltos pela fumaça que saia pela abertura na muralha logo atrás deles. Deu mais uns passos e estacou.

.

.

.

– Tita! Harold! Vocês estão vivos! – Alessio abraçou a menina. – Graças a Deus.

– Na verdade acho que o seu deus deve estar é bem puto com a gente – Raposa deu-lhe um beijo no rosto. – Mas obrigado mesmo assim.

O italiano veio me cumprimentar também, olhos verdes avermelhados, sorriso largo no rosto abobalhado. Segurei-o pela camisa e encarei-o com raiva.

– Você os trouxe até aqui, não foi seu miserável? – Bati suas costas com violência na muralha, ele arfou. – Agora aparece com essa cara de cu, querendo mostrar preocupação com a gente, seu merda. Você não sabe blefar.

– Eu juro que não fiz isso e...

– Cale a boca – estapeei seu rosto. – Você acha que sou idiota? Por que foi embora justo quando eles apareceram? Por que não estava aqui quando eles vieram nos destruir? Aposto que veio até aqui para recolher os nossos cadáveres para levar ao seu arcebispo nojento, não foi? Traidor.

Alessio me empurrou com força, fazendo-me recuar uns cinco passos, eu tinha a sua camisa rasgada nas mãos.

– Você pode me acusar de qualquer coisa, menos de ser um traidor – gritou. – Você acha que eu colocaria a vida da minha querida Tita em perigo? Nunca imaginaria que iria acontecer essa desgraça.

– Para você é a merda da sagrada Igreja em primeiro lugar,

seu lambe-bagos do Papa – avancei e cravei as garras nos seus ombros, socando-o com força contra a muralha.

Ele berrou de dor.

– Você está cego, Harold – Alessio pegou o meu pescoço com as mãos e apertou com força. – Eu já lhe disse que não fui eu que mandei esses homens para cá. Juro que não sabia de nada.

O maldito era forte e eu não conseguia respirar, mas quando estava quase desfalecendo acertei uma joelhada bem nos seus ovos. Ele me soltou e caiu sentado no chão segurando o saco.

– O momento de conversinhas fiadas acabou. Agora é tempo de você morrer – eu ainda recuperava o fôlego, as mãos no joelho.

– Homens! – Tita balançou a cabeça e se sentou sobre uma rocha. Observou-nos em silêncio.

Pulei para cima dele e fui repelido com um pontapé no estômago. Ele se levantou, as presas à mostra. Trocamos socos, chutes e mordidas. Por diversas vezes caímos exaustos no chão e recomeçamos a pancadaria instantes depois.

– É só isso que tem para mim? – Alessio cuspiu sangue. – Você não merece a sua fama.

– Quero ver você continuar falastrão quando eu arrancar a sua cabeça! – Soquei-o, fazendo-o cair de joelhos. Ele pegou uma adaga jogada no chão e cravou no meu pé. Fiquei preso e ele aproveitou para me bater, para me castigar. E o desgraçado tinha a mão pesada. Apanhei muito antes de conseguir dar uma cabeçada no meio do seu rosto, fazendo seu nariz colar na bochecha.

Puxei a adaga e berrei de dor. Atirei-a em Alessio, queria matar o bastardo de uma vez por todas, mas o que bateu na sua testa foi o cabo, não a lâmina. Ele caiu para trás e assim ficou, completamente aturdido.

Tita ora ficava enfadada, ora ria. Era como se ela estivesse na plateia do tal Coliseu vendo gladiadores lutar até a morte.

– Então vocês tinham um lugar onde as pessoas iam assistir guerreiros lutarem entre si e contra animais? – perguntei em uma noite estrelada.

– Sim – a menina sorriu. – E que espetáculo! Imenso, lindo. Vocês não têm um lugar assim aqui?

– Que eu saiba não – franzi o cenho. – Aqui temos cada vez mais igrejas, isso sim.

– Vocês ingleses são um porre – gargalhou.

Sangramos, quebramos ossos, berramos de dor. Logo

amanheceria e a luta ainda não estava decidida. Éramos como dois cães que brigariam até a morte. O problema é que não era fácil matar um imortal. E nem eu nem ele nos renderíamos.

– Agora vamos parar com essa merda – Tita se colocou entre nós e separou-nos com facilidade. A menina era forte, muito forte.

Caí sentado exausto, as feridas abertas, o orgulho sangrando. As primeiras sarariam depressa.

Alessio estava de joelhos, o olho esquerdo fechado, inchado pelos socos levados. Seu braço direito estava quebrado, assim como algumas costelas. Senti os estalos quando chutei a lateral do seu corpo.

– Já brincaram o bastante – Raposa nos olhou, severa. – Estão parecendo dois *ragazzini* que não sabem dividir o brinquedo de madeira e começam a se estapear.

– Ele ainda está respirando – tentei me levantar e não consegui –, então ainda não acabei.

Alessio rosnou.

– *Santa merda!* Se não vai do jeito fácil, vai do difícil – Tita puxou-me pelos cabelos e me arrastou até Alessio como se eu fosse um trapo velho.

Ela me colocou cara a cara com ele e sem qualquer aviso enfiou as garras nas nossas testas.

– Vejam a verdade!

Imagens passaram na minha mente, nubladas, como se eu estivesse sonhando. Enxerguei, pelos olhos de Alessio, fatos passados, antigos, logo após a sua transformação. Vi-o perambular entre os leprosos, crucificar um padre e vaguear sozinho pelas ruas de Roma. Avancei pelos anos até a noite anterior, quando conversamos. Vi-me indo embora e ele contemplando as estrelas. Vi-o caminhando pela mata até encontrar uma pequena caverna onde dormiu. Vi seus pesadelos com um Cristo que vinha puni-lo pelos seus pecados, cravando uma coroa de espinhos na sua cabeça. Vi o Diabo lamber as suas feridas, fazendo-o acordar assustado. Vi-o correndo para cá e nos encontrar em meio aos mortos.

Tita nos soltou. Lambeu os dedos ensanguentados.

– Agora podemos parar com essa putaria? – o olhar incisivo da menina machucava, entrava na nossa alma como uma faca afiada. A dor de encará-la era muito maior do que suas unhas fincadas na carne.

– Não quero mais prolongar essa guerra eterna entre nós, Harold – Alessio segurava o braço quebrado. – Não precisamos ser amigos, mas não temos que lutar. Chega. Eu vim para cá com um propósito, falhei na minha missão. Falhei porque eu mesmo perdi a minha convicção. Aliás, nunca tive essa convicção! Apenas tentei me iludir com mentiras inventadas para justificar meus medos e inseguranças, para amainar meu sofrimento. Entenda: eu não escolhi ser um imortal. Por mim seria o camponês de sempre até morrer. E, vendo o meu passado sem qualquer barreira, posso afirmar: a minha fé nunca foi tão forte assim. Sou um homem em frangalhos, um borra-botas que ia à missa apenas pelo medo do inferno. Quero que entenda, Harold, não sou seu inimigo. Apenas me iludi achando que podia mudar o imutável, acreditando que encontraria a minha paz em outras pessoas. Como sou idiota. Errei e acho que errarei durante todo o tempo em que eu existir. Esse é o meu lado humano, e espero que ele nunca suma – tossiu e levou a mão às costelas. – Os nossos inimigos são outros e eles sempre irão nos perseguir, essa é a nossa sina e talvez a nossa verdadeira maldição. Agora eu percebo isso, agora meus olhos enxergam com clareza, pois, assim como você entrou na minha mente através dos poderes de Tita, eu entrei na sua. E vi todas as suas provações, dores e prazeres. Quero selar a paz, podemos?

Ele me encarou com os olhos verdes suplicantes, quase infantis.

Não respondi, levantei-me e saí do castelo, mancando, deixando pegadas de sangue a cada pisada. Algo me dizia que eu ainda reencontraria Alessio di Ettore. Ele não era um traidor, era apenas um idiota imortal, um ignorante que buscava a paz em um deus fraco. Não havia qualquer mágoa e rancor no meu coração, mas eu não devia desculpas a ele. O que estava feito, estava feito.

A paz ou a guerra são feitas de circunstâncias. Naquele momento eu queria apenas encontrar um buraco escuro e dormir. O amanhã? Quem sabe! As fiandeiras teciam as teias da minha vida e não sei o que o futuro me reservava. O destino é como o arrastar de uma cobra, sinuoso. E ficar pensando nos porquês e no que vai acontecer pode enlouquecer qualquer um, ainda mais quem já caminhou pelos séculos.

Prefiro as incertezas.

Acho que Alessio entendeu o recado porque não senti qualquer ódio emanando dele. Ele apenas permaneceu em silêncio me observando partir. Tita ficou ao seu lado. Certamente tinha desnudado a minha mente, sabia das minhas intenções e dos meus pensamentos.

A menina-demônio, como a chamavam, transformada tão jovem, conseguia viver cada momento em sua plenitude. Como a sua sabedoria ingênua era fascinante. Era poderosa em sua essência.

Bebi o sangue de três moribundos que encontrei nas cercanias. As feridas logo sarariam e, aos poucos, a lucidez retornou. Entretanto, eu continuava exausto, como nunca estivera antes.

Ainda havia muito a ser dito e questões a serem solucionadas. Haveria o tempo certo para isso. Não agora. Não aqui.

O Sol já pintava o horizonte de vermelho e a minha pele ferida se aqueceu rapidamente. Por ironia do destino, refugiei-me na mesma caverna em que Alessio repousara. Eu sentia seu cheiro impregnado nos musgos e na terra.

Fechei os olhos. Pensei em Liádan e em Stella. Estariam bem? Vivas, ao menos? Elas sumiram depois que as vi escalando a parede da torre de menagem. Será que conseguiram se esconder, foram perseguidas?

– Meus amores, me aguardem, que a gente vai se reencontrar – murmurei, ou apenas imaginei murmurar, não sei ao certo.

Queria tê-las ao meu lado, saber ao menos se elas escaparam ou tiveram o mesmo destino de Ralf.

– Liádan... Stella – talvez eu tenha gritado.

O torpor começou a me dominar. Os músculos doloridos, castigados, começaram a relaxar. O véu branco começou a cobrir os meus pensamentos.

E tudo o que acontecera no castelo começou a se tornar uma vaga lembrança. Diáfana, distante, difusa.

No limiar entre a consciência e o sono vi o belo rosto da dama ruiva, perfeito, os cabelos vermelhos revoltos delineando a sua face alva. Ela sorriu e sussurrou:

Durma em paz querido. As feridas serão curadas no seio da terra como outrora. Durma tranquilo, nossos corpos permanecerão afastados, nossos espíritos estarão juntos a cada sonho.

– Não me deixe... – as palavras ecoavam na minha cabeça.

Adormeci.

Capítulo XIII – Perugia

16 de julho de 1216.

Inocêncio III estava feliz. Conseguira fazer acordos com Pisa e Gênova. Vinha trabalhando nisso havia meses e, enfim, tivera sucesso.

Entrara no suntuoso aposento que fora reservado para ele na Catedral de Perugia e serviu-se de uma taça de vinho tinto. Saboreou-a devagar comendo algumas fatias de salame que o despenseiro deixara sobre a mesa.

Pietro é um bom homem – pensou. – *E esse salame está curado no ponto certo.*

Lambeu os dedos salgados e espreguiçou. Estava exausto. Todos os debates e negociações o cansaram. Precisava de uma boa noite de sono. Amanhã acordaria cedo para consolidar os acordos oficialmente.

Tirou as sandálias e sentiu sob os pés o tapete macio feito em Florença. Então pensou que um escalda-pés seria ótimo. Pouco depois, desistiu da ideia, estava muito cansado para chamar algum serviçal. Caminhou até a sua cama – e se assustou quando viu num canto uma jovenzinha de cabelos cor de cenoura e o rosto salpicado de sardas, alva como a neve. Ela vestia um vestido simples de algodão cru e estava descalça. Sorria.

Lottario observou-a em silêncio.

– Achei que o senhor era mais alto e mais gordo – Tita adiantou-se.

– E mais velho? – o Papa sorriu tentando esconder a tensão.

– Também – a menina aproximou-se do Papa, pegou a sua mão e beijou o anel. – Sou Tita, sua criada.

– E a que devo a sua visita, menina? – o Papa sentou-se em uma poltrona.

– Bem, eu estava passando pela cidade quando fiquei sabendo que o Papa estava por aqui, e, como o meu amigo Alessio gostava de Vossa Santidade, resolvi passar para dizer um olá.

– Alessio di Ettore... – o Papa deu mais uns goles no vinho. – Nem vou lhe oferecer uma bebida, pois sei que não vai apreciar o sabor – pigarreou. – Agora me diga minha jovem, como ele está? Nunca mais tive notícias.

– Hum... – ela colocou a mão no queixo. – Faz um bocado de tempo que não o vejo. Quando saímos da Inglaterra, depois do massacre no castelo, nos separamos. Acho que ele deve estar zanzando por aí e remoendo a sua dolorosa solidão. Você sabe como ele é, prefere ficar choramingando a sua má sorte do que aproveitar a nova vida. *Donnicciola.*

– Massacre no castelo... – o Papa inspirou fundo e fechou os olhos. – Você estava lá?

– De corpo e alma – riu.

– Interessante... – Inocêncio III cruzou as mãos sobre o colo para que elas não tremessem. – O arcebispo Stephen Langton mandou-me uma mensagem dizendo que os demônios estavam mortos, que a nossa missão tinha sido abençoada, mas vejo que você está bem viva. Você é como o Alessio? É temente a Deus? Só pode.

– Eu não! – balançou a cabeça. – Longe disso! Eu era um dos demônios que você mandou matar – gargalhou. – Desculpe a minha falta de educação, eu não consigo me conter – recuperou o fôlego. – Olha, por pouco a missão não teve sucesso. Teve um momento em que até eu pensei que iria morrer, quando eu estava pegando fogo. O senhor já se queimou?

O Papa negou com a cabeça.

– Então, é uma coisa horrível, arde *pra* caralho – levou a mão à boca –, oh, desculpe novamente. Continuando, eu estava coberta pelas chamas, sentindo a minha pele derreter como banha de porco e a carne queimar até os ossos. Como doía! Então corri às cegas e me joguei num poço que havia no lugar. Por sorte ele tinha água. E que alívio! Por mim eu teria ficado lá dentro até me curar completamente. O senhor imagina por que eu tive que sair?

O Papa negou novamente.

– Porque algum homem muito maldoso resolveu que seria legal me soterrar viva e começaram a atirar uns pedregulhos lá dentro. Tomei umas belas pancadas! O senhor já tomou uma pedrada?

– Quando era criança – Inocêncio III respondeu. – Bem na testa.

– Então essa dor Vossa Santidade consegue imaginar – a menina piscou. – Por sorte as queimaduras do fogo estavam quase curadas. Depois de séculos o meu corpo magrelo ficou bem forte. Mas eu ainda tinha um problema. Sabe qual é?

Pela terceira vez o Papa negou.

– O dia! – Tita apontou para cima. – Ainda estava claro e como o senhor sabe, temos problemas com a luz do Sol. Entretanto, novamente a sorte estava conosco. Ou os deuses, quem sabe? E o céu estava bem nublado, com nuvens cinzas e pesadas. Consegui aguentar o tranco.

– Você matou todos aqueles homens sozinha?

– Não – estalou os dedos –, tive ajuda dos meus amigos. As meninas cuidaram dos arqueiros, o Harold ficou dentro da torre.

– Foi fácil então acabar com aqueles bons homens? – Lottario abaixou os olhos.

– Longe disso! É que o bando que estava comigo era bem tinhoso. Só um é que não, meu querido Ralf, esse ainda era novato nas trevas, daí não aguentou o tranco, sabe? Tostaram o garoto. E depois cortaram ele igual como fazem com um borrego que vai ser assado.

Inocêncio III se afundou na cadeira.

– E o que você quer de mim? – respirou ruidosamente.

– Eu gostava de tomar vinho quando era mortal – Tita apontou para a taça. – Agora, infelizmente, o sabor me enoja. É uma pena! Mas ainda posso usar alguns artifícios para relembrar como é estar um pouco embriagada.

Lottario olhou-a, o rosto enrugado demonstrava cansaço.

– Não importa o que eu diga, você não vai mudar de ideia, certo? – o Papa massageou a nuca.

– Não vou, Vossa Santidade – piscou. – O senhor é um homem esperto.

Ele encheu a taça com vinho mais duas vezes até esvaziar o jarro. Estalou os lábios murchos no último gole.

– Então vou morrer com dignidade – ele se deitou na cama.

– Queria que todos fossem nobres assim – Tita pegou uma coberta e cobriu-o.

– Sentirei dor?

– Uma picadinha de leve e depois terá bons sonhos, eu prometo.

– Que Deus dê paz à sua alma, minha filha – o Papa fez o sinal da cruz.

– Acho que você pode falar isso para ele pessoalmente daqui a pouco – sorriu –, ou não.

Ela segurou o braço do Papa e mordeu o seu pulso. A pele fina e enrugada se rompeu com facilidade. O Papa fez uma careta e em seguida fechou os olhos. Ela drenou o sangue das suas veias e ele sonhou antes de morrer como fora prometido.

Tita cruzou as mãos de Inocêncio sobre o peito e deu-lhe um beijo na testa, manchando-a de vermelho. Enfim teve a sua vingança. Não precisou assustá-lo como imaginou que faria, pois ele fora digno e morreu como um homem, sem relutar. Estava satisfeita e leve.

Saiu do aposento do Papa assoviando, feliz e até mesmo um pouco embriagada.

Capítulo XIV – O odor da morte

Slindon, Sussex, 09 de julho de 1228.

– Por que você demorou tanto para aparecer? – o arcebispo tossiu deitado em sua cama, a pele toda enrugada e os olhos esbranquiçados. – Achei que você viria logo em seguida.

– Acho que dormi demais – puxei uma cadeira e me sentei ao seu lado. – Não imaginei que ficaria apagado por tanto tempo. Aliás, não sei por que isso aconteceu.

– Catorze anos não fazem muita diferença para quem vai viver para sempre, não é? – a voz do arcebispo saía chiada e ele respirava com dificuldade.

– Não faz mesmo – o velho exalava o mesmo cheiro dos cadáveres frescos.

– Eu já estou praticamente no bico do corvo – tossiu e engasgou.

Levantei a sua cabeça e dei-lhe um pouco d'água.

– Obrigado – Lord Stephen sorriu. – Você veio acabar comigo, não veio?

– Não... – cruzei as mãos. – Você já está morto, é apenas questão de tempo, pelo que posso sentir. Eu apenas queria conhecer o homem que ganhou fama como matador de demônios.

– Como você ficou sabendo se estava dormindo?

– É estranho, mas em meu sono é como se eu ouvisse o mundo lá fora – fechei os olhos –, era confuso. Eu não sabia se estava consciente ou sonhando.

– Que poder magnífico – o arcebispo ajeitou-se melhor na cama. – Além da imortalidade vocês têm tantos dons.

– Eu confesso que ainda nem sei quais são todos os meus poderes – sorri. – Bom que terei muito tempo para descobrir.

– Tempo... – o arcebispo parecia perdido em seus pensamentos.

Saí pela janela rapidamente e quando ele voltou a si eu não estava lá. Talvez Stephen Langton pensasse que tudo não passara de um delírio causado pela febre.

Caminhei entre as vacas pelos verdes campos gramados. Já havia caçado aquela noite e bebido de uma prostituta gorducha. A princípio ela relutou, eu era um estranho com a pela branca e o rosto ossudo por causa dos anos que passei dormindo. Eu havia bebido de três pessoas no caminho até Slindon e mesmo assim ainda não tinha recuperado a minha aparência inicial. Na verdade bebi de duas e um pouco, pois o terceiro era um bebê. Não resisti quando vi sua mãe o amamentando, as tetas fartas jorrando leite na sua boquinha banguela. Deliciosos.

Joguei um anel de prata com um rubi cravejado para a puta e logo ela ficou mais receptiva.

– Esse anel também pagaria um banho? – acariciei as suas bochechas.

– Esse anel paga tudo o que você quiser, amor – sorriu mostrando os dentes escurecidos. – Tudinho.

Ela me lavou em uma tina de madeira que ficava no fundo do seu casebre. Fiquei aliviado em tirar as imundícies da minha pele.

– Agora vamos ao que interessa, gatão – a prostituta segurou a minha mão e guiou-me para o colchão de palha onde ela dormia. – Sei que você me deseja...

– Até a última gota – abracei-a e cravei as presas no seu pescoço rechonchudo. Ela gemeu e se esfregou em mim. Desajeitada ela levantou o vestido e eu acariciei a sua xoxota molhada, penetrei-a com um dedo, depois dois e enfim um terceiro, os gemidos passaram a ser gritos enquanto o sangue esguichava forte na minha boca sedenta. Por sorte os vizinhos estavam acostumados com o trabalho dela, senão o escândalo despertaria surpresas.

Ela morreu sorrindo. Sempre sorriam.

Logo em seguida os sinos badalaram. Era madrugada, então algo me dizia que Stephen Langton tinha morrido.

– Agora você vai explicar-se com o Diabo – coloquei a prostituta em sua cama. – Se ele existir.

Deixei o casebre e vi as pessoas do vilarejo, sonolentas, saindo de suas casas para saber o que aconteceu. Um noviço passou montado em um cavalinho dizendo que o arcebispo de fato morrera.

Logo elas voltaram para suas casas. Nada mudaria nas vidas delas. Os impostos continuariam os mesmos, o trabalho duro não cessaria e a obrigação de ir à missa aos domingos permaneceria.

A mesma vida de merda.

Ainda bem que eu estava livre dessa decadência mundana.

Caminhei sem rumo.

E o que eu faria agora?

O que eu quisesse, afinal sou Harold Stonecross, o imortal.

Epílogo

– Ele não é esplêndido? – Loki encheu a sua taça de caveira com hidromel até transbordar.

– Não esqueça que se não fosse pela pirralha italiana ele já estaria morando sob os meus domínios – Hel encarou o pai com os olhos negros e vazios.

– Talvez sim, talvez não – Loki arrotou –, nunca saberemos, afinal ele já escapou de situações muito piores, lembra-se?

– Com a ajuda da *rødhåret* seguidora da deusa – ela caminhou até a janela prateada e viu a neve cair pesada lá fora.

– Ela pode seguir quem, até mesmo aquela deusa carcomida da *Irland* – tamborilou os dedos na mesa. – Mas não se esqueça que Liádan só existe pelo sangue dele, ou melhor, pelo meu poder. Ela adora a deusa, mas Fódla, aquela inútil, não tem mais o vigor de outrora. Só consegue ficar mandando visõezinhas supérfluas para a garota.

– E você, ó poderoso pai – sorriu –, que brinca de assustar velhotes virando cruzes na capela e apagando velas? Imagino que esses feitos devem ser cantados no salão de Odin.

– Vai dizer que aquilo não foi divertido? – gargalhou e os estorninhos que dormiam nos caibros do grande salão voaram. – O paspalho até desmaiou.

A deusa da morte não respondeu, retirou-se seguida pelo seu fiel cão.

– Chata mal-humorada – Loki meteu os pés em cima da mesa. – Meu pai e o idota do meu irmão acreditam que o nosso tempo já passou e que devemos esquecer Midgard. Eles podiam reavivar a fé dos homens, mas nada fazem. Só reclamam e choramingam enquanto se embebedam noite após noite. Hel só quer almas, não tem ambições.

Levantou-se e foi até uma grande bacia de ouro.

– Eu não preciso deles. Enquanto isso eu me divirto com a minha criação – passou a mão sobre a água da bacia e uma imagem se formou. Harold Stonecross apareceu. – Minha bela criação que veio para bagunçar o mundo dos seguidores do deus pregado.

Tocou na água e viu Harold mais de perto, viu seus olhos de predador espreitando nas sombras.

– Você viverá em uma guerra eterna, mas é um preço baixo pelo poder que lhe concedi, Harold.

A imagem se dissipou e Loki gargalhou.

A risada atravessou os limites de Asgard e ecoou até os ouvidos dos homens. E muitos tiveram calafrios e maus presságios.

E nesse instante o sangue quente jorrou novamente nos lábios do imortal.

TEMPOS DE SANGUE

O ANDARILHO DAS SOMBRAS

DEUSES ESQUECIDOS

GUERRAS ETERNAS

O DESPERTAR DA FÚRIA

RUÍNAS NA ALVORADA

WWW.TEMPOSDESANGUE.COM.BR

SAGA VIKINGS

VIKINGS: BERSERKER

WWW.SAGAVIKINGS.COM.BR

Este livro foi impresso em papel pólen bold na Renovagraf em setembro de 2018.